A CONSPIRAÇÃO DO GRAAL

ROMANCE DE MISTÉRIO

Lynn Sholes
Joe Moore

A CONSPIRAÇÃO DO GRAAL

ROMANCE DE MISTÉRIO

Tradução:
HENRIQUE AMAT RÊGO MONTEIRO

EDITORA PENSAMENTO
São Paulo

Título original: *The Grail Conspiracy*.

Publicado pela Midnight Ink, um selo da Llewellyn Publications, Woodbury, MN 55125 USA — www.midnightinkbooks.com

Dados Internacionais de Catalogação na Publicação (CIP)
(Câmara Brasileira do Livro, SP, Brasil)

Sholes, Lynn
A conspiração do Graal : romance de mistério / Lynn Sholes, Joe Moore ; tradução Henrique Amat Rêgo Monteiro. -- São Paulo : Pensamento, 2007.

Título original: The grail conspiracy
ISBN 978-85-315-1498-2

1. Ficção cristã 2. Ficção norte-americana I. Moore, Joe. II. Título.

07-4342 CDD-813

Índices para catálogo sistemático:
1. Ficção cristã : Literatura norte-americana 813

O primeiro número à esquerda indica a edição, ou reedição, desta obra. A primeira dezena à direita indica o ano em que esta edição, ou reedição, foi publicada.

Edição
1-2-3-4-5-6-7-8-9-10-11

Ano
07-08-09-10-11-12-13-14

Direitos de tradução para o Brasil
adquiridos com exclusividade pela
EDITORA PENSAMENTO-CULTRIX LTDA.
Rua Dr. Mário Vicente, 368 — 04270-000 — São Paulo, SP
Fone: 6166-9000 — Fax: 6166-9008
E-mail: pensamento@cultrix.com.br
http://www.pensamento-cultrix.com.br
que se reserva a propriedade literária desta tradução.

DEDICADO A

Nancy, pelo fósforo
Gary Givens, pela centelha
Carol e Tommy, pela chama

Os autores desejam agradecer às seguintes pessoas pela sua ajuda no sentido de acrescentar uma sensação de realismo a esta obra de ficção.

Dr. Mark A. Erhart, Ph.D.
Professor de Biologia Molecular
Chicago State University

Dr. Ken Winkel, Ph.D.
Diretor da Unidade Australiana de Pesquisas sobre Venenos
Departamento de Farmacologia
University of Melbourne, Austrália

Dr. Joseph W. Burnett, M.D.
Professor e chefe do
Departamento de Dermatologia
Faculdade de Medicina da University of Maryland

J.H., cuja ética profissional determinou a sua decisão
de permanecer anônimo

"O príncipe das trevas é um cavalheiro"

— William Shakespeare,

Rei Lear, Ato III, Cena 4

Prólogo

Depois de criar o céu e a Terra, Deus gerou, à sua própria imagem, o primeiro homem, e chamou-o de Adão. Ele então mandou que todas as legiões do Céu, os Anjos e Arcanjos, se curvassem perante Adão e lhe prestassem homenagem e respeito, pois Deus daria a Adão o controle sobre toda a Terra e as suas criaturas. Lúcifer, porém, o mais belo anjo de todos, enciumou-se e recusou-se a curvar-se perante Adão. Reuniu ao redor de si outros anjos com esse mesmo sentimento e eles formaram um exército numeroso, que se rebelou contra o Criador. Uma batalha feroz deflagrou-se entre os anjos de Deus e aqueles que deram as costas a Ele. Tanto sangue foi derramado que se formaram dois rios caudalosos atravessando o deserto abrasador. No final, o grande guerreiro, o Arcanjo Miguel, juntamente com a Hoste do Céu, derrotou Lúcifer e o expulsou com os seus rebeldes para fora do paraíso.

Os Anjos Caídos, ou Nefilins, como foram chamados na Bíblia, estavam proibidos para sempre de retornar ao Céu. Então eles desceram para a Terra e caminharam furtivamente entre os homens. Ao longo das eras, o seu ódio cresceu, e Lúcifer jurou que algum dia teria a sua vingança.

Mas havia um entre eles que se arrependera e secretamente desejava o perdão do Criador. O nome dele era Furmiel, o Anjo da 11ª Hora. Por causa do remorso dele, Deus concordou em lhe dar a mortalidade e permitiu que vivesse o resto da sua existência como homem. Uma vez que o espírito de Furmiel não poderia jamais retornar ao Céu, Deus permitiu que ele tivesse uma filha que seria levada ao nascer para assumir o lugar do pai entre os Anjos. Mas porque Deus sentiu que o momento da vingança de Lúcifer era chegado, ele permitiu que a esposa de Furmiel desse à luz gêmeas, sendo que a segunda filha viveria na Terra. Ela chegou à idade adulta sem saber que o sangue dos Nefilins corria nas suas veias.

E por causa desse laço de sangue, ela estava destinada a ser escolhida.

Abandonada

Nínive, norte do Iraque.

— Saia! — A voz esganiçada do motorista iraquiano ecoou rispidamente no interior do carro. Uma nuvem de areia e pó se formou do lado de fora depois da freada brusca.

Rudemente acordada, Cotten Stone endireitou-se no banco.

— Mas o que foi isso!? — Ela tentou enxergar alguma coisa em meio à poeira e a penumbra do anoitecer.

— Saia já! Não levo americanos.

Do rádio jorrava um palavreado incompreensível na voz de um locutor iraquiano.

— O que aconteceu? — insistiu ela. — O que está errado?

O motorista saltou pela porta que tinha escancarado e correu para a parte de trás do carro.

Cotten forçou a maçaneta da porta empoeirada até ouvir um estalido seco.

— Ei, o que você pensa que está fazendo? — gritou, saltando para fora.

O motorista já abria o porta-malas, de onde tirou as duas sacolas dela, que jogou na beira da estrada.

— Você não pode me deixar aqui — ela protestou, dando a volta no carro. — Estamos no meio de um maldito deserto!

Impassível, o motorista indicou com a cabeça o falatório do rádio.

Cotten abaixou-se para pegar a sacola de lona em estilo militar que continha os seus videoteipes e jogou-a de volta no porta-malas.

— Escute, eu já lhe dei todo o meu dinheiro. Não tenho mais nada. — Virou do avesso os bolsos vazios da calça. Era uma mentira estratégica. Antes de embarcar, havia escondido os seus quase duzentos dólares dentro de uma embalagem de filme vazia. Era a sua reserva de emergência. — Não está entendendo? Veja, não tenho mais dinheiro. Eu te paguei para me levar até a fronteira.

O motorista cutucou-a no ombro com o indicador.

— Fim da linha para americanos.

Tornando a arrancar a sacola do porta-malas, o motorista atirou-a com toda força no peito dela, quase derrubando-a, e obrigando-a a recuar cambaleando uns passos para trás. Em seguida, ele contornou o carro, reassumiu o posto à direção, engatou a marcha e saiu em disparada, com o velho Fiat derrapando na areia pedregosa.

— Não acredito que isto esteja acontecendo — queixou-se ela.

Desalentada, Cotten soltou a sacola ao lado da outra e, ajeitando uma mecha dos cabelos cor de chá atrás da orelha, acompanhou com o olhar as lanternas traseiras do táxi até que desapareceram na distância.

O sussurro ameno do vento do deserto prenunciava o frio da noite ao mesmo tempo que o céu de janeiro passava de uma tonalidade rósea para o índigo. Sentindo o frio começar a insinuar-se pelo corpo, Cotten abriu a outra sacola, tirou um casaco impermeável em estilo militar e vestiu-o.

Para se aquecer, saltitou no lugar, as mãos enfiadas até o fundo dos bolsos. A escuridão, brusca como o rude iraquiano, caía de repente sobre o deserto. Bem que alguém poderia aparecer... precisava aparecer, ela pensou.

Passaram-se dez minutos sem nenhum sinal de outro veículo. Finalmente, ela resolveu pegar as sacolas e começar a andar. Os pedregulhos e a areia rangiam como pedaços de vidro sob as suas botas de acampamento. Relanceou o olhar para trás, desejando ver o brilho de faróis, mas nada se destacava no deserto escuro e árido.

— Não sei o que me deu para confiar naquele sujeito — resmungou, a voz soando áspera no ar seco.

Alguma coisa o motorista devia ter escutado no rádio para ficar tão fora de si. Cotten sabia que as forças armadas americanas se preparavam para uma invasão. Havia uma semana que corriam rumores entre os jornalistas da mídia estrangeira de que ressoavam cada vez mais alto os tambores de guerra em Washington e Londres. Não era nenhum segredo que algumas equipes avançadas das forças americanas e britânicas tinham se infiltrado no país. Podia ser que a invasão acontecesse meses depois, mas era difícil esconder a concentração de tropas nos países árabes que faziam fronteira com o sul do Iraque. O noticiário árabe local vivia coalhado de imagens das Forças Especiais e dos fuzileiros navais aparecendo e desaparecendo no meio da noite. Testemunhavam-se até mesmo sobrevôos estratégicos de caças, assim como a presença de aeronaves do tipo Predator, avião guiado por controle remoto que não leva tripulação, e de reconhecimento de alta altitude, para testar os graus de vulnerabilidade das instalações de mísseis e de radares iraquianos.

Cotten acomodou a alça de uma das sacolas no ombro.

— A culpa é toda sua — queixou-se. — Quem mandou ser tão cabeça-dura?

Algumas semanas antes, ela se encontrava na sala do chefe de reportagem da SNN, Ted Casselman, implorando que a designasse para cobrir os efeitos das sanções econômicas sobre as mulheres e as crianças do Iraque. Seria uma história marcante, pensava, e não a incomodava a instabilidade crescente da região. Os americanos precisavam ser informados sobre as conseqüências das sanções econômicas sobre os inocentes. Além disso, argumentou com Casselman, se os Estados Unidos tinham planos de atacar o Iraque, ela queria estar lá, pronta para registrar os fatos, no epicentro dos acontecimentos.

Cotten também não mencionou que precisava ficar um tempo afastada de Thornton Graham. Não disse nada a Casselman porque sabia que não suportaria se tivesse de se explicar. A ferida emocional ainda estava aberta. O pedido para a viagem fazia sentido por si — vindo de uma repórter ávida e ansiosa — e ela queria uma missão que ganhasse as manchetes mundiais.

A Satellite News Network não enviava "focas" em missões em lugares tão instáveis, Casselman insistiu com ela várias vezes. Sim, ele admitia, ela possuía talento e prometia bastante. Sim, ele achava que conseguiria suportar a pressão. E sim, ele concordava que uma missão no Oriente Médio no momento era uma oportunidade perfeita para impulsionar uma carreira de sucesso. No entanto, ela não só era uma repórter iniciante, mas também era mulher, e uma mulher no Iraque na situação do momento estava fora de questão. Assim que a guerra começasse, os únicos jornalistas presentes seriam os escolhidos antecipadamente pelos militares e viajariam junto com as tropas. E eles deviam ser apenas do sexo masculino. As regras eram claras, a resposta era não.

Ela ficou furiosa e iniciou um grande discurso sobre a injustiça de tudo.

Casselman cortou-a com outro firme "Não".

Depois de se acalmar, Cotten finalmente conseguiu que ele concordasse que ela acompanhasse um grupo de repórteres até o limite máximo da fronteira com a Turquia. De lá, ela cobriria a situação dos refugiados que estavam se dirigindo para o norte desde o início do conflito.

Ele ficou furioso quando soube que ela tinha ido para Bagdá.

Então ligou naquela manhã, ordenando que ela saísse de lá.

— As coisas estão se tornando imprevisíveis. Tire o seu lindo traseiro daí do jeito que puder. E quero conversar com você logo que chegar. Fui claro?

Ela tentou discutir com ele e conseguir mais tempo, mas ele desligou antes que ela pudesse apresentar as suas razões.

Quando voltasse, ele faria com que ela se cansasse de ouvir os seus "eu bem que avisei", "devia demiti-la", até não poder mais. Isso se conseguisse voltar. Cotten arrepiou-se. Estava encalhada, e congelando, no meio do deserto iraquiano.

* * *

Charles Sinclair olhou da janela do escritório para o *campus* que se descortinava ao redor dos laboratórios da BioGentec vizinho à University of New Orleans. O azul do lago Pontchartrain estendia-se à sua frente. Ele observou o pequeno exército de jardineiros com as suas ceifadeiras e os carrinhos de apoio dos jogadores de golfe que cruzavam o gramado entre os jardins — todos impecavelmente aparados e em perfeita ordem. Ele gostava de tudo em perfeita ordem.

O telefone tocou sobre a escrivaninha e ele teve um sobressalto, espirrando algumas gotas do café descafeinado sobre o tapete persa.

— Sim?

— Doutor Sinclair, uma ligação internacional na linha oito para o senhor — informou a voz da secretária.

Sinclair apertou o botão piscante. Não atenderia essa ligação no viva-voz.

— Sinclair falando.

O ruído da ligação o aborreceu enquanto apertava o fone firmemente contra a orelha.

— Descobrimos a entrada da cripta anteontem — informou uma voz de homem do outro lado da linha. — Hoje, no final da tarde, ela foi aberta.

Os nós dos dedos de Sinclair ficaram lívidos de tanto que ele apertou o receptor do telefone.

— Ahmed, espero que tenha boas notícias. — Fez uma pausa.

— Tenho, sim. Está tudo como o Archer previu.

— O que vocês encontraram?

— Muitos artefatos com os ossos — prosseguiu Ahmed. — Uma armadura, quinquilharias religiosas, alguns rolos de pergaminho e uma caixa.

A adrenalina fluiu pelo corpo de Sinclair fazendo as pontas dos dedos latejarem.

— Como é essa caixa?

— Preta, sem inscrições, com uns quinze centímetros de cada lado.

A transpiração umedecia o colarinho branco da camisa cara de Sinclair. O intervalo da conversa foi preenchido pela estática antes que voltasse a falar.

— E o que há dentro dela?

— Ainda não sei.

— Como assim? Você estava lá, não estava?

— Archer não a abriu. Ele e os outros estão fazendo as malas para ir embora neste exato momento. Devemos sair daqui... a área ficou perigosa demais. Todo mundo está muito nervoso. Não há tempo para examinar...

— Não! — Sinclair apertou a base do nariz. — Você vai lá agora mesmo e pega a caixa. Espero que Archer tenha mostrado a você como abri-la. Volte a me ligar assim que confirmar o que há dentro dela e estiver com ela em segurança nas suas mãos. Entendeu o que eu disse?

— Entendi. — A voz de Ahmed sumiu em meio à estática.

— Ahmed — prosseguiu Sinclair, mantendo a voz baixa e controlada —, é imprescindível que você conclua a sua missão. Não preciso repetir isso outra vez.

— Entendi.

Sinclair desligou o telefone e ficou olhando para o aparelho. O árabe não poderia nem sequer começar a entender.

A Cripta

De repente, o ruído de um veículo se aproximando chamou a atenção de Cotten. A luz dos faróis boiou a distância na estrada irregular. "Até que enfim", ela pensou. Mas, e se fossem soldados iraquianos? Ela se virou sobre o ombro empoeirado e sentiu a palpitação na garganta. Finalmente, quando o veículo se aproximou o bastante, deduziu pelas luzes da cabine e da carroceria que se tratava de um caminhão-tanque. Adiantou-se alguns passos, acenando freneticamente com as mãos, mas o veículo não diminuiu a marcha. Protegendo os olhos da areia e do cascalho levantados quando o caminhão passou rugindo a toda velocidade, Cotten observou-o distanciar-se com a mesma rapidez com que havia surgido.

Provavelmente, não era muito sensato ficar acenando na estrada para qualquer um que passasse. Sem falar do estado de espírito de qualquer iraquiano naquele momento. O mais seguro para ela seria ficar fora das vistas e manter a distância necessária até o dia amanhecer.

Depois de uma hora de caminhada, Cotten deixou as bolsas caírem pesadamente no chão e sentou-se sobre uma delas. Os braços doíam com o peso da bagagem e o corpo tremia cada vez mais por causa do frio que se infiltrava pelo casaco. Quando voltasse para os Estados Unidos, passaria um bom período de folga na Flórida. Isso era uma promessa.

Cotten esvaziou uma das sacolas, jogando fora tudo o que não lhe faria falta. Enquanto organizava os pertences, imaginou se ir para o Iraque tinha sido uma idéia inteligente. Talvez tivesse sido uma tolice. Não tinha pensado direito no assunto, e então, quando Casselman protestou, ela manifestou uma das suas atitudes triunfantes. Poderia ter assumido outras reportagens — de igual importância, que também a levariam para longe de Thornton.

— Droga, droga, droga — gemeu, separando apenas o essencial: carteira, passaporte e credenciais de jornalista, juntamente com a câmera fotográfica, lentes, filmes e a embalagem plástica de filme com o dinheiro para uma emergência. Guardou tudo na outra sacola com os videocassetes. Depois de uma última olhada por sobre o ombro para a pilha de pertences deixados para trás, retomou a penosa caminhada.

A Lua surgiu e clareou o deserto com luz suficiente para que continuasse enxergando a estrada. Ela desejou o conforto do sofá de casa, uma xícara de café quente ou, melhor ainda, uma dose de vodca com algumas pedras de gelo.

De repente, parou e piscou várias vezes, para se certificar de que o que via não era uma miragem. Outras luzes faiscavam a distância. Não de veículos, mas de algum tipo de assentamento ou acampamento com eletricidade. Deixando a sacola no chão, esfregou o ombro e o braço dolorido para reanimar a circulação. Pegou a câmera fotográfica, ajustou as lentes da teleobjetiva e focalizou as luzes. Se fosse um acampamento da Guarda Republicana ou até mesmo de soldados do Exército iraquiano, uma mulher americana viajando sozinha teria poucas chances. Alguns dos colegas dela em Bagdá contavam histórias de brutalidade, estupro... homens que se comportavam como animais, como cães ferozes.

Ela fez uma panorâmica do local. Não se viam evidências de armas, nem de nada que lembrasse uma instalação militar. O lugar mais parecia um local de escavação arqueológica. Cestos, barracas provisórias, mesas, pilhas de dejetos. Seria uma escavação arqueológica? Cotten podia jurar que se encontrava em algum lugar próximo às ruínas de antigas edificações assírias espalhadas por toda a região. Diversos caminhões antigos agrupavam-se nas vizinhanças de uma estrutura de pedra parcialmente desmoronada. Um punhado de homens movimentava-se em atividade frenética.

Essa poderia ser a oportunidade de conseguir uma carona segura para a fronteira, pensou. Mas então hesitou, imaginando se deveria aproveitar a oportunidade. Finalmente, guardou a câmera e se encaminhou na direção das luzes.

Próximo ao local, viu homens andando de um lado para outro, carregando equipamentos e engradados nos caminhões. Os confrontos esporádicos entre os militares iraquianos e os cada vez mais ousados rebeldes curdos apoiados pelos americanos provavelmente haviam tornado a região perigosa demais para uma escavação arqueológica.

Ela se esforçou para ouvir as vozes dos homens. Turcos! Não iraquianos. Aliviada, Cotten entrou no acampamento e se aproximou de um dos homens.

— Com licença! — chamou.

O homem usava uma camisa escura com marcas pronunciadas de suor embaixo dos braços. O mau cheiro do corpo dele parecia mais intenso no ar frio. Ele a contemplou com um olhar intenso, como se imaginasse de onde teria surgido.

— Não inglês — disse, pegando um engradado de uma esteira e atirando-o na caçamba do caminhão. Se ela não se curvasse para trás, teria sido atingida de raspão pela pesada carga.

Cotten tentou parar outro homem, que se desviou dela e lançou-lhe um olhar irritado.

Alguém a tocou no ombro e ela fez meia-volta. Um homem baixo e atarracado fitava-a de perto.

— Americana? — indagou ele.

— Sim.

— Turco — informou ele e sorriu, revelando uma boca cheia de dentes sujos sob um bigode que lhe recobria todo o lábio superior como uma tenda.

— Preciso de uma carona — declarou ela, apontando para o norte.

Ele virou a cabeça em direção às ruínas.

— Vá falar com o doutor Archer. Gabriel Archer.

Alguém gritou e o turco, inclinando a cabeça de maneira educada, afastou-se apressado.

Um pequeno grupo lotava um dos caminhões. O motor foi acionado, tossiu e ganhou vida, e o caminhão se dirigiu para a estrada. Ainda restavam dois outros caminhões no acampamento, mas estavam sendo carregados com pressa. Não lhe restava muito tempo para encontrar aquele doutor Archer e implorar uma carona.

Sob a luz da Lua, ela localizou a entrada da estrutura de pedra. As paredes eram sustentadas por andaimes de madeira e, para entrar, ela precisou se encolher embaixo de uma arcada baixa. Logo à frente, estendia-se uma fieira de lâmpadas penduradas no alto da entrada e ao longo da passagem embaixo. Ela seguiu pela passagem até que terminasse em um conjunto de degraus levando ao subterrâneo. Cestos de areia se empilhavam nas vizinhanças, esperando para ser alçados para fora e esvaziados em peneiras. Um gerador a gás trepidava, fornecendo energia para a fieira de lâmpadas que se estendia até dentro do buraco. Ela se inclinou sobre o alto dos degraus e chamou:

— Alô... Archer? — Não houve resposta e ela chamou mais alto. — Doutor Archer?

A distância, ouviu o ruído do motor a diesel de outro caminhão entrar em funcionamento. Só restava um caminhão agora.

Cotten começou a descer os degraus. O ar gelado cheirava a coisa velha como num mausoléu. Ela havia estado uma única vez em um deles, mas esse tipo de umidade diferente, com um cheiro impregnado de terra e rocha, era inconfundível. Muito embora fosse criança na época, lembrava-se do enterro do pai: o perfume dolorosamente doce das flores, o odor estranhamente ácido das substâncias químicas e o cheiro frio, petrificado, da escavação do túmulo.

Os degraus terminavam em um salão pequeno. Ela o atravessou e caminhou por um túnel estreito que levava a uma câmara maior. Lá, avistou dois homens. Um era ligeiramente curvo e grisalho, vestido com uma camisa cáqui empoeirada e calça *jeans* desbotada. Ele devia ser Archer, pensou, porque o outro homem tinha pele morena e usava um traje característico de árabe.

Ela se esgueirou pela passagem estreita.

Archer estava ao lado do que Cotten pensou que fosse uma cripta na parede mais distante da câmara. Ela vislumbrou restos de ossos escuros e um brilho metálico. Ele trazia consigo uma pequena caixa aberta, cujo interior os dois homens observavam com intensidade.

Cotten abriu a boca para chamar.

Nesse instante, o árabe puxou uma arma de dentro da túnica. Cotten congelou enquanto o homem apontava a arma para Archer.

— Entregue-a para mim! — exigiu ele.

Archer fechou a tampa e recuou um passo, segurando a caixa com firmeza. Tinha os olhos arregalados e o rosto branco como um esqueleto.

— Você é um deles.

Cotten apoiou as costas contra um andaime frouxo. O andaime saiu do lugar e uma pequena avalanche de seixos e areia desabou ao chão.

Com o ruído, os homens se voltaram e por um momento olharam para ela.

Archer deixou a caixa cair e tentou segurar a arma. Em seguida, agrediu o homem e ambos rolaram sobre o chão sujo.

O árabe golpeou a cabeça do arqueólogo com o cano da arma. Archer ergueu um cotovelo, redirecionando a pontaria da arma exatamente no momento em que ela disparava. O disparo ecoou nas paredes frágeis da câmara.

O árabe dominou Archer, forçando a arma contra a maçã do rosto do homem mais velho. Com um gemido alto, Archer levantou o joelho, empurrando o árabe e fazendo com que batesse com a cabeça contra a parede. Atordoado, o árabe deixou-o por um instante e Archer conseguiu esgueirar-se para longe dele. O árabe ergueu o revólver, apontou e Archer mergulhou sobre ele, esmagando o oponente com o seu peso.

A arma disparou sob ele.

Um segundo tiro foi disparado, mas os corpos de ambos o abafaram.

Cotten prendeu a respiração enquanto os dois homens continuavam imóveis. A câmara permaneceu em silêncio, a não ser pelo zumbido do sangue dela pulsando nas orelhas e o batimento do coração contra o peito.

Então, finalmente, Archer moveu-se, rolando vagarosamente para longe do árabe. Uma mancha vermelha borrava a parte da frente da camisa. Mais sangue escorria do peito do árabe.

Archer levantou-se com dificuldade e olhou para o homem morto. O peito tremia e ele respirava com dificuldade enxugando o rosto na manga da camisa. Pegou a caixa, segurando-a com firmeza.

Ele tossiu e se endireitou, os olhos fixos em Cotten. De repente, entortou os olhos, cambaleando alguns passos antes de desabar no chão.

— O meu coração — sufocou, a mão sobre o peito.

Cotten deixou a sacola cair e aproximou-se com cautela, olhando atrás de si. Observou o corpo do árabe ao passar por ele.

— O que quer que eu faça? — indagou, ajoelhando-se ao lado de Archer. — Quer que vá buscar ajuda?

— Não. — Archer procurou alcançar a mão dela. Começou a tossir e Cotten apoiou-lhe a cabeça no colo.

— A caixa — ele murmurou. — Fique com ela. — Ele olhou para o morto. — Nada irá detê-los a partir de agora.

— Eles quem? O que está dizendo?

O rosto dele se contorceu em conseqüência de uma fisgada de dor. Com as mãos trêmulas, ele empurrou a caixa na direção dela. A pele parecia perder a cor, os lábios escureciam. — Você deve impedir que eles fiquem com ela.

— O que é isso? — quis saber Cotten.

A voz de Archer sumia, era pouco mais do que um sussurro.

— Vinte e seis, vinte e sete, vinte e oito, Mateus.

— Não estou entendendo.

Archer não respondeu, parecendo olhar através dela. Então tentou puxá-la para perto de si e ela se inclinou para ouvir o que ele sussurrava.

Depois balançou a cabeça, confusa.

— Por favor, o que está dizendo não faz nenhum sentido. Quer que eu detenha o sol... o amanhecer?

Archer parecia delirar, erguendo a cabeça, a voz subitamente forte enquanto falava.

— *Geh el crip*.

Cotten sentiu o mundo rodar. Archer não podia ter dito o que ela pensava ter ouvido. Era impossível. Impossível. Ele falou numa língua que ela não ouvia desde que era criança. Só uma outra pessoa conversava com ela naquela língua... a irmã gêmea.

A irmã gêmea dela, que estava *morta*.

Viagem de Volta

— Como pode conhecer essas palavras? — indagou Cotten com voz trêmula.

Mas Archer já havia fechado os olhos. A mão dele perdeu a força e a cabeça pendia frouxa para trás, o peito silenciou.

Archer estava morto.

A fieira de lâmpadas piscou e apagou-se, e então tudo ficou às escuras. O combustível do gerador acabou, imaginou ela. Com delicadeza, afastou do colo a cabeça de Archer. Não havia mais nada que pudesse fazer por ele e, como só devia restar um caminhão, era melhor se apressar.

Com receio de tropeçar nos escombros, Cotten pôs a caixa debaixo do braço e encaminhou-se como pôde em meio à escuridão na direção que pensou levar ao túnel. De repente, a terra tremeu e as paredes rangeram. Ela caiu de joelhos e tentou proteger a cabeça, esperando que o teto desabasse. Poeira e areia se espalharam pelo recinto apertado, acumulando-se no cabelo dela e nos dorsos das mãos. Pedregulhos atingiram-lhe as costas. Estariam caindo bombas em algum lugar por ali?

O rumor cessou e ela continuou a caminhar com dificuldade. A sacola não devia ter ficado muito longe dali, mas avançar naquele espaço às escuras era penoso. Tocou o chão com uma das mãos e retraiu-a, enojada.

O sangue do árabe.

Agachou-se e limpou o sangue da mão na perna da calça do homem morto. Quando chegou à parede lembrou-se do caminho que levava à abertura do túnel, onde havia deixado a sacola. Apalpou com os dedos o náilon do forro da sacola até encontrar a lanterna minúscula.

A lâmpada piscou quando acionou o interruptor e depois se apagou.

— Ora, vamos! — ela murmurou, agitando-a. A lanterna voltou a se acender, mas a luz era pouco mais do que um fraco lampejo.

Com a lanterna na boca, Cotten foi jogando filmes e outros objetos no chão sujo e guardou a caixa de Archer dentro da sacola. Depois de arrumar tudo de novo dentro da sacola, a lanterna apagou de novo. Ela apalpou o chão em busca de algo que tivesse esquecido.

Um segundo estrondo abalou as paredes, seguido por um terceiro e um quarto. Ouviu-se um estalo inconfundível, que ela reconheceu de quando tinha feito um artigo sobre armamento de alta tecnologia da Força Aérea: bombas sônicas lançadas de caças rompendo a barreira do som.

— Archer! — um homem chamou do fim da passagem. — Não podemos esperar mais. — Houve uma pausa. — Está me ouvindo, Archer? Vamos embora agora!

— Espere — gritou Cotten, fechando o zíper da sacola e caminhando com dificuldade em meio aos escombros.

Tropeçou várias vezes na escuridão até finalmente chegar à abertura do túnel. O motor do último caminhão foi acionado e logo ele também se dirigia para a estrada.

— Parem! — ela berrou correndo para o caminhão.

O turco levantou-se na traseira do veículo e acenou para Cotten se aproximar. Quando ela chegou perto o bastante, atirou a sacola. O turco a agarrou no ar e depois, estendendo a mão, ajudou-a a saltar para dentro do caminhão.

— Você corre bem — comentou ele.

Ela deu um risinho nervoso e sentou-se, respirando com dificuldade.

— Onde está o Archer? — quis saber o homem, a voz falhando com os sacolejos do caminhão.

A lona que cobria parcialmente as laterais da carroceria agitavam, batendo contra a estrutura de madeira, e com o ruído do motor era ainda mais difícil escutar qualquer coisa.

— Morto. Ataque cardíaco. — Cotten apontou para o peito.

O turco balançou a cabeça e traduziu a informação para os homens que viajavam na carroceria.

Acima deles, os jatos roncaram na escuridão e dois pontos de luz alaranjada acenderam-se no horizonte. Ela observou com medo, esperando que os mísseis encontrassem o que ela supunha que fossem os caças americanos. Mas não houve impactos. Os mísseis desviaram para o deserto e incendiaram-se como estrelas cadentes.

Enquanto o caminhão seguia para o norte em direção à fronteira turca, Cotten encolheu-se em um canto, envolvendo as pernas com os braços. Pensou sobre o que havia acontecido na cripta — um homem tentando assassinar um outro por causa de uma caixa cujo conteúdo ela desconhecia. Então, as estranhas palavras balbuciadas pelo moribundo voltaram-lhe à memória, as quais ela atribuía a algum tipo de delírio, não podia ser outra coisa. Ele lhe falou em uma língua conhecida apenas por ela e a irmã gêmea — uma irmã que tinha morrido ao nascer.

* * *

Gritos caóticos despertaram-na bruscamente do sono. O sol árabe, já alto no céu da manhã, cegou-a enquanto se endireitava no piso da carroceria. Como formigas saindo de um formigueiro, a equipe de escavação turca deixava rapidamente o caminhão por trás. Cotten levantou-se e olhou ao redor.

Uma multidão dirigia-se para a estrada, atravessando as colinas próximas em fuga das montanhas. Refugiados, ela pensou, procurando escapar antes que a guerra começasse. Mulheres, ou com bebês pendurados ao peito ou puxando outras crianças pelas mãos, ou as duas coisas, passaram pelo caminhão como uma maré enchente. Cotten observou-lhes as faces desnorteadas. Era isso que os americanos precisavam ver.

Apanhando a sacola, saltou para o asfalto. De todos os lados do caminhão, viu mais veículos alinhados, os motores desligados, as carrocerias e cabinas desocupadas. Compreendeu que tinham finalmente chegado à fronteira turca, provavelmente nas proximidades de Zakhu. Uma grande cerca de arame farpado estendia-se a perder de vista sobre o campo e a estrada cruzava um estreito posto de fronteira com barreiras de tanques e carros de transporte de tropas. Centenas de soldados turcos, todos portando armas automáticas, conduziam os refugiados para um gargalo onde era feita uma verificação rápida de documentos antes de deixá-los passar.

Cotten segurou a sacola contra o peito, deixando-se levar pela multidão para perto do posto da fronteira. Quando restavam poucas pessoas à frente, apalpou o interior da sacola e pegou o passaporte e as credenciais de jornalista.

— Imprensa americana — gritou, levantando os documentos. — Imprensa americana.

Tão logo passou pelo posto, parou e tirou algumas fotografias da cena. Fotos em preto e branco — flagrantes de rostos impressionantes, dos olhos escuros arregalados das crianças, das mãos das mães segurando as mãozinhas frágeis. Já imaginava como ficariam, intercaladas na edição dos seus vídeos. Sem música de fundo, sem nenhuma locução. Apenas as faces congeladas de desespero e medo. Seriam um final de vídeo impressionante. Ninguém seria capaz de ver sem derramar lágrimas.

Um jovem soldado turco avistou-a e acenou-lhe.

— Venha comigo, americana. Por aqui. — Empurrou-a pelo ombro e conduziu-a através da fronteira turca.

— Obrigada — agradeceu Cotten, mas ele já verificava os documentos do seguinte na fila.

De repente, outro militar pegou-a pelo braço e puxou-a de lado.

— Documentos! — exigiu agora um oficial turco.

— Sou americana — protestou Cotten, encarando os olhos frios e a expressão dura do oficial. — Acabei de mostrar os documentos para outro soldado no posto.

— E agora vai mostrar também para mim.

Cotten estendeu-lhe o passaporte e a identidade de jornalista.

— Trabalho para a rede americana SNN.

Ele abriu o passaporte e comparou a foto com a da identidade de imprensa.

— Por aqui — ordenou, encaminhando-a para perto de um caminhão a alguns metros de distância.

— Há algum problema? Acabei de fazer uma reportagem em Bagdá e pretendo voltar para Nova York. Você não pode...

A rampa de acesso à carroceria do caminhão estava abaixada e o oficial apontou naquela direção.

— Ponha a bagagem ali.

Cotten precisava manter a calma. Devia ser apenas uma inspeção de rotina. Eles não tinham motivo para suspeitar que ela estivesse levando alguma coisa ilegalmente para o país.

— Abra — ordenou o oficial, apontando para a sacola.

Cotten correu o zíper e espalhou o conteúdo da sacola. Em meio à pilha de caixas de vídeo por cima, ela via o canto da caixa de Archer.

— O que há nestes filmes?

— A minha reportagem. São imagens de crianças e idosos.

— Crianças — disse ele, verificando um filme e o rótulo. — Como vou saber se não está mentindo?

Ele afastou as fitas para um lado.

— E onde está a sua câmera de vídeo?

— Sou uma repórter — informou ela. — O meu operador de câmera permaneceu no Iraque.

Ele continuou a vasculhar o conteúdo da sacola.

— E isto? — indagou, tirando a caixa de Archer da sacola.

— Um peso.

— Para quê?

— Para ajudar a segurar e equilibrar o meu tripé... da câmera fotográfica.

— E onde está o seu tripé?

— Precisei deixar para trás.

— Mas trouxe este bloco de madeira?

— Ele já estava na sacola quando a apanhei na hora de partir. Estava com muita pressa.

Ele revirou a caixa, balançou-a e depois tornou a colocá-la na sacola, de onde tirou a câmera fotográfica.

Cotten sentiu o corpo ser atravessado por uma torrente de alívio de cima a baixo.

— Nikon — comentou o militar, examinando câmara. — Muito bonita.

— Sim, é mesmo — concordou ela impaciente. — Posso ir agora?

— Depende.

— Depende do quê?

— Do que acontecer com esta câmera.

— É um equipamento de setecentos...

— Muito, muito bonita — interrompeu o militar, acariciando a máquina.

Cotten estendeu a mão para a câmera, mas ele a puxou com violência.

— Você está ansiosa para voltar para o seu país, não é? — indagou, tirando a proteção da lente. Olhou pelo visor. — Já detive diversos americanos para interrogatório. Essa é a nossa política. — Ele mirou para o lado esquerdo e depois parou. — Será que vou precisar detê-la?

Cotten suspirou com relutância.

— Não.

Ele girou a Nikon nas mãos, admirando-a, depois passou a correia pelo pescoço.

Cotten olhou para a câmera, queria arrancá-la do pescoço dele, mas concluiu que, naquelas circunstâncias, não tinha outra escolha a não ser sacrificá-la.

Ruídos de disparos partiram da direção do posto de fiscalização da fronteira.

— Malditos idiotas — resmungou o oficial, devolvendo-lhe apressado o passaporte e a identidade de imprensa. — Volte para o seu país, americana. — Virando-se, encaminhou-se para o local dos distúrbios... com a Nikon balançando-se ao pescoço.

Cotten fechou o zíper da sacola, enfiou os documentos no bolso do casaco e saiu andando.

Atrás dos veículos militares avistava-se um mar de automóveis, caminhões, caminhonetes e ônibus alinhados nos dois lados da estrada. As pessoas erguiam-se nos estribos e nos tetos dos carros, procurando desesperadamente pelos parentes entre os imigrantes que passavam aos borbotões. Cotten seguiu ao longo da estrada, em busca de um táxi ou de um ônibus de linha.

De repente, ouviu uma buzina forte à direita. Um homem acenava vivamente para ela de uma janela. Era o turco da equipe de escavação.

— Estamos indo para Ancara, dona — gritou para ela. — Corra!

"Acho que adoro esse homem", pensou Cotten, disparando em direção ao ônibus. Procurou no fundo da sacola e encontrou o dinheiro de reserva para comprar a passagem com o motorista. Uma vez a bordo, abriu caminho pelo corredor apinhado e pousou a mão sobre o ombro do amigo recém-conquistado, agradecendo-lhe ainda mais quando ele lhe cedeu um pouco de espaço para sentar. Segurando a sacola firmemente contra o corpo, ela se esgueirou para o vão estreito na última fileira de assentos, imaginando o que estaria contrabandeando para fora do Iraque. Ansiava por ficar a sós com a caixa de Archer e examiná-la.

Em um instante o ônibus deu a partida e sacudiu, rumando para a estrada. Cotten olhou rapidamente pela janela de trás. A maré de refugiados aumentava como um dilúvio.

* * *

A longa viagem através da Turquia foi desconfortável. Com tantas pessoas espremidas dentro do ônibus, Cotten recebeu uma boa dose de todos os odores que o corpo humano é capaz de produzir. Uma vez ela ouvira que, dentre todos os animais, os humanos são os que têm o pior cheiro. Isso era para ser uma vantagem, repelindo os predadores. Agora estava certa de que a história era verdadeira. Durante a viagem, não só os odores opressivos, também os constantes solavancos a impediram de dormir. Quando finalmente chegaram a Ancara, ela estava faminta e sentia-se mais horrível do que jamais havia se sentido em toda a vida.

Depois de usar o cartão de crédito para pagar ao turco e os companheiros uma refeição em um barzinho próximo ao terminal de ônibus, Cotten despediu-se com um firme aperto de mãos antes de tomar um táxi para o Aeroporto Esenboga. Lá, comprou a passagem de volta, com uma conexão no Aeroporto Heathrow, em Londres, antes de chegar ao Aeroporto John F. Kennedy, em Nova York.

Por mais que preferisse manter a sacola consigo, preferiu despachá-la entre as bagagens para não ter de explicar sobre a caixa de madeira aos turcos no balcão de inspeção de bagagem. A sacola teria mais chances de seguir em segurança e sem incidentes se não a levasse na mão. Tudo o que podia fazer era rezar para que a caixa de Archer não contivesse explosivos nem outros materiais que pudessem disparar algum tipo de alarme.

Cotten lavou-se no banheiro feminino do aeroporto mas ainda sentiu-se mal quando, depois de embarcar e sentar-se ao lado de uma jovem com um pulôver azul e calças de vinco, esta fez questão de ir sentar-se bem longe dela.

O dourado arroxeado do crepúsculo estendia-se no horizonte quando ela se enrolou no cobertor da companhia aérea. Imaginando qual seria o segredo que jazia dentro da sacola armazenada no compartimento de carga do avião, ela abaixou a persiana da janela, fechou os olhos e mergulhou em um sono inquieto.

* * *

Ao pousar na Inglaterra, Cotten recuperou a sacola do carrossel de bagagens e apalpou-a rapidamente, para se assegurar de que a caixa continuava em segurança dentro dela. Uma fila de passageiros se encaminhava para a Imigração britânica. Cotten enterrou as unhas na palma da mão, agarrando com força a alça da sacola. Felizmente, o funcionário não percebeu o seu nervosismo quando carimbou o passaporte. Ela passou para a Alfândega.

— Tem alguma coisa a declarar? — indagou o agente quando depositou a sacola sobre a mesa.

— Não. — O estômago se contraiu em um nó enquanto o homem examinou-lhe a face.

Depois de uma pausa, ele acrescentou:

— Bem-vinda ao Reino Unido, senhorita Stone — e indicou-lhe a saída.

Cotten tentou engolir, mas a boca estava seca. Ela sorriu para o homem, pegou a sacola e saiu. Talvez pudesse sair carregando a sacola no vôo para Nova York em vez de despachá-la. Não queria perdê-la de vista. O pior já tinha passado, sem grandes problemas com a segurança, depois da primeira etapa de volta para casa.

Casa. Deus, seria bom estar em casa outra vez, pensou, passando pelo terminal de embarque e encaminhando-se para dentro do 747.

O dia estava nublado e gotas de chuva enevoavam a janela quando o avião mergulhou entre as nuvens. Ela ouviu o ruído característico do trem de pouso sendo recolhido. Mais sete horas.

Assim que a luz indicadora de "apertar os cintos" apagou-se, Cotten pegou a sacola do bagageiro superior, levou-a para um dos toaletes de bordo no fundo do 747 e fechou a porta. Sentou-se no vaso e abriu a sacola. Pondo os videoteipes de lado, tirou a caixa de dentro.

Pelo que podia perceber, ela era feita de madeira; era de uma cor enegrecida — gasta e envelhecida — com alguns arranhões recentes. Tentou abri-la mas não encontrou a tampa. Estranho, pensou, não parecia haver uma parte inferior ou superior, nada de dobradiças nem fechaduras. Mas Archer a abriu e examinou o conteúdo. Lembrou-se da intensidade com que ele a admirou. Balançou a caixa, mas ela não fez nenhum ruído. Como ele conseguiu abrir algo que era praticamente um bloco de madeira maciça? O que havia de tão importante nessa caixa para ele insistir para que ficasse com ela? Por que o árabe tentou matá-lo por causa dela? Mas a coisa que mais a impressionou foram as palavras de Archer. *Geh el crip*.

Finalmente, guardou a caixa, voltou ao assento e acomodou a sacola no compartimento de bagagem.

* * *

Chegando ao Aeroporto John F. Kennedy, Cotten passou rapidamente pela Alfândega e pela Imigração. Depois de atravessar o terminal lotado, parou em um caixa eletrônico para sacar dinheiro, e em seguida passou pelas portas automáticas para a calçada. O inverno rigoroso de Nova York atingiu-a em cheio, gelando-lhe as faces. Naquela época do ano, o Nordeste do país não tinha atrativos suficientes que compensassem, pensou. Ainda bem que esteve fora por algum tempo, longe da neve e do doloroso fim de caso com Thornton Graham.

Cotten acenou para um táxi e acomodou-se no assento de trás, a sacola pousada no colo. Indicou ao motorista o endereço do apartamento no centro da cidade e então repousou a cabeça no encosto.

Lembrou-se dos sonhos inquietantes que a perturbaram durante o vôo. Não conseguia tirá-los da memória — os sonhos eram impregnados com o cheiro úmido da câmara antiga, a explosão do disparo da arma de fogo, o sangue ainda quente daquele árabe, a pele descorada e os lábios azulados de Archer, o último suspiro dele no seu ouvido enquanto sussurrava: *Geh el crip* — você é a única pessoa. Era impossível que ele fosse capaz de pronunciar aquelas palavras. Impossível. E ainda assim ele as pronunciou.

Através da janela empoeirada do táxi, Cotten observou o perfil da cidade, que até então estivera fora de foco, ficar mais nítido.

* * *

Mal entrou na sala do apartamento onde morava, Cotten deixou uma mensagem na secretária eletrônica de Ted Casselman, informando-o de que havia regressado em segurança. Ela havia ligado para ele de Ancara e também de Londres. Mas o chefe continuava insistindo em saber dela no momento em que chegasse em casa. Um tipo paternal, misto de mentor e amigo — ele estava bravo com ela por ter corrido tantos riscos e se preocupava enquanto não pisasse em solo americano.

Revigorada, depois de um banho quente de meia hora, Cotten torceu as abas do saca-rolhas e abriu uma garrafa de vinho branco. Encheu a taça pela metade. Nada de vodca essa noite. O vinho sempre a ajudara a dormir melhor, e uma boa noite de sono era o que mais lhe fazia falta.

A caixa de Archer descansava no centro da mesa da cozinha. Ela a examinou enquanto se sentava, embalando a taça de vinho na mão. Não se viam sinais exteriores na caixa, nem junções nem dobradiças. Se houvesse alguma fenda, seria visível na superfície de madeira.

Cotten esfregou o pescoço. Os músculos doíam, mas o banho a ajudou a aliviar um pouco a tensão. A água quente estava deliciosa, massageando-lhe a nuca e as costas. Felizmente, o aroma adocicado do xampu de coco a ajudou a eliminar os odores que pareciam ter-se acumulado no seu corpo e impregnado o nariz adentro. Cotten bebericou o vinho, então soltou a fivela da presilha, permitindo que o cabelo úmido caísse sobre o robe de banho de chenile.

Depois de alguns minutos, ela se levantou e atravessou a sala. A pilha de correspondência acumulada jazia sobre a escrivaninha onde o seu senhorio a havia deixado.

— Coisas inúteis, não sei para que servem — murmurou, tentada a jogar tudo na lata de lixo.

Ali dentro, parcialmente oculto sob alguns envelopes antigos, repousava um porta-retrato com a moldura prateada em torno da fotografia de Thornton Graham. Ela o havia jogado no lixo um dia antes de partir para o Iraque. O envolvimento com ele tinha sido um erro.

Cotten afastou os envelopes e descobriu o rosto. Thornton Graham era o novo âncora da SNN, visto em todo o país na hora do jantar. Bonito, confiante, experiente... e casado. Quando ela recebeu a primeira missão na emissora, ele havia lhe dedicado uma atenção especial. Sob o efeito do carisma dele, dos seus olhares atraentes e da admiração que lhe despertou, ela se viu totalmente dominada.

Cotten lembrava-se da primeira vez que havia se encontrado com Thornton — havia sido no ano anterior, às vésperas do Natal. Normalmente, ela seguia a pé para o trabalho, mas naquele dia tomou um táxi, porque levava o material de decoração natalina para o escritório. Para evitar mais do que uma viagem de táxi, carregava duas caixas, além da bolsa pendurada no ombro e ainda uma caixa de bombons que pretendia deixar num pote sobre a mesa de trabalho. Conseguiu entrar no prédio com a ajuda do porteiro e chegou até os elevadores. Mas, ao entrar no elevador, tropeçou na porta o bastante para fazer com que a sacola escorregasse do ombro. Alguém atrás dela segurou a sacola e colocou-a de volta ao ombro. Ela se virou para agradecer, observando a mão que a ajudara, e deparou com o rosto do correspondente mais antigo da SNN, Thornton Graham. Conseguiu agradecer, claro, mas a voz se engasgou e saiu esganiçada. Thornton pareceu sensibilizado pelos encantos dela e desferiu-lhe o seu famoso sorriso. Cotten virou-se de lado, tentando parecer indiferente e não tão obviamente seduzida... mas não pôde deixar de notar o reflexo dele nas portas de latão polido do elevador. Ao observá-lo, ficou embaraçada ao perceber que ele a examinava. A viagem de elevador pareceu durar uma eternidade. Quando ela saiu do elevador, ele fez o mesmo. Thornton ofereceu-se para levar as caixas e acompanhou-a até a sala dela. Antes de sair, convidou-a para acompanhá-lo no almoço mais tarde. Esse foi o começo daquela que se tornaria uma relação da mais pura paixão física, com quase um ano de duração. Agora estava tudo acabado... superado e encerrado.

Cotten esvaziou a taça e sentiu o corpo se aquecer pelo vinho. Os músculos do pescoço tinham relaxado e ela experimentava uma leve tontura provocada pelo álcool. Empurrou a pilha de cartas para dentro da lixeira, encobrindo a face de Thornton, e voltou à cozinha caminhando devagar. Lançou um olhar para a caixa de Archer e decidiu que, por precaução, precisava guardá-la em um local seguro enquanto não decidisse o que fazer com ela.

Cotten lavou a taça vazia. Enquanto a enxugava, inclinou a cabeça e olhou para o bule sobre o fogão. Tendo uma idéia, colocou o bule sobre o balcão, depois levantou a tampa do queimador do fogão elétrico.

Deu uma olhada rápida na caixa, então para o espaço sob a tampa do queimador. Com cuidado, enfiou a caixa entre os elementos de aquecimento e depois fechou a tampa do queimador até ouvir o clique indicando que havia travado na posição. Um lugar tão bom quanto qualquer outro, pensou. Pôs de volta o bule sobre o queimador, apagou as luzes e foi para a cama.

Pela primeira vez em anos, sonhou que era criança outra vez, brincando no sítio da família. Não obstante, principalmente, sonhou com a irmã gêmea.

A Fita

Na manhã seguinte, Cotten fez uma busca na gaveta de cosméticos. Nada de rímel. Encontrou diversas embalagens de base e uma sombra ainda nova. Sombra para os olhos, delineadores e batons, mas nada de rímel. Havia levado ao Iraque o único tubo de que dispunha e o abandonou no deserto. Examinou o rosto no espelho. Os olhos castanho-claros pareciam descuidados. Enrolou a mecha de cabelo rebelde que teimava em se soltar e deu uma última olhada no reflexo. Por um momento, vislumbrou o rosto da mãe no seu. Tocou com a ponta dos dedos a pele sob os olhos e ao redor da boca. Lembranças da vida que havia deixado para trás em Kentucky a assaltaram. Viu rugas e olheiras profundas no rosto das mulheres... mulheres não muito mais velhas do que ela própria aparentava no momento. Vinte e sete eram quase trinta, e os trinta não ficavam muito longe de...

A mãe a chamava de excêntrica, dizendo que ela era uma sonhadora. Era verdade. E nas asas desses sonhos ela havia fugido de uma vida em que as mulheres envelheciam cedo demais, desistiam das esperanças cedo demais... e morriam muito antes do tempo.

— Sinto muito, mãe — sussurrou.

Cotten borrifou de perfume a parte de trás de cada orelha e fechou a gaveta de cosméticos. Na cozinha, mastigou uma barra de cereais e preparou uma xícara de café instantâneo. Enquanto comia, olhou para o fogão. Tudo parecia bem normal. Só por precaução, pegou uma frigideira do armário e colocou-a no queimador ao lado do bule.

Perfeito.

Atravessou os dez quarteirões do apartamento até a sede da SNN. Fazia frio, mas Cotten nem prestou atenção. Ansiava por obter as respostas a algumas perguntas inquietantes. De repente, o telefone celular vibrou.

— Alô — atendeu, desviando-se das pessoas na calçada movimentada.

— Oi, garota. Você voltou!

— Nessi! — Cotten sorriu, contente por ouvir a voz da amiga.

— Como foi a viagem? Parece que as coisas ficaram bem quentes por lá.

— Você não vai acreditar em tudo o que passei nos últimos dois dias. — Ela começou a contar à amiga mas, de propósito, omitiu a parte em que Archer implorou para que ficasse com a caixa, falando numa língua que não existia para ninguém no planeta além dela. Ninguém compreenderia. — Então precisei subornar um oficial para passar pela fronteira com a Turquia. Fiquei chacoalhando em um ônibus um dia inteiro com pessoas que fediam como bodes. E acho que contrabandeei uma espécie de artefato antigo do Oriente Médio para os Estados Unidos. — Ela olhou de relance para a manchete do *New York Times* quando passou por uma banca de jornais: "SOBE O NÚMERO DE TROPAS." — Tirando tudo isso, foi normal. Sentiu a minha falta?

— Sempre — afirmou Vanessa Perez. — Estava preocupada com você. O seu chefe não ficou bravo?

— Acho que ele precisou dobrar a dose do remédio para a pressão. Estou indo para lá, agora. Tenho uma reunião com ele às nove e meia, e a minha sessão de edição é às dez.

— E quanto ao seu *Thorn*, hein?

— Nessi, pega leve.

— Ele vai estar lá?

— Acho que sim. Talvez eu esteja com sorte e ele tenha saído para alguma entrevista.

— É melhor pensar em alguma coisa para dizer quando o encontrar de novo.

— Estou pensando.

— Sei, já ouvi isso antes.

O estômago de Cotten deu um nó. Nessi *tinha* mesmo ouvido aquilo antes — mais de uma vez. Ela sempre pensava a mesma coisa, queria acreditar que havia terminado com ele. Mas dessa vez seria diferente. Era um caminho sem volta, doloroso e ponto final. Precisava se convencer de que

Thornton era coisa do passado... um malote despachado para algum lugar distante.

— Você tem sessão de fotos hoje? — Cotten mudou de assunto.

— Em South Beach... para um bronzeador... logo você vai me ver nos cartazes com um biquíni minúsculo e um frasco do produto na mão.

Cotten deu uma risada.

— Arrase com eles!

— Eu sempre arraso. — Houve uma pausa incômoda. Então acrescentou: — Não deixe que ele leve a melhor.

— Me dê algum crédito. — Cotten sentiu uma golfada de ar quente quando passou pelas portas rotatórias da sede da SNN.

— Ei, é para isso que servem os amigos. — Vanessa brincou, recordando uma música que curtiam juntas. O refrão era como um código secreto entre elas.

— Ainda bem que você é linda, porque não sabe cantar... — disse Cotten entre risos.

— Adoro você — encerrou Vanessa e desligou.

Cotten guardou o celular no bolso do casaco e parou para ver o monitor ao vivo no alto, atrás da mesa do saguão de entrada — o presidente fazia declarações com frase de efeito e tiradas batidas.

Ela passou pela entrada de segurança e prendeu o crachá de identificação.

Os primeiros sete andares do prédio eram ocupados pelos estúdios, pela produção, pelo departamento de áudio, de duplicação, de comunicação e de transmissão por satélite. Cotten saltou no oitavo andar, onde a SNN mantinha as salas de edição de vídeo e os arquivos.

— Cotten.

Era Thornton Graham.

Ela forçou um sorriso e inclinou a cabeça como forma de cumprimento. Droga, por que precisava encontrá-lo logo na entrada?

— O dia está tão bom para... ei, tudo bem com você? — indagou ele. — Você não me parece...

— Estou ótima. Não encontrei o rímel, só isso.

Thornton beijou-lhe o rosto e ela sentiu a fragrância da colônia que ele usava, o que lhe inundou os pensamentos com lembranças vívidas.

— Me dá um minuto? — ele indicou a sala dele.

— Estou mesmo com pressa.

— A sua edição é só daqui a uma hora... eu verifiquei.

— Antes preciso fazer umas pesquisas.

— Senti a sua falta — ele quase sussurrou, tocando-lhe o braço e se aproximando.

Fez-se um pesado silêncio.

— Thornton... — Ela balançou a cabeça, sem querer fitá-lo nos olhos. — Por favor, é demais.

— Não é, não — insistiu ele. — Eu amo você.

— Aquilo não foi amor — sussurrou ela. — Você sabe disso.

— Cotten, eu amo você de verdade.

— Preciso ir agora. — Ela seguiu pelo corredor.

— Cotten! — ele a chamou, mas ela não se voltou.

Ela não chorou dessa vez... era um bom sinal. Havia tomado a decisão certa, pensou, e conseguiria passar por essa. Se ao menos não o tivesse visto... tocado nele.

Dentro do departamento de arquivos de vídeo, Cotten sentou-se no terminal de computador, digitou a senha de segurança e deu início à função de busca. Então digitou *Archer, Gabriel.* Em poucos segundos, duas referências eram exibidas na tela. Ela selecionou as duas, digitou o comando de recuperação e virou-se para observar através da parede de vidro. Um dos enormes carrosséis cheios de videocassetes girou. Um braço robótico aproximou-se dele, escaneando os códigos de barra, então pegou um cassete, moveu-se para o lado de um dos aparelhos de execução e inseriu a fita. Uma janela de vídeo apareceu no terminal de Cotten e o som se projetou de cada conjunto de alto-falantes montados de cada lado da tela. As imagens passaram borradas pela velocidade elevada enquanto a máquina usava o código de tempo na fita para localizar o segmento correto. Houve uma curta pausa e então a imagem e o som apareceram.

A primeira imagem era um letreiro eletrônico: *Busca da Arca, entrevista com Archer.* Um breve artigo seguia-se a um programa de variedades mencionando Gabriel Archer, que Cotten descobriu tratar-se de um arqueólogo bíblico e integrante da equipe de busca dos vestígios da Arca de Noé. Não havia mais nada que parecesse importante. E nada lhe dava uma dica de como ele poderia saber falar com ela naquela língua. Afinal de contas, não se tratava de uma língua inventada... na qual a mãe se admirava de ver as gêmeas conversando?

Cotten cancelou a fita e solicitou a segunda. Essa era mais longa e nela Archer era o personagem principal. O foco era uma entrevista com ele em casa, em Oxford, na Inglaterra. Embora a fita fosse de apenas alguns anos antes, Archer parecia muito mais jovem, concluiu ela... mais forte, saudável e animado. Ele segurava um pequeno prato redondo de ouro que acabara de descobrir em uma escavação em Jerusalém. O prato estava recoberto de símbolos e ele alegava que datava da época das Cruzadas. "O reino dos céus é como um tesouro escondido em um campo", dizia Archer. Ele citou as escrituras muitas vezes durante a entrevista. Acariciando o prato como se fosse uma criança, ele declarou: "Este artefato me levará ao maior tesouro dos céus."

Seguia-se uma entrevista com um arqueólogo da equipe do Museu de História Natural de Nova York. O homem sorria de modo condescendente, chamando Archer de um fanático pelas próprias teorias. "Às vezes", afirmava, "o entusiasmo leva a melhor sobre o doutor. Ele tem muitas idéias extravagantes." O arqueólogo deu crédito a Archer por muitas descobertas notáveis, incluindo uma obra sobre a busca da Arca de Noé, mas disse que as excentricidades dele diminuíam-lhe a credibilidade.

Havia mais algumas entrevistas tratando de Archer. Uma, em especial, chamou a atenção de Cotten: o doutor John Tyler, um padre católico, historiador bíblico e arqueólogo, referia-se afavelmente a Archer. Tyler havia estudado com Gabriel Archer e dizia que o arqueólogo era dedicado ao trabalho, mencionando que muitas das descobertas dele haviam esclarecido muitos aspectos da história bíblica.

Tyler aparentava ter cerca de 35 anos, era alto, de cabelos escuros, e exibia o rosto enrugado de alguém acostumado a passar muito tempo ao ar livre. E que belos olhos, observou Cotten.

Ela rebobinou a fita e repetiu a parte de Tyler. Ele falava macio, mas o seu tom era confiante, autoritário. "Ele tem muitas aspirações", comentava Tyler sobre Archer. "Gosto bastante dele."

Cotten tomou nota do nome da faculdade onde Tyler lecionava. Como era em Nova York mesmo, poderia ser uma boa fonte de informações. Ela pensou sobre o que Archer lhe havia sussurrado na cripta e com que facilidade havia citado a Bíblia. Mateus 26, 27, 28. Ele devia estar se referindo a uma passagem da Bíblia. Consultou o relógio: faltavam quinze minutos para a reunião com Ted Casselman.

Concluindo as pesquisas nos arquivos, Cotten voltou para o saguão de entrada do andar, enfiando a cabeça em uma das salas de edição.

— Alguém tem uma Bíblia?

— Voltou religiosa do Oriente Médio, Cotten? — ironizou o editor de vídeo, fitando-a por sobre o ombro.

— Tente o criado-mudo de um quarto de hotel — acrescentou um assistente.

Cotten sorriu com sarcasmo.

— Muito engraçadinhos. Vamos lá, gente. Verdade, alguém faz idéia de onde possa encontrar uma Bíblia?

— Com o correspondente de Religião — informou o editor, e voltou aos seus monitores.

— Claro! — admitiu ela, imaginando por que não havia pensado nisso. Mas, então, religião não era algo em que passasse muito tempo pensando. Consultou o relógio de novo enquanto se encaminhava para a sala.

— Qual versão? — a secretária do correspondente perguntou.

— Não sei... não existe uma versão padrão?

A secretária indicou a porta atrás de si e se levantou. Cotten a acompanhou.

Em uma parede, erguia-se uma estante do chão ao teto. A secretária retirou da prateleira a versão inglesa do rei Jaime.

— Por favor, guarde no mesmo lugar depois que consultar — declarou, antes de sair.

— Obrigada — agradeceu Cotten, sem desviar o olhar. O que Archer dissera mesmo? Mateus? Mateus ficava no Novo Testamento, pelo menos isso ela sabia. Mateus, Marcos, Lucas e João. Até esse ponto chegara na escola de catecismo.

— Vinte e seis, vinte e sete, vinte e oito... — ela disse, enquanto folheava as páginas. Correndo o dedo em cada página, ela parou no Evangelho de Mateus, capítulo 26, e leu os versículos 27 e 28 em voz alta: "A seguir, tomou um cálice e, tendo dado graças, o deu aos discípulos, dizendo:

Bebei dele, todos; porque isto é o meu sangue, o sangue da nova aliança, derramado em favor de muitos, para remissão de pecados."

— Jesus — ela sussurrou, e então compreendeu a charada. Será que tudo aquilo tinha a ver com o cálice da Última Ceia? Será que era isso o que havia na caixa dentro do fogão dela? Archer disse que estava procurando pelo maior tesouro dos céus. Ela deu um suspiro ao pensar que poderia estar envolvida com uma história da maior importância.

Tirando o pedaço de papel do bolso, pegou o telefone da mesa e ligou para o serviço de informações da lista telefônica. Depois de obter o número da faculdade onde o doutor Tyler lecionava, discou-o.

— Sim, estou tentando localizar um reverendo doutor John Tyler. Sei que ele leciona aí. — Escutou por alguns instantes e a sua expressão foi de espanto. — Bem, e a senhora sabe para onde ele foi designado? — Outra pausa e ela acrescentou: — Vou lhe deixar o meu número.

Cotten desligou, pegou as suas coisas e correu para a sala de Ted Casselman, o chefe de reportagem da SNN. Bateu na porta.

— Entre.

Casselman estava sentado à cabeceira de uma mesa de reuniões, um punhado de pastas espalhadas à frente. Duas cadeiras ao lado do chefe de reportagem já se achava sentado Thornton Graham. Thornton sorriu calorosamente quando Cotten atravessou a sala.

Ted Casselman levantou os olhos. Era um negro de 42 anos de idade, com estatura mediana, unhas perfeitamente bem-cuidadas, alguns cabelos brancos que atenuavam o tom escuro da pele.

— Bem, você é uma moça de sorte — disse, levantando-se para beijá-la no rosto. — Tente mais uma aventura arriscada dessas e vou providenciar para que o único trabalho que consiga seja o de garota do tempo em uma cidadezinha do interior. — Ele relanceou para o relógio de parede. — E está atrasada.

— Desculpe-me, Ted — falou Cotten, forçando o seu melhor sorriso juvenil. — Precisei fazer uma pequena incursão nos arquivos.

— Ah, é? Imagino que tenha concluído a sua pesquisa.

— Só tenho umas pontas soltas.

— Sente-se e relaxe. Estamos quase acabando aqui. — Casselman voltou à cadeira e abriu uma das pastas. Depois de ler algumas linhas no alto, dirigiu-se a Thornton: — E o que você sabe sobre Robert Wingate?

— O básico — retrucou Thornton. — A maioria informações da ficha dele na mídia. — Ele apoiou o lápis sobre a borracha da outra extremidade. — É um industrial rico, novato na cena política e está conquistando um bom número de admiradores. A plataforma dele se baseia nos valores familiares e em um caráter moral elevado. Até agora, parece não ter defeitos... o candidato perfeito. — Thornton passou para a página seguinte do seu onipresente computador de mão. — É um homem dedicado à família e generoso com a própria riqueza. Um dos seus projetos preferidos é uma organização nacional que patrocina acampamentos modelos para delinqüentes juvenis urbanos. E não é só com jovens problemáticos que ele trabalha. Wingate tem sido da maior importância na manutenção de alguns capítulos da Ordem DeMolay em diversas regiões do país, especialmente na Flórida, o estado natal dele. Ele tem se pronunciado vivamente contra os maus-tratos infantis e...

— Espere um pouco — interrompeu Casselman. — O que é DeMolay?

Thornton ergueu os olhos.

— A versão da Maçonaria para jovens. É uma organização para garotos entre 12 e 21 anos.

— Mais alguma coisa? — indagou Casselman.

— Não consegui descobrir grande coisa sobre ele. Wingate apareceu de repente no cenário político, como se tivesse vindo do nada. Aparentemente, tem uma considerável máquina financeira que o apóia.

Ted Casselman coçou o queixo.

— Vamos descobrir o que torna Wingate tão perfeito. Separe um segmento sobre ele para o domingo à noite.

— Vou colocar o meu pessoal nisso — prometeu Thornton. Reuniu os seus apontamentos, levantou-se e deu a volta na mesa de reuniões até onde Cotten se encontrava. — Se tiver um tempinho, dê uma passada na minha sala depois da sessão de edição.

— Vou ver — prometeu Cotten, levantando os olhos para ele.

— Como foram as filmagens? — quis saber Casselman depois que Thornton deixou a sala.

— Muito melhor do que eu esperava. Acredite em mim, Ted, as sanções e os embargos internacionais tiveram pesadas conseqüências sobre as crianças e os idosos iraquianos. Vai ser uma história emocionante. Mas não vou ganhar muitos pontos com o Departamento de Estado, agora que eles estão preparando uma outra guerra.

— Bom, isso quase garante uma pontuação alta nas pesquisas de audiência. — Ele se levantou. — Vamos, vou acompanhá-la até a sua sessão de edição. — Ele pôs o braço no ombro dela, conduzindo-a à porta. — Você me deu muitas noites de insônia, mocinha. Mas também mostrou coragem. Uma ciscadora. Gosto disso. Agora, quero ver o que tenho em troca de mais alguns cabelos brancos.

— Não vai se arrepender, Ted. — Cotten gostava de Casselman e o respeitava. Sentia muito por fazê-lo preocupar-se tanto com ela. E ele era alguém que podia ajudá-la a galgar rapidamente dois degraus de uma vez na escada hierárquica da carreira.

Entraram na sala B de edição. O ambiente estava às escuras, a não ser pelo brilho suave da parede de monitores e das luzes indicadoras nas bancadas dos controles eletrônicos.

— Fiz cópias do roteiro e dos meus apontamentos — informou ela, estendendo uma pasta para Casselman e outra para o editor. — Por enquanto, podemos gravar uma fita de rascunho para editarmos e deixar para introduzir a locução mais tarde. — Ela sorriu para o editor-assistente. — Vamos precisar de algumas inserções da biblioteca de sonoplastia... temas dramáticos, sombrios. Ah, e algumas informações históricas sobre o povo. Oriente Médio. — Em seguida, Cotten descarregou a sacola de filmes. Todos os vídeos estavam numerados e ela os empilhou em ordem.

— Ah, droga! — exclamou. Desfez a pilha de filmes, verificando cada rótulo outra vez.

— O que foi? — Casselman desviou o olhar do roteiro.

— Eu...

Ele deixou a pasta de lado.

— Cotten?

— Vocês terão de começar sem mim — disse ela.

Tyler

Cotten escancarou a porta do apartamento e correu para o quarto. Lembrava-se de ter ficado sentada na cama na noite anterior, esvaziando a sacola e tirando a caixa. Essa tinha sido a única ocasião em que o videocassete que faltava poderia ter caído. De gatinhas, ela levantou a colcha e examinou por baixo da cama.

Nada ali.

Sentou-se e correu os dedos pelos cabelos, examinando o resto do tapete que cobria a maior parte do piso do dormitório. Ela não tinha aberto a sacola durante a viagem de ônibus através da Turquia nem a verificou no trajeto de Ancara a Londres. E, no vôo para os Estados Unidos, teria visto a fita se ela tivesse caído no chão do banheiro do avião. Era a única que faltava...

A cripta.

Mas tinha certeza de que havia reunido todas as coisas, todas as fitas, ainda que corresse para pegar o caminhão... e estava totalmente escuro.

— Essa é boa — murmurou Cotten. Não só as fitas estavam rotuladas, ela era a única repórter em todas elas. E quantas vezes havia dito o seu nome e mencionado a SNN? Alguém não precisaria ser um gênio e ligar a fita a ela, e ela à caixa.

Talvez o árabe trabalhasse sozinho, quem sabe fosse apenas um ladrão de antiguidades. Talvez com o caos da atividade militar na região, ninguém procurasse por ele ou por Archer. Talvez ninguém encontrasse a fita, porque o local das escavações estaria abandonado.

Talvez.

Sentou-se na borda da cama, a cabeça entre as mãos. Se alguém mais queria a caixa, estaria procurando na escavação de Archer, perceberia que o artefato havia sumido de lá... e descobriria a pessoa que o tinha levado. Imagine quem? A moça no videoteipe. Era como se tivesse escrito o nome e o endereço dela com tinta aerossol e em letras garrafais na parede da câmara.

O telefone tocou e Cotten deu um pulo.

— Alô? — atendeu. — Sim, isso mesmo. Estou tentando entrar em contato com o doutor John Tyler.

Escutou por um instante, depois estendeu a mão para o criado-mudo e pegou uma caneta e um bloco de anotações.

— Agradeço muito por ter respondido à minha ligação. — Tomou nota: *St. Thomas College. White Plains. NY.* — Obrigada — agradeceu e desligou.

White Plains ficava a apenas uma hora ao norte da cidade. Ela conversaria com Tyler e veria o que ele sabia sobre Archer e sobre a última escavação do arqueólogo.

Cotten foi até a cozinha e tirou o bule e a frigideira de cima do fogão, ergueu a chapa e olhou para a caixa. Será que continha o Cálice da Última Ceia... o Santo Graal? E por que Archer havia dito que ela era a única pessoa capaz de deter o sol, o amanhecer?

Geh el crip. Geh el crip. Você é a única pessoa.

As palavras ressoavam tão alto na cabeça dela quanto os sinos de um campanário. Precisava descobrir tudo sobre aquele Gabriel Archer.

* * *

A clássica arquitetura grega de St. Thomas College encaixava-se de maneira aconchegante entre os carvalhos e os sicômoros. O dia estava frio e cintilante, a luz do Sol refulgindo nos flocos de neve sobre o solo escuro. Um grupo de estudantes atravessava o *campus* vazio no inverno.

Cotten subiu os degraus de mármore gasto em direção às grandes portas duplas de madeira. Numa placa de bronze lia-se a inscrição: *Fundada em Janeiro de 1922.* Dentro, o salão era iluminado por janelas estreitas e envidraçadas que se erguiam acima de mais de um metro do piso até o teto alto.

O assoalho de carvalho do piso rangeu quando ela se aproximou da recepcionista.

— Em que posso ajudá-la? — indagou a mulher.

— Estou procurando pelo doutor John Tyler.

— Não sei se ele está aqui hoje. É o Dia dos Fundadores e não há aulas.

— A senhora se importaria de verificar?

— Num instante. — A mulher correu o dedo por uma lista plastificada antes de tirar o telefone do gancho. — Vou ligar para a sala dele.

Cotten correu os olhos pelo local. As sombras se intensificavam nos cantos da sala. O lugar cheirava a antiguidade e umidade. Ela esfregou o nariz pensando que fosse espirrar. A forração das cadeiras Queen Anne estava desgastada por gerações de corpos de estudantes. Uma imagem do papa erguia-se acima de um sofá estofado. No centro da sala, atrás da escrivaninha da recepcionista, via-se uma estátua da Virgem Maria, a cabeça iluminada por raios de sol de inverno projetados de uma janela. Partículas de poeira espiralavam-se no raio de luz como se lhe dessem vida. Cotten imaginou se a estátua tinha sido colocada ali por causa da luz ou se era uma coincidência. Por acaso ou não, o brilho intenso tornava a escultura etérea.

— Ninguém responde — informou a mulher. — Sinto muito.

Cotten tirou um cartão de visita da bolsa.

— A senhora poderia...

— Ah! — exclamou a recepcionista, levantando-se. — Esqueci-me completamente do jogo de futebol entre os estudantes da faculdade. — Ela consultou a hora no relógio de pulso. — Acredito que o doutor Tyler esteja jogando. Se você se apressar, conseguirá alcançá-lo.

Ela acompanhou Cotten até o lado de fora e indicou a direção do campo de atletismo.

Cotten seguiu as instruções da recepcionista, atravessando o pátio do seminário, passando pela capela e finalmente descendo por um caminho entre os dormitórios e o ginásio. Os gritos de uma pequena multidão aumentavam de volume à medida que se aproximava do campo de futebol.

Uma arquibancada, esparsamente ocupada por umas cinqüenta pessoas no máximo, ladeava a face sul do campo. Os postes das metas de futebol americano eram do modelo antigo, em forma de H em vez do Y quadrado moderno.

Cotten subiu na arquibancada e sentou-se ao lado de um homem de cavanhaque e bigode cuidadosamente aparados, envolvido em um cobertor. Cruzando os braços para se aquecer, perguntou ao homem:

— O senhor sabe quem é o doutor Tyler?

O homem tirou um braço de dentro do cobertor e apontou para o campo.

— Aquele que está fazendo o passe é o John. Você chegou bem a tempo da última jogada. — Ele se levantou e gritou. — Vai! Vai!

O jogador recebeu a bola, mas foi rapidamente dominado, desaparecendo sob uma montanha de adversários. O time dos alunos e os seus torcedores gritaram e se agitaram em comemoração.

O homem suspirou.

— Esse é o melhor time de professores que a faculdade já teve há muito tempo, mesmo que tenhamos perdido.

Com o cobertor enrolado ao redor dos ombros, ele se levantou e desceu pela arquibancada, pisando cuidadosamente sobre cada fileira de assentos.

Tyler foi o primeiro professor da faculdade a se congratular com os estudantes. Cotten não conseguia ouvir o que diziam, mas eles riam bastante — naquele tipo de camaradagem característico que os homens compartilham ao fim dos jogos. A competição despertava o que havia de melhor nos homens, ela refletiu... e o pior nas mulheres.

Desceu da arquibancada e se aproximou de Tyler. Ele era alto — talvez tivesse mais de um metro e oitenta, com o cabelo bem preto. Apresentava um leve trejeito no canto da boca... como se soubesse um segredo que não quisesse revelar. A pele morena, ela supôs, seria o resultado da exposição ao sol em inúmeras escavações arqueológicas. Mesmo através do uniforme pesado de suor, ela admirou o corpo bem-moldado — uma aparência maciça de quem estava em boa forma física.

— Doutor Tyler? — chamou.

John Tyler levantou os olhos e retirou a mão do ombro de um jogador.

— Sim?

Os olhos dele eram do azul mais profundo que ela jamais tinha visto, quase azul-marinho quando recebiam a luz solar — muito mais notável pessoalmente do que nos vídeos dos arquivos.

— Eu me chamo Cotten Stone e trabalho para a SNN. Se dispuser de um momento, gostaria de conversar com o senhor.

Estendeu a mão e descobriu que o aperto dele era educado mas firme.

John voltou-se para um dos companheiros de equipe.

— Vocês continuem, rapazes. Podem ir pedindo para mim uma cerveja.

— Não queria atrapalhar os seus planos, doutor Tyler — ela se desculpou.

— Está tudo bem. Eles vão comemorar num barzinho a tarde toda. Dá tempo suficiente para encontrá-los depois.

Uma rajada de vento soprou os cabelos no rosto de Cotten. O nariz dela latejava com o frio e ela sabia que devia estar vermelho.

— Você parece precisar de uma xícara de algo quente... café, pode ser?

— Seria maravilhoso.

* * *

Ao chegar à sala de trabalho, John pegou o casaco de Cotten e pendurou-o em um gancho atrás da porta.

Cotten sentou-se em uma cadeira de estofamento baixo, com encosto de madeira.

— Então, joga sempre no meio-campo?

— Na verdade, uma vez que é o meu primeiro ano aqui, fui escalado de qualquer maneira. Desse modo, ninguém pode culpar um novato se os professores perderem. Não sei onde isso vai dar, mas já avisei os alunos que podem ter as notas diminuídas dependendo do resultado. Entretanto, isso não parece estar adiantando muito... Bem, agora deixe-me providenciar a sua xícara de café. Mas só tenho café instantâneo.

— Para mim está ótimo — garantiu ela.

Ele dirigiu-lhe um sorriso luminoso e passou à pequena cozinha. Uma estante perto da porta tirava parcialmente a visão do resto da sala.

John encheu as xícaras com água da torneira, depois colocou-as no microondas e marcou o tempo. Assim que o sinal do cronômetro soou, ele admirou a bela jovem sentada no seu escritório. O que será que a tinha feito procurá-lo? Por que não tinha telefonado antes, em vez de aparecer sem aviso?

Depois de misturar o café, colocou a xícara fumegante à frente de Cotten e estendeu-lhe o açucareiro.

John observou enquanto ela se serviu de duas colheradas cheias, mexeu o líquido e depois acrescentou mais meia colher. Parecia nervosa, como se estivesse guardando alguma coisa... como se pudesse explodir a qualquer momento. Cautelosa seria uma boa descrição.

Cotten ergueu os olhos para ele e disse:

— Eu sei, é açúcar demais. Açúcar e chocolate são os meus pontos fracos.

— Só dois vícios? — admirou-se John. — Ah, seu eu fosse assim tão afortunado. — Sentou-se e bebericou o café, dando tempo a ela para ficar à vontade.

Cotten correu o olhar pelo aposento repleto de estantes repletas de livros.

— Que bela biblioteca!

— A maioria pertencia ao meu antecessor. Mas garantem leitura interessante. — Ele pousou a xícara sobre a mesa e incentivou: — Então, senhorita Stone...

— Por favor, apenas Cotten. — Ela pegou um dos cartões de visita dele. — O senhor dá até mesmo o número do seu celular. Muita generosidade a sua. — Guardou o cartão na carteira. — E como devo chamá-lo: doutor, reverendo, padre?

— Que me diz de John? E esqueça o "senhor". — Ela parecia estar fazendo um esforço para se comportar de maneira adequada. Talvez conversar com um padre a deixasse pouco à vontade, pensou ele. — Tenho muitos alunos me chamando de doutor, e no momento estou afastado do meu sacerdócio. Portanto, padre é opcional.

— Não sabia que podia abandonar assim os seus votos.

— Os votos não, apenas as obrigações. E, sim, em determinadas circunstâncias, isso também é possível.

— Muito bem... John. — Ela afastou o cabelo do queixo e rolou os olhos para o alto. — Deus, chamá-lo pelo primeiro nome parece desrespeitoso. Ah, não devia ter-me expressado assim... usando o nome de Deus. Mas chamar você de John é como chamar o meu professor do ginásio pelo primeiro nome.

Ela tropeçava nas palavras e ele imaginou como a ajudaria a relaxar. Mas percebeu o rubor nas faces, e o rubor que lhe subia pelo pescoço era parte do seu charme. Havia qualquer coisa nela, uma originalidade, se essa fosse a palavra certa, que ele considerou agradável.

— Bem, eu não sou o seu professor do ginásio — corrigiu ele. — E, além disso, você vai me fazer parecer um velho se não me chamar de John.

Cotten respirou fundo.

— Muito bem, deixe-me começar de novo. John, estou fazendo pesquisas de base para uma reportagem futura. O tema são as histórias religiosas, coisas como a Arca de Noé, o Santo Graal, esse tipo de coisa.

A voz dela soava menos agitada... mais profissional.

— Esse é o meu campo de estudos — confirmou ele. — História bíblica.

— Eu sei. Estive revendo entrevistas nos nossos arquivos, referentes ao doutor Gabriel Archer e a experiência dele nessa área. Um dos trechos trazia um depoimento seu. Uma vez que estava tão próximo, quis conversar com você pessoalmente. Então... — Cotten virou as palmas das mãos para cima. — Aqui estou eu.

— Fico feliz que tenha vindo. Conheci Archer muito bem em uma ocasião. Ele é uma figura e tanto.

— Você sabe se ele estudava outros idiomas?

Aquela era uma pergunta estranha, ele pensou.

— Com certeza. Grego, hebraico, aramaico... uma porção de idiomas antigos, além de latim, é claro. Os pesquisadores acadêmicos na especialidade dele têm um vasto conhecimento desses idiomas.

— Ah, claro — concordou Cotten. — Claro.

— Ele adora estudar lendas e mitos religiosos. E é um homem capaz de citar os textos sagrados corretamente.

— Observei algumas evidências disso nos vídeos que pesquisei. — Ela limpou a garganta e empurrou o cabelo para trás. — Você sabe se ele tinha irmãos ou irmãs? Um irmão gêmeo?

A conversa estava se tornando cada vez mais curiosa, pensou John.

— Acredito que Archer seja filho único. Nunca o ouvi mencionar irmãos ou irmãs... a propósito, não me lembro sequer de ele dizer nada a respeito da família ou da infância.

Cotten relaxou as sobrancelhas.

— Mas ele é apaixonado pelo trabalho — emendou John. — O entusiasmo dele é...

— Você parece estar sendo generoso quando usa a palavra entusiasmo.

— Acho que o entusiasmo acabou prejudicando a credibilidade dele.

— De que maneira? Parece que essa deveria ser uma característica positiva.

John tomou mais um gole do café.

— A sua pesquisa para a matéria é especificamente sobre Archer?

— Não, mas achei que ele seria interessante e talvez pudesse começar com algumas das pesquisas e dos feitos dele.

— Compreendo. Você está certa. Poderia parecer que o entusiasmo dele deveria ser uma característica admirável.

— Mas então?

— É uma pena, realmente, porque ele é um homem de excepcional capacidade intelectual. Ele foi o meu orientador e trabalhei com ele umas duas vezes em campo.

— Admirável, mas excêntrico?

— A ponto de alguns o considerarem um fanático obcecado. Quando descobriu um prato antigo em Jerusalém, ao escavar o túmulo de um cruzado, Archer se convenceu de que aquilo o levaria ao Santo Graal. Mas não permitiu que ninguém examinasse o prato, nem mesmo admitiu que outros o autenticassem. Suponho que, depois de tantas críticas, ele tenha se tornado paranóico, temendo que alguém furtasse o seu achado e assumisse a autoria, deixando-o sem nada a não ser a zombaria em torno do trabalho de uma vida inteira. É difícil para qualquer um levá-lo a sério. Ele alegou ter decifrado a inscrição no prato que dava a localização do Graal, mas quem sabe? A maioria pensou que ele havia perdido a razão e o prato provavelmente não tinha mais valor do que um artefato interessante.

— Você não acha que ele realmente poderia estar prestes a encontrar o Graal?

— Isso não chegou a ter destaque na mídia ainda — observou John. — Na minha opinião, o Santo Graal é mais folclore religioso do que fato. Gosto de pensar nele mais como um estado mental do que como um objeto de verdade... algo por que lutamos na vida mas nunca encontramos.

Cotten franziu as sobrancelhas.

— Qual é a teoria de Archer?

— Correm muitas histórias sobre o assunto... a de Archer é apenas mais uma. Segundo a tradição, o Cálice da Última Ceia teria sido usado também no dia seguinte para recolher o sangue de Cristo na Crucificação. De acordo com inúmeras histórias, José de Arimatéia, que presenciou a Crucificação e ofereceu o sepulcro onde foi colocado o corpo de Cristo, foi o primeiro proprietário do Cálice. A maioria dos historiadores acredita que ele acabou levando o Cálice para as ilhas de Avalon, na Bretanha... a base da Lenda Arturiana, como a maioria das pessoas conhece bem. Mas Archer propõe uma história diferente. Segundo ele, José teria acompanhado São Paulo na primeira missão do apóstolo em Antioquia. Ele teria levado o Cálice como um símbolo para a adoração dos cristãos recém-batizados. Quando Paulo seguiu seu caminho, José permaneceu em Antioquia. Depois que ele morreu, o Cálice desapareceu... provavelmente enterrado com ele.

Após uma breve pausa, John continuou:

— Segundo o que li, Archer diz então que o Cálice reapareceu em meados do século III e teria sido exposto à visitação pelo bispo de Antioquia. Então foi novamente perdido... em um terremoto, acho que por volta de 526 d.C. Depois foi encontrado outra vez, mais ou menos uns cinqüenta anos mais tarde. Todas as histórias do Graal têm este mesmo elemento em comum: ele é encontrado, é perdido, depois é encontrado outra vez. Isso aumenta o mistério, acho.

John observava as expressões de Cotten, aparentemente muito animada e intrigada. Ele continuou:

— Archer disse que as pesquisas dele o levavam a acreditar que, durante a última Cruzada, um dos cruzados, chamado Geoffrey Bisol, pegou o Cálice e fugiu para o sul. Esse homem e um pequeno grupo de cruzados foram capturados próximos a Nínive, no norte do Iraque. Bisol afirmava que enterrou os companheiros mortos em alguma das antigas ruínas da vizinhança antes de tomar o caminho de Jerusalém. Não levava o Cálice consigo quando chegou à Terra Santa, mas jurava que sabia onde estava escondido. Ao longo dos anos, muitos grupos escavaram incansavelmente as ruínas ao redor de Nínive. Ninguém jamais afirmou ter encontrado nada que pudesse corroborar a teoria de Gabriel Archer.

Cotten fechou os olhos. O corpo dela estremeceu.

— Está tudo bem? — John indagou.

— Foi só um calafrio.

Sinclair

— Vocês renunciam a Satã?

— Sim, renunciamos.

— E a todas as obras dele?

— Sim, renunciamos.

O padre recitou os votos, depois enfiou a mão na água da pia batismal, recolhendo o suficiente para despejar sobre a cabeça do bebê.

— Eu te batizo em nome do Pai...

Quando a água tocou a pele da criança adormecida, ela acordou chorando.

— ...e do Filho...

Os gritos da criança aumentaram de volume.

— ...e do Espírito Santo.

Lágrimas inundaram os olhos da mãe enquanto olhava para o bebê.

Charles Sinclair permaneceu ao lado, observando o batizado da sua única neta. A esposa apoiava-se no seu braço. Com pouco mais de 50 anos de idade, Sinclair era alto e esguio, e o seu porte era realçado pelo casaco trespassado, feito sob medida. As sobrancelhas grossas e uma generosa cabeleira negra salpicada de fios prateados amenizavam-lhe os traços angulosos. Os olhos faiscantes se projetavam da pele morena e denunciavam uma mente que parecia estar sempre funcionando em alta velocidade.

A luz se filtrava pelos vitrais altos da histórica catedral de St. Louis, no Bairro Francês, em Nova Orleans. O choro da neta de Sinclair atravessou a igreja.

Enquanto o padre prosseguia com o ritual, Sinclair devaneava, correndo o olhar pelos magníficos afrescos que adornavam o teto abobadado. Já deveria ter recebido alguma notícia, pensou. A preocupação vincava-lhe a testa. Um suave cutucão da esposa trouxe-o de volta.

O padre achava-se à frente dele.

— Parabéns, doutor Sinclair. É uma honra conduzir a sua neta para o Reino de Deus.

— Obrigado, padre. — Sinclair enfiou a mão no bolso do casaco e tirou um envelope contendo o cheque pelos serviços do padre. Então abraçou a filha e apertou a mão do genro. Enquanto o resto do grupo se reunia para posar para fotografias, Sinclair olhou de relance para o fundo da igreja, onde o seu advogado, Ben Gearhart, esgueirava-se e esperava nas sombras do vestíbulo.

— Volto já — disse Sinclair à esposa.

Encontrando-se com Gearhart, caminhou para fora da catedral e cruzou a rua até a Jackson Square. Eles pararam ao pé da estátua de Andrew Jackson. Sinclair perguntou:

— O que descobriu?

— Não consegui fazer contato com Ahmed, então enviei alguém para descobrir o que aconteceu. Recebi a confirmação hoje cedo de que ele e Archer estão mortos. Vasculhamos todo o local.

Ao contrário de Sinclair, Gearhart tinha uma compleição mais sensível ao ar seco e frio que soprava na praça. A pele clara das suas maçãs do rosto estava corada sob a ação do vento e os olhos azuis marejavam. Ele passava um lenço no nariz enquanto falava.

— No início eu culpei a atividade militar pela falta de comunicação, mas depois comecei a desconfiar — informou Gearhart. — Tentei entrar em contato com ele diversas vezes mas não consegui. — Ergueu a cabeça e examinou a expressão do homem mais alto.

Sinclair correu a mão pelo cabelo.

— Como ele morreu?

— Ahmed foi baleado com a própria arma.

— E quanto a Archer?

— Havia indícios de luta, mas parece que ele morreu de causas naturais. Tudo indica que lutou com Ahmed, atirou nele, depois não resistiu ao esforço.

— E quanto ao artefato? — O rosto de Sinclair se enrijeceu.

Gearhart secou o nariz e balançou a cabeça.

Sinclair baixou os olhos.

— Devo presumir pelo seu silêncio que não sabemos onde está a caixa, muito menos temos confirmação do que ela contém. — Ele caminhou alguns passos à frente, enfiou as mãos nos bolsos, então voltou o rosto para o advogado. — Então, onde ela está? — A voz soou baixa, cheia de controle e gravidade.

— O meu contato acredita que alguém mais esteve na câmara. Foi encontrado um videocassete próximo aos corpos. Ele contém gravações de uma repórter da SNN. Uma mulher chamada Cotten Stone.

Charles Sinclair avistou a família saindo pelas amplas portas da catedral. A esposa acenou para ele.

— Stone ainda está no Iraque?

— Rastreamos as pistas dela até Nova York.

— Ela poderia comprometer tudo.

— Sei disso. Mas não saiu nada no noticiário. Ela pode não saber do que se trata.

— Se ao menos estiver com ela. — Sinclair olhou para a estátua do sétimo presidente americano.

— Tenho alguém em Nova York neste exato momento — informou Gearhart.

Avançando um passo, Sinclair inclinou-se para perto de Gearhart.

— Chega de erros, meu amigo. — Ele virou a cabeça contra o vento e caminhou de volta à igreja.

— Alguma coisa errada, Charles? — quis saber a esposa quando Sinclair retornou.

Ele beliscou-lhe levemente o queixo.

— Acompanhe as crianças ao restaurante. Vou logo em seguida.

— Más notícias? — insistiu ela.

— Nada com que deva se preocupar.

Sinclair acenou de maneira tranqüilizadora aos familiares enquanto eles se encaminhavam para a primeira das duas limusines. Então voltou para dentro da catedral. O intenso cheiro de parafina das velas dominava o ambiente, a fumaça revoluteava entre as colunas de luz dos vitrais.

O velho se encontrava lá, esperando.

Sinclair caminhou pela nave lateral, entrou no compartimento reservado de bancos e sentou-se ao lado dele.

— Como está a sua neta?

— Ela não gostou da água fria — comentou Sinclair.

— Compreensível. — O velho, com o cabelo da cor das cinzas, não olhava para Sinclair, mas fixava o altar. — Como estão as coisas? — As palavras eram quase sussurradas.

— Houve um pequeno contratempo, mas Gearhart está cuidando disso.

O velho olhou para Sinclair.

— Eu deveria me preocupar?

— Não. Absolutamente.

— Diga o que aconteceu. Não devemos ter segredos, por menores que sejam.

O velho esperou até que a igreja fosse dominada pelo silêncio.

Sinclair disse finalmente.

— Uma repórter... ela pode ter visto algo na cripta. Como eu disse, Gearhart está cuidando do assunto.

— Você sabe quem ela é? — indagou o velho.

— O nome dela é Cotten Stone.

O velho recostou-se no banco.

— Stone — repetiu, então inclinou a cabeça lentamente, como se então compreendesse. — Sabe, Charles, talvez seja hora de lhe dar uma ajuda extra. — Ele se voltou para Sinclair. — Tenho um velho amigo que pode ajudar.

Sinclair conteve um suspiro.

— Será feito como você pediu. Não há necessidade de envolver mais ninguém.

O velho deu um tapinha na perna de Sinclair.

— Só para garantir. Afinal de contas, nunca se sabe... — Ele se voltou para a entrada da catedral silenciosa, parecendo indicar que a conversa estava encerrada.

Sinclair levantou-se e encaminhou-se para a nave lateral. Apenas por hábito, ajoelhou-se e fez o sinal-da-cruz antes de deixar a igreja. Ao abrir a porta, voltou-se e olhou para o crucifixo suspenso acima do altar de mármore. Raios de sol o banhavam de uma maneira quase irreal. Era visível a imagem da cabeça de Cristo inclinada para o lado... cansada, extenuada, circundada obliquamente pela coroa de espinhos.

Uma rajada de vento frio soprou através da porta, trazendo um redemoinho de folhas para dentro e obrigando Sinclair a fechar às pressas a gola do casaco junto ao pescoço antes de se encaminhar para a limusine que o esperava.

Intruso

Cotten Stone entrou no apartamento, feliz por escapar do inverno de Nova York. Sentia-se exausta, não só pelas preocupações despertadas pelo encontro com John Tyler e pelo mistério da caixa, mas também por saber que o tempo passado longe de Thornton não tinha servido para curar as feridas do coração. Vê-lo de novo havia despertado emoções que, esperava, estivessem frias e mortas.

Despiu rapidamente o pesado casaco e o cachecol e abriu o saco de compras. O apartamento estava frio e ela acionou o termostato, ouvindo o som familiar do aquecedor ao ser ligado.

Ela esfregou os braços para se aquecer enquanto pensava em Tyler. Sentiu-se cada vez mais nervosa na sala dele, enquanto ele explicava a teoria de Archer, compreendendo que havia estado na cripta, visto os ossos do cruzado... segurado a caixa. Tyler devia pensar que ela era completamente louca... e ingrata. Saiu praticamente correndo da sala dele depois de dizer que tinha todas as informações de que precisava. Que embaraçoso! E John tinha sido tão educado, até mesmo se oferecendo para responder a mais perguntas.

Thornton surgiu de repente nos seus pensamentos.

Thornton.

Simplesmente, ter-se permitido um envolvimento tão íntimo com ele era outro grande erro de uma série. Não só ele era casado, como também a imagem dele fazia parte da decoração doméstica de milhões de lares em todo o país. Seria difícil encontrar alguém mais popular com quem dividir uma cama.

E, é claro, havia a caixa. Outro erro. Ela devia tê-la abandonado na cripta. No entanto, não foi exatamente isso que fez ao longo de toda a vida: fugir dos problemas, das decisões, dos relacionamentos... esperando que desaparecessem?

Eles nunca desapareciam.

Antes de guardar os frios na geladeira, fez um sanduíche, depois voltou à sala para assistir ao noticiário. Foi quando viu a luzinha acesa da secretária eletrônica. Havia três recados. Sentou-se no sofá, apertou a tecla para ouvir os recados e deu uma mordida no sanduíche.

Bipe.

"Cotten? É Ted. Recebi o seu recado dizendo que não voltaria hoje. Você está bem? Por que saiu da sala de edição? O que está acontecendo? Ligue para mim."

Bipe.

"Cotten, é Ted outra vez. Eles acabaram a sua matéria, mas está faltando uma fita. O que devem fazer? Vamos exibi-la amanhã à noite. Se não receber notícias suas, vou mandar usarem algumas cenas de arquivo. Ligue para mim assim que puder."

Bipe.

"Oi."

Era a voz de Thornton.

Pausa.

"Realmente, preciso muito conversar com você. Sei que acha que acabou, mas não é verdade. Não estávamos simplesmente tendo um caso. Eu amo você. E sei que você me ama. Por favor, Cotten, precisamos conversar."

Pausa.

"Não podemos sair para jantar? É só isso que peço. Só conversar. Ligue para mim. Eu te amo."

O som da voz dele fez o estômago de Cotten se contrair — o mesmo sentimento que experimentara muitas vezes sempre que o telefone tocava e ela sabia que era Thornton... rezava para que fosse Thornton.

A primeira vez que fizeram amor tinha sido por puro desejo sensual. No trabalho, eles almoçavam ocasionalmente, flertavam nos corredores, nos elevadores e nos poços das escadas. Então ele a convidou para sair uma noite, para uma bebida. Eles se encontraram no bar de um hotel próximo à SNN e em vinte minutos arrancavam as roupas um do outro em um quarto de hotel, dezoito andares acima da Broadway. Depois de três encontros clandestinos, o primeiro sinal de afeição finalmente entrou nas relações íntimas. Mas desapareceu rapidamente da parte de Thornton, enquanto ela ainda ansiava pela gentileza dele, por aquela doçura, pela demonstração de amor durante o sexo. Tornou-se evidente que ele queria apenas sexo. Nada mais. Ele negava a acusação dela, alegando que era porque tinham apenas aqueles poucos momentos roubados, e ela o excitava muito... Cotten queria acreditar, mas quase todas as vezes, tão logo acabavam — ele acabava — ele saía, tomava a limusine particular para casa, de volta à esposa Cheryl, enquanto Cotten jazia entre os lençóis desalinhados, no escuro, e chorava. Ela tinha sido uma tola ao pensar que algo mudaria com o tempo. Uma escapada por uns tempos ao Iraque deveria ajudá-la a esquecer.

Agora tudo recomeçava — a voz melancólica e cheia de sinceridade... as palavras repletas de promessas. Como poderia detestar algo que desejava tanto? Não fazia sentido. Ela bebeu do veneno porque adorava o gosto.

Cotten voltou-se para a cozinha. Lá estava o fogão. A caixa era mais uma pedra no seu sapato.

Pegando o telefone, ligou para o número do celular de Thornton. Quase desejou que ele estivesse em casa com a esposa e não atendesse.

— Alô — ele atendeu.

— Oi — disse ela, quase num sussurro.

— Ah, graças a Deus! — A voz dele denotava ansiedade. — Estava começando a ficar maluco. Preciso me encontrar com você.

— Não acho que seja uma boa idéia.

— Por favor, Cotten. Precisamos conversar. Tomei uma decisão.

Houve uma longa pausa.

— Deixe-me adivinhar. Você vai se separar dela.

— Vou.

Cotten não respondeu. A situação não era nova.

— Sei que já disse isso antes. Mas desta vez estou falando sério.

— Thornton, não faça isso comigo. Estou exausta emocionalmente.

— Sei que não tenho sido justo com você. Mas, por favor, vamos nos encontrar. Por favor. Você não vai se arrepender.

"Isso já aconteceu antes", ela pensou.

Fechando os olhos com toda a força, disse:

— Tudo bem.

Encolheu-se quando as palavras foram pronunciadas. Seria a mesma coisa de sempre. Eles se encontrariam. Conversariam. Fariam sexo. Não importava o que ele havia prometido.

— Podemos nos encontrar?

Cotten afundou nas almofadas.

— Quando?

— Estou trabalhando além do horário, mas acabo tudo e saio daqui dentro de uma hora.

Ela desligou sem responder.

* * *

Eles costumavam se encontrar numa cantina pequena e meio escondida a uns dez quarteirões do apartamento dela. O lugar lembrava um restaurante do filme *O Poderoso Chefão*, em que Michael Corleone assassinava alguém pela primeira vez. Cotten não sabia qual dos seus pecados era pior, adultério ou estupidez.

Quando entrou no restaurante, o chefe dos garçons cumprimentou-a.

— Boa noite, senhorita Stone. O senhor Graham está esperando. — Conduziu-a a uma mesa nos fundos.

As paredes eram forradas com estampas coloridas do interior antigo, ao lado de garrafas de vinho *chianti* vazias e flores de plástico.

— Cotten — murmurou Thornton, levantando-se e acolhendo-a entre os braços. — Meu Deus, como estou feliz por ter vindo! — Tentou beijá-la, mas ela virou o rosto.

— Oi, Thornton. — Esgueirou-se para a cadeira à frente dele.

Ele tomou-lhe as mãos entre as suas e descansou-as sobre a mesa.

— Eu estava ficando louco de preocupação. Ted me contou sobre a sua escapada do Iraque. Você é uma garota de sorte.

— Digamos que, em alguns sentidos, sim.

— Então, como foi? — indagou Thornton. — Conseguiu a reportagem que queria?

— De maneira geral, sim. Vai ao ar amanhã à noite.

— Estou sabendo — disse Thornton, acariciando-lhe as mãos. — Vi uma mostra antes de sair do trabalho. Você fez um trabalho e tanto. — Ele fez uma pausa. — Ted me disse que você se aborreceu e saiu da sessão de edição ontem. Ele disse que tentou falar com você o dia inteiro hoje, mas você não estava casa. Precisaram fazer a edição sem você. O que aconteceu, querida?

— Nada mesmo — desconversou ela. — Não sei onde deixei uma fita e não consegui encontrá-la ainda.

— Alguma coisa importante?

— Era da maior importância — declarou ela, afastando as mãos quando o garçom se aproximou.

— Querem beber alguma coisa? — perguntou o garçom.

— Traga-me uma dose dupla do melhor gim que tiver com tônica — pediu Thornton. — Cotten?

— Vodca com gelo e algumas gotas de limão, por favor.

O garçom se foi e Thornton recostou-se na cadeira.

— Vou precisar ir ao médico amanhã para verificar a minha taxa de coagulação sangüínea. Um aborrecimento. Eles não conseguem manter os malditos níveis estáveis, mesmo eu tomando um anticoagulante.

Cotten sabia que ele procurava ganhar tempo.

— Sei, você já comentou sobre isso antes. — Ela desembrulhou os talheres e acomodou o guardanapo no colo, tamborilando os dedos ali.

— Bem, quem imaginaria ganhar coágulos nas pernas só de ficar sentado em um maldito avião. Agora, com o sangue mais fino, que Deus me perdoe, basta me cortar quando me barbear... e posso sangrar até a morte.

— Vamos ao que interessa, Thornton. Você está dando voltas. Quer ganhar um pouco de simpatia antes?

Ele estendeu as mãos para alcançar as dela, mas ela as manteve fora do alcance.

— Sei o que você está prestes a dizer, que estamos mantendo essa situação *ad infinitum* — ele disse. — Mas desta vez é diferente. Eu juro.

— Então me diga o que você decidiu.

— Vou pedir o divórcio a Cheryl.

— Por quê?

— O que você quer dizer com por quê? Porque amo você. Quero ficar com você.

— Quando pretende dizer a ela? — Cotten se preparou para a luta.

— Imediatamente.

Ela o fuzilou com o olhar.

— Logo. Assim que ela conseguir estabilizar as contas da loja de decoração. Desse modo, vai ter algo com que se ocupar durante o processo...

— Thornton, faz dois anos que ela tenta fazer essa maldita loja dar certo. — No fim da frase, Cotten havia erguido a voz o bastante para que algumas cabeças se voltassem na direção deles.

Ele ergueu as mãos na defensiva.

— Cotten, por favor!

— Essa é a mesma porcaria que você não se cansa de repetir para mim. Nada mudou, não é mesmo? Você sabe tão bem quanto eu que não consegue se separar dela. — Cotten ergueu os olhos para as flores de plástico baratas. Eram bem adequadas ao momento, pensou. — Como posso ser tão idiota? Eu sabia o que você pretendia e ainda assim vim até aqui. Estava prestes a deixar você me cantar para irmos para a cama. E enquanto nós transássemos e você sussurrasse que não pode viver sem mim, estaria olhando para o relógio para não chegar tarde demais em casa e precisar dar algum tipo de desculpa. — Cotten esfregou as têmporas. Baixou o tom de voz. — Não posso continuar com isso, Thornton. Nunca deveria ter vindo. Volte para casa e para Cheryl e me deixe em paz.

Pegando a bolsa, saiu intempestivamente e seguiu chorando pela calçada de Manhattan.

Cotten caminhou por quase uma hora sob um sereno enregelado antes de acenar para um táxi. Chorou até não poder mais. Talvez tivesse exagerado e fosse grosseira. E se ele realmente quisesse se separar de Cheryl? Sentia-se confusa. Talvez devesse mudar-se de Nova York, quem sabe até mesmo voltar para o Kentucky. Esse pensamento logo se dissipou. Precisava mesmo era acabar com aquilo e superar a crise.

Seria capaz de viver sem ele, repetia para si mesma. Havia vida além de Thornton Graham.

* * *

Cotten sentou-se na sala do apartamento e olhou para o telefone sobre a mesinha ao lado. Sabia que encontraria Thornton no trabalho — não haveria como evitar. A melhor coisa a fazer seria estabelecer regras. Não falaria com ele a menos que o assunto tivesse algo a ver com o trabalho. Não atenderia aos telefonemas dele. E não ficaria a sós com ele em nenhuma circunstância. Essas eram as regras... e era isso que diria a ele. Estava tudo acabado. Fim.

O telefone tocou e Cotten atendeu, mas não antes de olhar o número da chamada.

— Tio Gus! — exclamou, surpresa. — Há quanto tempo!

— Estou ótimo, menina. Só queria saber como vai a minha sobrinha favorita.

Essa era uma brincadeira entre eles. Ela era a única sobrinha dele. Ouviu-o dar uma risada e visualizou a imagem do tio, que lembrava um Papai Noel. Até o cabelo dele era branco como a neve. Ela adorava Gus e gostaria que ele perdesse peso e parasse de fumar um cigarro atrás do outro. Ouviu o ruído característico do isqueiro acendendo mais um.

— Faz tempo que não converso com você — disse ele.

— Não falei com mais ninguém da família desde o enterro da mamãe — confessou ela. — Mas essa é uma surpresa muito agradável.

— É uma vergonha como a nova geração da família se afasta enquanto os mais velhos vão passando. E isso não acontece só na nossa família.

— Eu sei. Deveríamos nos ver mais.

— E vamos, sim. Está acontecendo alguma coisa interessante na sua vida?

Cotten pensou em contar sobre a caixa e Thornton, mas estava cansada demais essa noite.

— Não, acho que não — disse. — E na sua?

— Os negócios vão a todo vapor. Acho que os nova-iorquinos estão ficando cada vez mais paranóicos. Com isso, o negócio de detetive particular fica sempre melhor. Tenho mais casos do que posso cuidar.

— Que bom para você — disse ela, pensativa. Enquanto falava, Cotten corria os olhos da mesa para a cadeira, do televisor para as estantes e para o bufê, percebendo que as coisas achavam-se ligeiramente fora de lugar. De repente, o medo, mais gelado do que o rio Hudson, tomou conta dela.

— Tio Gus, preciso atender a outra ligação — mentiu. — Converso com você outra hora.

Não esperou até ouvir a despedida e colocou o fone delicadamente no gancho. Observando com mais calma e verificando toda a sala, percebeu que o pequeno cavalo dourado que a mãe havia lhe dado estava virado do lado errado sobre o armário da televisão; a estante atrás da mesa não estava totalmente encostada na parede; a tampa da arca de cedro não estava bem fechada; os livros nas prateleiras se amontoavam em ângulos estranhos.

Rapidamente, ela verificou os outros aposentos. Não tinha objetos de grande valor — algumas jóias, um computador portátil, um aparelho de som barato. Não faltava nada.

— Jesus — murmurou, correndo de volta à cozinha. A caixa.

A frigideira e o bule continuavam exatamente no mesmo lugar em que os havia deixado. Tirou-os de cima do fogão e afastou a tampa do queimador. Ao puxar, ouviu os grampos estalarem.

Ela continuava no lugar... a caixa escura, lisa, sem sinais. Apressou-se a recolocar o queimador e esperou ouvir o clique do engate da peça.

Alguém havia entrado no apartamento, revistado tudo. Se estivessem procurando a caixa, não encontraram, o que significava que voltariam.

Com o coração acelerado, Cotten correu para a porta da frente, verificou a fechadura e a trava de segurança. Amparou-se de costas na porta e tornou a examinar a sala.

Em poucos dias *eles* a tinham encontrado.

Pegando de novo o telefone do gancho, Cotten começou a discar para a polícia. Mas hesitou, mudando de idéia. Precisava analisar melhor o problema, pensou. O quê, exatamente, diria aos policiais? Eles fariam perguntas, ela precisaria responder.

Houve uma invasão?

Sim.

O ladrão ainda estava no apartamento quando chegou?

Não.

Levaram alguma coisa... algo foi furtado?

Não.

Como sabe que alguém entrou no seu apartamento?

Bem, mexeram em algumas coisas... estão fora de lugar.

É só isso?

Sim.

Há sinais de que forçaram a entrada? A fechadura da porta foi arrombada, alguma janela quebrada?

Não.

Então, se não entraram à força, devem ter usado uma chave. Quem mais tem a sua chave?

O meu senhorio.

Ele tem permissão para entrar no apartamento quando você não está em casa?

Sim, ele recolhe a minha correspondência quando estou fora.

Você confia nele?

Sim.

Recebeu algum telefonema estranho? Alguma ameaça?

Não.

Acha que tem alguma coisa em seu poder que alguém poderia querer se dar ao trabalho de roubar?

Bem, há uma caixa.

Que caixa?

A caixa que contrabandeei ilegalmente do Iraque. Você sabe, um dos países do "Eixo do Mal" que estamos prontos a bombardear.

O que há na caixa?

Não sei; não consigo abrir.

Por quê?

Não tem tampa, dobradiças nem fechadura. Ela se parece com um bloco maciço de madeira.

Mas você acha que há algo de valor nessa caixa sem características específicas muito embora não consiga abri-la?

Sim, acho que ela contém a relíquia mais cobiçada de todo o mundo cristão — a peça mais procurada dos últimos dois mil anos — nada menos do que o famoso maldito Santo Graal.

Uau! Que coisa incrível! Senhorita Stone, está sob cuidados de algum psiquiatra ou tomando algum tipo de medicação? Quem sabe esteja deprimida? Solitária? Com problemas com o namorado?

Na verdade, tive um problema com o namorado ainda esta noite...

— Merda! Droga! — Cotten bateu o telefone no gancho. Que coisa mais ridícula! A polícia não pararia de rir por uma semana. Ela sentiu as lágrimas brotando enquanto escondia o rosto entre as mãos. A frustração se transformou em medo. Precisava descobrir o que estava acontecendo com ela. Precisava fazer alguma coisa urgentemente.

Inclinando-se, puxou a bolsa de baixo do casaco e tirou dali um cartão de visita da carteira. Pegou o telefone e começou a discar.

O Cubo Mágico

À uma hora da madrugada, John Tyler olhava intensamente pela janela da cozinha enquanto esperava por Cotten Stone. A lua cheia transformava o lago congelado atrás do conjunto de apartamentos em uma lâmina cinzenta e opaca, marcada por algumas manchas nacaradas de neve. As árvores nuas projetavam sombras esquálidas sobre o chão estéril. A imagem lembrava um quadro abstrato. A visão fazia-o refletir sobre quantas vezes se considerara como uma tela em branco. A inexistência de pintura era como uma metáfora para a sua vida. Precisava acontecer alguma coisa, algo que preenchesse o vazio interior fantasmagórico. Várias vezes havia estendido a mão a serviço de Deus, mas nenhuma ação lhe trouxe a paz interior. O que Deus planejaria para ele? Anos de introspecção e de busca interior não responderam a essa pergunta. Se Deus quisesse que continuasse com essa vida, ele se resignaria, contente, realizado.

Mas não era assim.

John fitou a rua à espera dos faróis. Cotten Stone chegaria a qualquer momento se tivesse saído logo depois de desligar o telefone. E que conversa mais estranha a dela — a voz ansiosa com que havia pedido para conversar com ele imediatamente, dizendo que não podia esperar até de manhã. Invadiram o apartamento dela, mas ela não avisou a polícia. Explicaria quando chegasse.

John observou a paisagem estéril, curioso para saber o que seria tão importante a ponto de precisar encontrar-se com ele àquela hora da madrugada. Algo no comportamento dela fez com que ela não saísse do pensamento dele desde que tinha deixado a sua sala. Ela parecia assustada... como se escondesse algo. Cotten tamborilara com os dedos sobre a mesa, cruzara e descruzara as pernas enquanto falava, e tropeçara nas próprias palavras. Um comportamento estranho para uma repórter profissional.

Uma batida na porta fez com que se afastasse da janela.

Mais de mil vezes, desde que havia embarcado no trem, Cotten se perguntou por que não esperou até o amanhecer. Podia ter simplesmente saído do apartamento, ido a um hotel e depois ligado para ele de manhã. Mas agora era tarde demais para voltar atrás. Em pé, na soleira da porta dele, ela esperava, carregando uma sacola de couro.

— Entre — convidou John, ao atender à porta.

Cotten passou por ele e parou no meio da sala.

— Me dê o seu casaco.

Ela tirou o cachecol.

— Sei que você provavelmente pensa que estou louca para vir aqui no meio da noite dessa maneira.

Adiantou-se enquanto John a ajudava a tirar o casaco. Segurava a sacola de maneira protetora avançando pela sala aquecida.

— Coleção impressionante — observou, olhando ao redor.

As prateleiras estavam cheias de artefatos: cacos de louça de barro, desenhos, mapas, ferramentas antigas, alguns ossos enegrecidos. Mais prateleiras cheias de livros — alguns velhos e gastos, outros novos — forravam uma parede. Viam-se diversas fotografias dele em escavações arqueológicas: algumas no deserto, outras em montanhas na floresta. E numa moldura de prata, sobre a escrivaninha, via-se uma fotografia de John ao lado de outros homens trajando hábitos clericais em companhia do papa.

Cotten ergueu a foto.

— Você esteve com o papa!

— Eu me encontrava em Roma ajudando uma equipe de investigação para a autenticação de uma relíquia. O cardeal Antonio Ianucci... que é o curador do Vaticano e o diretor de Arte da Antiguidade... passou para conversar e verificar os nossos progressos. Durante um intervalo, ele nos levou para conhecer os três departamentos de restauração do Vaticano: tapeçarias, pinturas e esculturas. Quando entramos num dos saguões, Ianucci disse que tinha uma surpresa para nós. Cerca de meia dúzia de clérigos saía por uma porta ao fundo do saguão. No meio do grupo, encontrava-se o Santo Padre. Ficamos perplexos. Quando eles se aproximaram, fizeram uma pausa. Ele nos abençoou, uma câmera disparou, então Ianucci nos despachou de volta ao nosso trabalho. Se você considera *isso* como estar com ele, então estive.

— Ainda assim, deve ter sido emocionante.

— E foi.

Cotten encaminhou-se para o sofá e sentou-se em silêncio, girando um bracelete ao redor do pulso.

— Imagino que você esteja esperando pacientemente que eu chegue ao motivo da minha vinda para saber o que me trouxe aqui tão intempestivamente a esta hora da madrugada.

John puxou uma cadeira e sentou-se à frente dela.

— Você parecia perturbada ao telefone. Falou de uma invasão.

— Bem, mais ou menos. Eles entraram, mas não sei como. Ainda assim, estou certa de que alguém esteve lá. Eu estava fora, e quando cheguei em casa e olhei ao redor, percebi uma porção de coisas fora de lugar, tudo revirado, mexido.

— Você ligou para a polícia?

Cotten limpou a garganta e afastou uma mecha de cabelo.

— Não, não dei queixa. Embora tenha certeza do que aconteceu, não há como provar... a polícia nunca acreditaria em mim. Não levaram nada.

John inclinou-se para a frente e enlaçou os dedos sobre os joelhos.

Antes que tivesse oportunidade de falar, Cotten antecipou-se:

— Acho que a pessoa que invadiu a minha casa estava procurando por isto. — Abriu a sacola de couro e tirou de dentro a caixa. Segurou-a por um instante, quase como se relutasse em se separar dela.

— Posso examinar? — pediu John, estendendo a mão.

— Ah, desculpe — disse ela, percebendo que não a havia estendido para ele.

Depois de girá-la nas mãos e examinar todas as faces pela superfície, John perguntou:

— Onde você conseguiu isto?

Passaram-se vários minutos antes que ela explicasse como a caixa havia chegado às suas mãos, como a havia contrabandeado através da Alfândega, como não conseguia abri-la e como a escondeu dentro do fogão.

— Essa é uma história e tanto — comentou John, esfregando a testa como se pensasse intensamente. — E lamento muito saber que Archer morreu. Apesar de ser uma pessoa esquisita, era um homem de grande talento. Eu gostava dele.

— Você faz alguma idéia do que vem a ser esta coisa? — Cotten olhou para a caixa no colo de John.

— Acho que sim — disse ele, examinando-a de novo. — Acredito que seja um cubo mágico medieval. Eles eram muito apreciados entre os europeus ricos durante a Idade Média. Até hoje vi poucos desses... acho que tenho um livro em algum lugar que traz um capítulo explicando como abri-los.

— O que acha que tem aí dentro?

Ele balançou a caixa delicadamente.

— Normalmente, eles guardam um prêmio ou um brinquedo, talvez algumas jóias ou peças de jogo. Ouvi dizer que alguns continham outros cubos mágicos... uma caixa dentro de outra caixa. Serviam mais para distrair os aristocratas. Havia diversos modelos e cada tipo era aberto de uma maneira diferente.

Ela arregalou os olhos.

— O doutor Archer considerava este como algo especial. Ele me disse duas coisas antes de morrer. A primeira foi uma série de números e um nome... vinte e seis, vinte e sete, vinte e oito, Mateus. Depois, disse alguma coisa a respeito de eu ser a única pessoa, a única capaz de deter o sol, o amanhecer.

— Isso deve ser uma charada, não é? — John sorriu. — Pelo que você diz, suponho que Archer não estava pensando com clareza. Pensamentos embaralhados. Delírios.

Cotten negou. Não, Archer não delirava. Ele sabia exatamente as palavras para prender a atenção dela. *Geh el crip. Você é a única pessoa.* Ela não queria mencionar o assunto ou então John pensaria que ela realmente estava fora de si.

— Mas os números... — disse Cotten. — Eu os procurei na Bíblia. São do Evangelho de São Mateus.

— "E Ele tomou o Cálice...." — John girou o cubo nas mãos. — Essas palavras são repetidas no mundo inteiro durante a missa. Elas são as palavras que Jesus pronunciou na Última Ceia quando estabeleceu o sacramento da Eucaristia.

— Pelo que você me contou, Archer estava convencido de que conhecia a localização do Cálice da Última Ceia. Acha que é isso que pode estar dentro da caixa? Quero crer que haja algo de valor aí dentro. Não acho que alguém estaria disposto a matar por causa de uma caixa vazia. E depois... isso me leva...

— Você tem certeza de que os dois acontecimentos estão ligados?

— Você acha que eu também estou delirando?

— Ao contrário. — A voz dele parecia sincera, não condescendente. — Não quis dizer que não acredito em você. Você passou por vários acontecimentos traumáticos. As suas reações são perfeitamente compreensíveis. Ao relacionar os acontecimentos, está tentando encontrar um sentido para tudo isso.

Passaram-se alguns instantes de silêncio. John tinha sido bem compreensivo, pensou ela, mas não parecia atribuir o mesmo valor àquilo quanto ela. E ele com certeza não suspeitava que algo tão valioso quanto o Santo Graal repousasse dentro da caixa. Talvez não houvesse ligação entre a invasão e a caixa. Mas havia a fita...

— Tem mais uma coisa. Acho que deixei acidentalmente uma fita de vídeo na cripta. O meu rosto está em todas as filmagens, além do fato de que trabalho para a SNN.

— Ou você simplesmente pode tê-la perdido em qualquer outro lugar. Você disse que tinha esvaziado uma das sacolas antes, enquanto estava sozinha no deserto.

— Espero que tenha razão, mas estou com um forte pressentimento de que deixei a fita na cripta.

— Então alguém pode ter pego a fita, percebido que você esteve lá e descoberto onde você mora.

— Sim. — Ela se sentia melhor. Ele compreendia a causa provável da sua ansiedade. Se John conseguisse abrir a caixa... — Você comentou sobre um livro de consulta.

— Deve estar em algum lugar. — Ele se levantou e caminhou até as estantes. Correu os olhos de uma prateleira para outra, finalmente detendo-se em um livro encadernado com um tecido gasto. — Aqui deve haver alguma coisa. — Ele pegou o volume, colocou-o sobre a mesinha de centro e sentou-se ao lado dela.

Cotten leu o título da capa: *Mitos e Magia na Idade Média*.

As páginas eram quebradiças e John virou-as com cuidado.

— "Cubos Mágicos e Caixas de Tesouro" — Cotten leu o título de um capítulo. Em seguida, via-se uma página de texto seguida de ilustrações.

John ia folheando as páginas com desenhos e ilustrações explicando o funcionamento de diversos tipos de caixas. Ele examinou as ilustrações, voltando ora a uma, ora a outra várias vezes. Finalmente, afirmou:

— Parece ser esta.

Pegou a caixa e virou-a. Segurando a parte de cima e a de baixo, ele as torceu em direções opostas. Nada.

— O que você acha? — indagou Cotten.

John estudou de novo a ilustração.

— Preciso descobrir qual superfície é realmente a de cima. Depois, aí diz que ela abre com facilidade.

Ele virou o cubo para um lado e tentou de novo. Nada ainda. Virou-o seis vezes e a cada vez ia consultando o livro até que finalmente ouviu-se um clique quase imperceptível.

— Acho que conseguimos — disse John.

Ao fim da Primeira Cruzada, Jerusalém foi reconquistada pelos cristãos. O Priorado de Sião, um grupo de monges cujo objetivo era devolver os tronos da Europa aos descendentes da linhagem dos merovíngios, que se acreditava ter sido estabelecida pela união entre Jesus e Maria Madalena, criou uma força militar de monges guerreiros para proteger Jerusalém e os que viajassem para lá.

De um simples propósito, a nova organização cresceu, constituída pela elite e pelos poderosos da Europa, que ocuparam posições de autoridade na política, na religião e na economia. Ao longo dos séculos, livre de impostos e subordinada apenas ao papa, essa organização tornou-se uma das instituições mais ricas e influentes do mundo. Foi chamada de os Cavaleiros do Templo de Jerusalém ou os Cavaleiros Templários.

A Cruz Patée

John colocou a caixa sobre a mesa antes de deslizar cuidadosamente a parte de cima para o lado. A caixa se abriu e o seu interior se recolheu para baixo, revelando na parte inferior um minúsculo conjunto de dobradiças que mantinha a parte superior presa.

Dentro da caixa Cotten viu um tecido branco semelhante ao linho que embrulhava um objeto.

— Veja isto! — exclamou, apontando para a dobra superior do material.

Bordadas em um dos cantos do tecido viam-se uma cruz e uma rosa de cinco pétalas, e no canto oposto viam-se igualmente dois cavaleiros montando o mesmo cavalo — as palavras *Sigillvm Militvm Xpisti* em um círculo bordadas ao redor deles. Embora as figuras estivessem ligeiramente gastas pelo tempo, a cruz conservava-se vermelha, a rosa cor-de-rosa e as palavras douradas.

— Só um segundo — pediu John. De uma gaveta da escrivaninha ele tirou um par de luvas brancas de algodão. Colocando-as, removeu cuidadosamente o conteúdo da caixa e desenrolou o tecido.

Cotten mordeu o lábio inferior quando o material foi afastado para os lados, revelando um cálice. Este tinha cerca de quinze centímetros de diâmetro no bojo. A superfície era de um metal cinzento e opaco. Uma linha simples de contas da cor do estanho circundava a base, ao passo que um colar de minúsculas videiras contornava a borda.

— Está extraordinariamente conservado, se realmente tiver dois mil anos de idade — comentou John, acariciando com o dedo enluvado uma pequena imperfeição na parte posterior do cálice. — Além deste pequeno defeito, acredito que tenha sido bem cuidado. — John deu uma volta completa no cálice. — "IHS" — leu, tocando a gravação sobre uma das laterais.

— É o Graal? — quis saber Cotten.

— Eu não sei. — Ele pressionou suavemente uma substância escura e grossa acumulada na parte interna — Isto talvez seja cera de abelha.

— Ele é tão... simples — comentou ela. — Confesso que esperava algo um pouco mais sofisticado.

— Você deve ter visto filmes demais do Indiana Jones.

— Você está estranhamente calmo para alguém que está segurando algo que poderia ser o Santo Graal.

— Há muito tempo estou calejado contra falsificações perfeitas de outros artefatos.

— Bem, esta é a minha primeira vez, portanto seja paciente comigo, pois estou um pouco emocionada. — Ela deu um sorriso a que ele retribuiu. Cotten apontou para a gravação. — O que significa IHS?

— É o emblema... como um monograma... para o nome de Jesus. Os primeiros cristãos do período romano usavam as três letras para se identificar. Também são as primeiras três letras do nome Dele em grego. E em latim, alguns dizem que significa *In Hoc Signo Vinces*, ou Com Este Sinal Vencereis. O meu palpite é que esta gravação tenha sido acrescentada muito tempo depois, talvez enquanto permaneceu em Antioquia.

— Então acredita que Archer podia estar certo?

John ergueu a relíquia no alto de modo que a luz se refletisse nela de vários ângulos.

— Gostaria de poder confirmar. Admito que a teoria de Archer parece verdadeira. — Ele correu os dedos sobre os bordados no tecido.

— As palavras têm algum significado? E a cruz, a rosa... os cavaleiros? O que significam?

A cruz vermelha tinha quatro braços iguais que se alargavam nas extremidades.

— A Cruz Patée — informou ele. Então tocou os fios dourados que formavam as palavras *Sigillvm Militvm Xpisti*. — O selo do Exército de Cristo. A rosa-de-cão era o símbolo deles... a rosa-canina. Ela representa a virgem e o nascimento da virgem, escolhida porque a rosa-canina não precisa de polinização cruzada para produzir o seu fruto, a silva-macha.

— Diga-me — pediu Cotten —, o que ela significa?

— Perto do fim da Sétima Cruzada, formou-se um grupo de religiosos zelotes, conhecidos como os Cavaleiros Templários. Eles usavam a Cruz Patée... a Cruz dos Templários... adornando os seus hábitos brancos e o selo deles eram dois cavaleiros montando o mesmo cavalo, um símbolo do seu voto de pobreza. A missão deles era proteger os tesouros do grande templo de Jerusalém. Na realidade, suspeita-se de que tenham saqueado os objetos de valor do templo e os esconderam em algum lugar. Em vez de empobrecidos, eles se tornaram extremamente ricos e também poderosos, respondendo apenas à Igreja. Alguns dos templários alegavam pertencer a uma linhagem divina, como descendentes de uma suposta união entre Jesus e Maria Madalena. Eles também se proclamavam os *Guardiães do Graal*.

John ergueu o cálice.

— Caso este seja realmente o Cálice da Última Ceia, então seria a mais cobiçada relíquia da Igreja... de toda a cristandade.

— Para que serve a cera? — quis saber Cotten.

— Poderia ser para proteger o interior de ser tocado ou contaminado. Se guardou o sangue de Cristo, então seria considerado sagrado.

Enquanto Cotten admirava o Cálice, as palavras pronunciadas por Archer ao morrer ainda ecoavam nos seus ouvidos.

— E quanto à mensagem de que eu seria *a única pessoa* capaz de deter o sol, o amanhecer? O que isso implicaria?

Ele balançou a cabeça.

— Não faço a menor idéia.

Ela olhou para ele.

— Isso realmente me preocupa, John. Se eu sou a única pessoa capaz de fazer o que quer que seja que Archer disse, então sou a única que eles estariam procurando.

— Eles quem?

— Quem quer que tenha invadido o meu apartamento. Tive um mau pressentimento sobre o que aconteceu. Você não estava lá quando o árabe sacou a arma e tentou matar Archer. O sujeito não estava apenas roubando um objeto de valor. Parecia ter uma motivação... vi isso nos olhos dele. Foi de arrepiar. Archer acreditava que estava com o Graal, e quem quer que tenha tentado matá-lo também estava convencido disso. Até mesmo *você* disse que, caso seja verdadeiro, poderia ser a relíquia mais valiosa do mundo. É uma conclusão lógica que seja quem for que vasculhou o meu apartamento estava procurando isso.

— Você pode estar certa.

Cotten levou as duas mãos à boca e falou dentro delas, guardando as palavras para que não pudessem escapar dos seus lábios muito rapidamente.

— Eu podia estar escondendo a maior história religiosa do século embaixo do queimador do meu fogão.

— Você é católica? — quis saber John.

— Não. — A expressão dela passou de maravilhada a confusa.

— Cristã?

Ela entrelaçou os dedos no colo.

— Não tenho certeza se saberia como responder a isso.

— Fica embaraçada em me dizer porque sou padre?

— Não, eu realmente *não* sei como responder. Costumava ir à igreja, acreditar na religião, em Deus, tudo isso.

John olhou-a como se tentasse descobrir os seus pensamentos.

— Eu nasci no Kentucky e ainda criança... a minha irmã gêmea morreu logo depois de nascer. Meu pai era agricultor; nós éramos pobres. Quando eu tinha 6 anos de idade, houve uma seca terrível e nós perdemos o pouco que tínhamos. O banco executou a nossa dívida e o meu pai cometeu suicídio. Mamãe sempre disse que achava que havia alguma outra coisa, algo que perturbava o meu pai. Ele já vivia deprimido antes mesmo da seca, mas ninguém sabia por quê. Ele deixou uma carta acusando Deus de ter arruinado a nossa vida. Na ocasião, concordei com ele. Antes da seca, a família freqüentava a igreja.

Após uma pausa como para coordenar os pensamentos, ela continuou.

— Depois que o meu pai morreu, a minha mãe e eu nos mudamos para uma casa pequena, e ela foi trabalhar em uma indústria têxtil... durante anos, mal tivemos com que nos sustentar.

— Bem, então você acredita. Para pôr a culpa em Deus, é preciso acreditar que Ele existe.

— Era assim que eu me sentia na época. Quando fiquei mais velha, compreendi que o que se costuma dizer por aí está certo... desgraças acontecem. Tudo não passou de uma maldita seca. — Ela acenou com os dedos no ar. — Não foi nada sobrenatural, nem a mão divina descendo dos céus para destroçar a família Stone. O meu pai precisava pôr a culpa em alguma coisa, em alguém. Ele pôs a culpa em Deus. Eu deixei tudo isso para trás há muito tempo... nunca mais voltei à igreja.

— Sinto muito pelo que aconteceu ao seu pai e à sua família.

— Por que você me perguntou sobre a minha religião?

— Só estava imaginando o que isto — ele apontou para o Cálice — poderia significar para você.

— Na verdade, muita coisa... mas provavelmente não o que está pensando. Se esse for realmente o verdadeiro, significa a maior reportagem da minha carreira. Poderia ser o meu bilhete de ingresso no cargo de correspondente especial na emissora de televisão.

Ele ficou olhando para ela em silêncio.

— Nós vemos as coisas de maneira completamente diferente, John. Assim como o meu pai e eu... ele culpou Deus; eu culpei a falta de um. Essa relíquia poderia ser a sua salvação. E poderia ser a minha também. Mas de maneira diferente. — Cotten recostou a cabeça no sofá, então voltou a olhar para ele. — Sinto muito, mas você e eu simplesmente não temos as mesmas crenças.

Ele ergueu a mão.

— Isso não é problema. Ei, o meu melhor amigo é um rabino judeu. Nós crescemos juntos. Ele é um daqueles amigos que a gente não vê com freqüência, mas sabe que pode contar com ele. No entanto, temos pontos de vista diferentes. Formamos a dupla mais estranha. Você pode imaginar o tipo de discussões que tivemos ao longo dos anos?

— Olhe — Cotten o interrompeu —, além da promoção na carreira, o quanto antes eu preparar essa reportagem, mais cedo vou ficar tranqüila, sem achar que estão atrás de mim. Assim que contar ao mundo sobre o Graal, o interesse será sobre ele, não sobre mim. Não passarei de mais um crédito de reportagem. — Ela sentou-se na borda do sofá, ciente de que ele a observava. — Portanto, como fazemos para provar que ele é verdadeiro?

— Bem, o trabalho em metal é bem fácil de comparar com um estilo conhecido e um período de tempo. A madeira e a dobradiça da caixa também podem ser datadas e comparadas com outras semelhantes... assim como o tecido. E a cera de abelha pode ser submetida à datação por carbono.

— E depois?

— Eu gostaria de levá-lo a Roma. A tecnologia de datação do Vaticano está entre as melhores do mundo.

— Por que o Vaticano? Quero dizer que entendo que é a sua área, mas por que não algo aqui no nosso próprio território? As universidades de Brown, Nova York ou Columbia não têm um departamento de arqueologia?

— Sem dúvida. Mas o Vaticano está nessa atividade de autenticação há séculos. Quem você preferiria entrevistar para a sua reportagem... o professor John Doe da universidade local ou o cardeal Ianucci, o curador da maior coleção de relíquias e artefatos religiosos do mundo?

— Tudo bem, você me convenceu. — Cotten sorriu encabulada. — Será que as minhas aspirações de conseguir a grande reportagem não me tornaram ambiciosa?

— É isso o que os repórteres fazem — observou ele. — Contar a sua história com a Basílica de São Pedro ao fundo teria um impacto considerável.

— Ou ao lado de uma obra de Michelangelo enquanto entrevisto o cardeal que você mencionou cairia bem no meu rolo de apresentação. — Ela balançou a cabeça. — Você deve pensar que sou muito atrevida.

— Não, acho que leva o seu trabalho muito a sério e trabalha com afinco para conseguir o melhor possível. Não há nada de errado com isso. Invejo você.

Cotten considerou o comentário interessante.

— Sério?

— Não acho que seja comum entre a maioria das pessoas vivenciar as suas paixões. Algumas têm sorte, como você. Percebo o ardor nos seus olhos. Você mal pode esperar para agarrar essa reportagem. Isso é o que lhe dá sentido. O meu avô foi feliz assim. Ele também era arqueólogo, e quando eu era criança ele encheu a minha cabeça com histórias de civilizações antigas. Eu sei o que é ter esse brilho nos olhos. Não podia deixar de ouvir aquelas histórias e ficar maravilhado. Aquelas histórias fantásticas sempre me acompanharam. Foi o que me animou, depois da minha ordenação, a conseguir me graduar em Estudos Bizantinos e Medievais e depois em Estudos sobre os Primeiros Cristãos.

— Odeio admitir isso, mas não sabia que os padres se interessassem por outras coisas. Você entende, nada além das obrigações do ofício.

John deu uma risada.

— Também me ocupava disso. Fui o pastor-assistente em uma pequena paróquia durante algum tempo.

— E não gostou do que fazia?

— Você sabe mesmo como entrevistar uma pessoa — comentou ele. — Vai conseguir a história inteira.

— Espero que sim. Acho interessante. Então, você gostava de ser o pastor de um pequeno rebanho?

— Para falar a verdade, gostava, sim.

— Mas...?

— Mas, senhora entrevistadora, aquilo não preenchia todas as minhas expectativas. Sempre quis servir a Deus. Isso nunca esteve em questão. Qual a *melhor* maneira de fazê-lo é uma outra história. Talvez por causa das histórias que o meu avô me contava sobre as planícies da África varridas pelo vento ou sobre as tumbas antigas sob as ruas das cidades do Oriente Médio. Quem sabe? Então me afastei do sacerdócio para viver algumas dessas histórias, para ver se conseguia colocar alguma chama nos meus olhos. — John cruzou os braços. — Agora você conhece a história da minha vida.

Ela perscrutou os olhos azuis. Eles eram bonitos com ou sem emoção. Mas Cotten sentiu-se como se fosse uma intrusa, exagerando no seu papel de repórter, especialmente por ter sido ela quem o procurou em busca de ajuda no meio da noite.

— Acho que lhe devo um pedido de desculpas, primeiro por mantê-lo acordado e depois por me intrometer. Não pensei que seria assim.

— Sei que não pensou. Se estivesse ofendido, não teria falado tão abertamente. Fui eu que escolhi agir assim.

Eles ficaram sentados em silêncio por uns instantes, então John disse:

— Que tal comer alguma coisa? Tenho uma torta de nozes.

— Parece ótimo. Vou ajudar. — Ela o acompanhou até a cozinha. Em seguida perguntou: — Quando acha que podemos partir?

— O quê? — Ele abriu a porta de um armário. — Os pratos estão aqui.

— Para Roma. Quando acha que podemos ir?

— Bem, acho que hoje mesmo, se conseguirmos providenciar tudo.

Cotten pegou dois pratos de sobremesa e colocou-os sobre o balcão.

— Sim, hoje. Consegue resolver isso?

John pegou a torta na geladeira e olhou para o relógio.

— Ainda é muito cedo. Tenho um amigo com alguma influência. Filipe Montiagro, ele é o núncio apostólico do Vaticano.

— Não tenho muita familiaridade com...

— Núncio apostólico. A Cidade-Estado do Vaticano é um país independente. O núncio equivale a um embaixador. O arcebispo Montiagro é o embaixador do Vaticano nos Estados Unidos e trabalha fora da embaixada do Vaticano em Washington. Vamos recorrer a ele. Deixe eu esperar que ele chegue ao escritório; então vou ligar para ele.

Ele cortou dois pedaços de torta, colocou um em cada prato e depositou os pratos sobre a mesa da cozinha. Pegando dois garfos da gaveta, informou:

— Está na mesa.

Eles sentaram-se de frente um para o outro — Cotten observando o modo como ele cortava cada pedaço, levava à boca e mastigava. Quando os olhos dele encontraram os dela, ela os baixou para a torta e cortou o seu pedaço com o garfo.

— Preciso chamar um táxi — disse, depois de provar a torta. — Tenho de ir para casa fazer a mala.

— São duas horas da manhã. Você é mais do que bem-vinda para ficar no quarto de hóspedes. Além do mais, se houver uma ligação entre a caixa e a invasão, o seu apartamento não é o melhor lugar para ir agora.

John estava certo. Talvez ela não devesse voltar ao apartamento mesmo. Poderia comprar uma maleta e algumas roupas básicas no aeroporto — ainda levava o passaporte na bolsa. E poderia fazer compras em Roma depois que a relíquia estivesse segura aos cuidados do Vaticano.

— Se eu passar a noite aqui, você não teme as fofocas dos seus vizinhos?

— São quase todos estudantes, e muitos nem passam a noite aqui. — Com um sorriso iluminado, John acrescentou: — Além do mais, são quase todos meus alunos e todos querem passar de ano.

Ambos riram e terminaram de comer as fatias de torta. John colocou os pratos na máquina de lavar louça e eles voltaram para a sala.

— Foi você quem fez a torta? — quis saber ela.

— Não, ganhei de presente.

— De alguma amiga? — indagou Cotten, imediatamente se arrependendo da pergunta.

John deu um sorriso largo.

— Mais ou menos.

— Sério? Quero dizer, você pode... eu não sabia que um padre... mesmo de licença...

John deu uma risada.

— A minha amiga tem 78 anos de idade, sofre de artrite aguda, de catarata, e ainda encontra tempo para me fazer uma torta todas as quintas-feiras. A da semana foi esta.

"Droga", ela pensou. "Por que tinha feito a pergunta? *P-a-d-r-e, Cotten. Será que não entende?"*

— Vamos deixar assim por esta noite — disse John enquanto cobria a relíquia com o tecido dos templários e guardava-a de volta na caixa. Ele a colocou na sacola de Cotten. — Vamos lá, vou acomodá-la.

Ele a conduziu para o quarto de hóspedes. Era simples e com pouca mobília — uma cama de solteiro com um edredom bem grosso e um criado-mudo com um abajur, tendo ao lado uma cômoda encimada por um espelho pequeno. Um crucifixo simples pendia da parede à cabeceira da cama. Parecia que ele não se preocupava em fazer muitos investimentos nesse lugar para que não se tornasse um lar, pensou ela. Ele não devia pensar que aquele era o lugar em que desejaria permanecer por muito tempo. Ainda não havia encontrado a sua paixão.

— O lugar não é muito atraente, receio — observou John.

— Está ótimo.

— O banheiro fica na primeira porta à direita. Precisa de mais alguma coisa?

Ela balançou a cabeça.

— Acho que não.

Ele deixou a sacola dela sobre a cama antes de dar boa-noite.

John fechou a porta e ela ouviu o piso de madeira ranger enquanto ele se afastava.

Cotten olhou-se ao espelho. O cabelo estava desalinhado, a maquiagem desfeita e os olhos apagados de cansaço.

"O que será que ele deve pensar de mim?"

Ela começou a se despir, então pensou em não tirar a blusa, mas mudou de idéia. Estaria amassada para usar pela manhã se dormisse com ela. Então, dormiria só de calcinha. O quarto era quente o bastante e o edredom parecia aconchegante.

Quando acabava de puxar as cobertas, uma batida na porta a assustou.

— Só um minuto.

Rapidamente, ela pegou a blusa e se escondeu atrás dela. Abrindo a porta com a mão livre, olhou através da fresta.

— Tenho um pijama para você — disse ele. — Talvez seja grande, mas você pode enrolar as mangas.

Ela estendeu o braço pela fenda da porta entreaberta.

— Ah, obrigada — murmurou. Enquanto passava o braço pela estreita abertura da porta, o pijama escorregou-lhe da mão e caiu no chão. Cotten rapidamente se abaixou para pegá-lo.

John abaixara-se para ajudá-la. Quando ele olhou para cima, ela percebeu que ele prendia a respiração. Ele viu que a blusa tinha caído também. Freneticamente, ela tentou pegá-la e cobrir-se, ao mesmo tempo que ele lhe estendia o pijama.

— Desculpe — disse ele.

Cotten escondeu-se atrás da porta de novo, apertando as roupas contra o peito, olhando para os lados. Deus, ela acabara de aparecer nua diante dele... nua diante de um padre, pelo amor de Deus!

— Nos vemos de manhã — disse ele, afastando-se.

* * *

— Você precisa confiar em mim neste assunto, Ted — disse Cotten pelo telefone do avião. — Estou sentada ao lado do doutor John Tyler. Ele é um especialista e examinou a relíquia. Ele acha que há noventa por cento de chances de ela ser autêntica.

Ela se voltou para John, que deu de ombros de maneira hesitante.

Eles se achavam sobre o Atlântico em um vôo direto para o Aeroporto Internacional Leonardo da Vinci, em Roma.

— Mantenha o Departamento de Marketing pronto para promover a maior reportagem religiosa desde o Santo Sudário — comentou ela. — Mas não deixe vazar sobre o que se trata. Não por enquanto. Não até termos o resultado do Vaticano.

— Vou telefonar para o chefe da nossa sucursal em Roma — informou Ted Casselman. — Quero que fique em contato constante com ele... mantenha-o informado de tudo o que acontecer. Ele vai providenciar uma equipe de produção e tudo o mais que você precisar. Depois que tiver a sua matéria, grave imediatamente.

— Estou no comando, certo?

— Está.

— A sucursal de Roma vai me dar todo o apoio necessário, certo?

— Certo.

Cotten recostou-se de volta ao assento.

— Adoro você, Ted.

— Sim, eu sei. Mas, de uma vez por todas, gostaria de pensar que *eu* sou o responsável por designar as reportagens.

— Você não vai se arrepender.

— Certo. — Ele fez uma pausa. — Não foi o que você me disse com relação ao assunto de Bagdá?

— Esta é a chance que eu procurava e a reportagem de que você precisa para elevar aqueles malditos índices de audiência.

— Cuide-se, Cotten. — Ted Casselman desligou.

Ela colocou o telefone no gancho atrás do assento da frente e virou-se para John.

— E aí?

— Noventa por cento de certeza?

— Onde está a sua fé?

— Eu tenho fé suficiente. A prova científica é uma coisa bem diferente.

Ela estendeu o braço e deu-lhe um tapinha na mão.

— Você se preocupa demais.

Várias famílias reais e nobres européias acreditam ser da linhagem dos merovíngios, a linhagem divina. São elas: Hapsburgo-Lorraine, Plantard, Montpezat, Luxemburgo, Montesauiou, alguns ramos dos Stuarts e os Sinclairs.

Criação

— E quem é esta? — indagou o correspondente de Ciência da revista *Time*, apontando para uma fotografia emoldurada acima da escrivaninha.

— A minha netinha — informou Charles Sinclair. — Ela acabou de ser batizada, na semana passada, na catedral de St. Louis.

— Ela é linda. O senhor deve estar muito orgulhoso, doutor Sinclair.

— E estou.

— Vejo que o senhor gosta dos grandes veleiros de regatas oceânicas. — O correspondente indicou uma coleção de fotografias na parede ao lado. — São barcos impressionantes. O senhor os pilota?

— Não, não. A BioGentec patrocina diversos barcos velozes de regata. As versões menores são um passatempo meu. Tenho alguns veleiros bons. Às vezes saio com eles em regatas de pôquer.

— Como funciona isso?

— Normalmente, começamos no restaurante Friends, em Madisonville, depois vamos até o The Dock, em Slidell, então competimos ao longo das vinte milhas através do lago Pontchartrain. No caminho, passamos por alguns pontos predeterminados, então cruzamos o lago de volta até o Friends. A cada parada tomamos um drinque e tiramos uma carta do maço. Ao fim do dia, a melhor mão de cinco cartas do pôquer vence a partida.

— O senhor sempre vence, doutor Sinclair? — indagou o correspondente sorrindo.

— Sempre.

Os dois homens deram risada.

— E quanto aos outros passatempos?

— Eu possuo alguns puros-sangues.

— Eles também são vencedores?

— Mas é claro! Não tenho nenhum tricampeão ainda, mas nos saímos bem em Evangeline, Saratoga, Aqueduct, Bel...

— O senhor tem gosto por corridas e competições.

— Acho que tenho uma queda pela velocidade, não necessariamente pela competição. Mas há mais coisas por trás disso. Admiro e aprecio o trabalho artesanal, a perfeição da construção de um barco de regata. O desempenho reflete o cuidado com os mínimos detalhes.

— E quanto aos cavalos?

Sinclair reclinou-se e apoiou os dedos embaixo do queixo. Um ligeiro início de um sorriso arrogante desenhou-se na sua face.

— A criação.

— Bem apropriadamente — observou o correspondente enquanto tomava nota. Ergueu os olhos para Sinclair. — Voltando ao seu comentário de que a clonagem não é uma novidade.

— Os clones humanos andam entre nós todos os dias. Você provavelmente já conheceu alguns. Eles são chamados gêmeos idênticos... bebês nascidos de um único óvulo no útero da mãe, que se divide em dois.

— Como o senhor responde aos seus críticos que dizem que está querendo passar por Deus ao tentar clonar um ser humano? — O correspondente fez mais uma anotação no seu bloco. — Até mesmo alguém laureado com o Nobel como o senhor deve se preocupar com questões éticas.

— Eu sou apenas um cientista tentando salvar vidas. Faço as minhas descobertas por meio de pesquisas, realizando experimentos. Nada mais se deve interpretar além disso. — Sinclair relanceou o olhar para o relógio antigo sobre o consolo da lareira da biblioteca. Não pretendia se aprofundar muito mais do que aquilo no campo minado da ética. Através das portas-venezianas que davam para o pátio de tijolos da sua grande chácara arborizada, ele via o Mississippi além das antigas magnólias. Nuvens negras se acumulavam na margem oposta do rio.

— Alguns defensores da justiça social se opõem à clonagem — comentou o correspondente. — Eles temem uma lacuna cada vez maior entre os que podem mais e os que podem menos, se os pais ricos decidirem ter filhos mais evoluídos por meio da interferência genética.

— Isso talvez venha a ser um subproduto das nossas pesquisas um dia. Assim como acontece com todo o resto, é preciso pesar os benefícios. Somos pioneiros nos aventurando além de novas fronteiras — declarou Sinclair. — A clonagem terapêutica nos capacita a obter tecidos perfeitamente adequados para o paciente, independentemente de ele ter a doença de Parkinson, diabetes, uma lesão na coluna vertebral... assim o paciente não irá rejeitar aquelas células. É isso o que fazemos na BioGentec. Não discutimos a ética, não queremos fazer o papel de Deus... nós simplesmente trabalhamos para salvar vidas.

— Mas o senhor deve perceber que...

O telefone tocou na escrivaninha de Sinclair. Ele levantou a mão.

— Com licença, me dê só um minuto. — Pegando o receptor, ele disse: — Sim?

— Eles estão num avião para Roma — informou Ben Gearhart do outro lado da linha. — O padre a está ajudando a levá-lo para o Vaticano.

Sinclair sorriu.

— Mas que boa notícia! — Recolocou o fone no gancho e olhou para o correspondente. — O que estava dizendo mesmo?

O Cardeal

— Sua Eminência, o padre Tyler e a repórter da SNN estão subindo — anunciou o ajudante-de-ordens do cardeal Antonio Ianucci. — Acabaram de passar pela segurança.

— Obrigado. — O cardeal olhou através da janela do seu gabinete no segundo andar. Ao lado dos museus do Vaticano, o seu gabinete dava para o pátio interno do Palácio Belvedere. Ele se lembrava de quando um diplomata lhe dissera, havia algum tempo, que nos Estados Unidos um escritório daquele tamanho seria considerado um verdadeiro salão de dança. O teto coberto por afrescos unia-se a paredes cobertas de tapeçarias medievais — um tapete persa do tamanho de uma piscina cobria uma parte do piso de madeira do século XV. Os sofás e as poltronas de brocado e damasco de duzentos anos de idade estavam dispostos estrategicamente ao redor do salão, com as pernas esculpidas pintadas de dourado.

O cardeal retornou à escrivaninha para examinar o monitor de tela plana. Aos 68 anos, ele se movimentava com agilidade, dedicando-se por mais de uma hora, todas as manhãs, a um regime de exercícios rigoroso. Nascido na Itália, de mãe britânica e pai italiano, cresceu fluente nos dois idiomas. Desde jovem, sempre foi fascinado pelos ornamentos e pelas tradições da Igreja Católica, além do sacerdócio. Logo cedo firmou um ideal, encaminhando-se para realizá-lo como se viajasse através de um túnel — sem desvios, sem distrações, sem outros interesses. Sabia que havia recebido o chamado e queria servir a Deus da maneira mais influente possível.

Formado em teologia e direito canônico, Ianucci lecionara na Universidade Urbana, em Roma, antes de freqüentar a faculdade de diplomacia do Vaticano. Passou mais de uma década de serviço na Secretaria de Estado, depois de ser ordenado bispo em 1980. Em 1997, fora elevado a cardeal, e em 2000 o papa o indicara para o cargo de Curador do Vaticano. Entre os principais integrantes da elite do Vaticano, era considerado um candidato importante à sucessão papal — a meta no fim do túnel —, o servo supremo de Deus.

Ianucci conhecia John Tyler relativamente bem, tendo se encontrado com ele em diversas ocasiões, mas leu a biografia do padre para refrescar a memória. Segundo os informes, Tyler atualmente estava de licença. O cardeal imaginou por que ele teria solicitado a regalia, algo que era raramente pedido e conseguido.

Quando o arcebispo Montiagro telefonou-lhe informando sobre Tyler e a descoberta de uma relíquia que poderia ser de uma importância sem precedentes, Ianucci alterou a agenda para incluir a audiência. Como sempre, em se tratando de uma nova descoberta, ele ficava entusiasmado.

— De importância sem precedentes — sussurrou. — Isso teria bastante utilidade para mim.

Montiagro havia deixado claro que Tyler insistira em fazer-se acompanhar de um profissional da imprensa. Aquilo confundiu o cardeal. Não podia acreditar que o padre não estivesse faminto de glória. Talvez precisasse recordar a Tyler sobre o protocolo do Vaticano no que dizia respeito à imprensa — um protocolo que não colocava os repórteres americanos no topo da lista. Além do mais, Ianucci cultivava a própria lista, com integrantes escolhidos da imprensa mundial, os quais conhecia bem e em quem confiava para traduzir as suas palavras ao pé da letra. O Vaticano era uma nação soberana em que servir a Deus era o ponto mais importante a cada movimento, a cada pensamento e a cada ato. Não era o lugar para repórteres americanos, cujos objetivos normalmente eram ou sensacionalismo ou exploração.

O cardeal fechou o arquivo e colocou o computador em modo de hibernação.

— Eminência, os seus convidados chegaram — anunciou o assistente, depois de bater e abrir a porta maciça.

— Faça-os entrar. — Ele se levantou e contornou a escrivaninha. — Ah, John — disse, quando os dois visitantes se aproximaram. Estendendo a mão direita com a palma para baixo, ele disse: — É bom revê-lo.

— Vossa Eminência. — John tomou a mão do cardeal, flexionou o joelho e beijou ligeiramente o anel de safira. — Obrigado por dedicar o seu tempo para nos receber. Gostaria de apresentar Cotten Stone, correspondente da Satellite News Network. A senhorita Stone obteve a posse de um artefato enquanto fazia uma reportagem no Oriente Médio. Ela vai fazer a cobertura dos procedimentos da sua autenticação para a emissora de televisão.

— É um prazer conhecê-la, senhorita Stone. Espero que se compadeça de um homem idoso e se refira a mim apenas em termos candentes, quando fizer a sua reportagem.

— Estou certa de que não poderia ser de outro modo, Eminência — afirmou Cotten, apertando a mão do cardeal.

Ianucci examinou-a: controlada, segura, ele pensou. Ainda assim, ele seria delicado nas sugestões de como gostaria de conduzir a situação.

— Por favor, sentem-se e contem-me o que trazem. — Voltando à sua cadeira, ele inclinou a cabeça para John.

— O senhor tem familiaridade com o doutor Gabriel Archer? — indagou John.

— Ah, sim — disse Ianucci, batendo com o dedo sobre o tampo da escrivaninha. — Li ainda nesta manhã que a equipe dele na Turquia informou a sua morte... um ataque cardíaco, acredito. — O cardeal fez o sinal-da-cruz. — Que descanse na paz do Senhor.

John continuou.

— Então o senhor está a par das escavações que ele fazia no Iraque.

— Estou. Ele acumulou uma obra profissional impressionante ao longo da carreira... o fim deve ter sido frustrante para ele, com a sua obsessão por encontrar o Graal.

— A frustração pode ter valido a pena — comentou John. — A senhorita Stone estava com ele quando morreu. Vou deixar que ela lhe conte.

O cardeal arqueou uma das sobrancelhas e notou-se uma leve palpitação, como se um pássaro ruflasse as asas, dentro do peito dele.

— Por favor.

Cotten narrou a história, terminando com a maneira de como buscou a ajuda de John para a abertura do cubo mágico e a descoberta do Cálice dentro dele.

O cardeal girou os polegares.

— A senhorita diz que outro homem foi morto em uma luta com Archer... um árabe?

— Bem, eu presumi que fosse árabe. As roupas, a aparência e o sotaque... — concluiu Cotten.

— Estranho, o artigo não mencionou outra coisa além do ataque cardíaco de Archer. Hum...

Cotten olhou para John, mas não disse nada.

Ianucci imaginou o que passava pela mente da repórter. Esperou um instante, dando-lhe oportunidade para falar. Uma vez que ela não disse nada, ele continuou:

— Vamos supor que o homem que tentou roubar a relíquia de Archer era apenas um ladrão de antigüidades.

— Não fosse pela invasão do meu apartamento, Eminência, eu concordaria — afirmou Cotten. — Mas há muita coincidência. É por isso que estou ansiosa para deixá-la nas mãos de uma organização como a sua, que possa garantir a segurança da peça.

— A senhorita trouxe a relíquia consigo?

— Sim. — Cotten abriu a sacola e mostrou a caixa.

A pulsação de Ianucci se acelerou.

Cotten passou-a a Jonn. Com movimentos precisos, ele abriu a tampa, deixando-a cair de lado, apoiada nas dobradiças. Em seguida, colocou-a cuidadosamente sobre a escrivaninha.

— Os nossos velhos amigos, os Templários — comentou Ianucci, observando a cruz, a rosa e o selo bordados no tecido. Minúsculas gotas de transpiração umedeciam-lhe o couro cabeludo por baixo do solidéu vermelho.

— Tive a mesma reação, Eminência — comentou John. Em seguida, tirou um par de luvas brancas do bolso. Com delicadeza, retirou e desembrulhou o Cálice, colocando-o ao lado da caixa.

Os pêlos da nuca de Ianucci se eriçaram e um acesso de impulsos nervosos atravessou os seus braços. Gabriel Archer não era tolo. Se ele havia acreditado que aquele era o Santo Graal, haveria uma forte probabilidade de que o Cálice da Última Ceia descansasse ali, a poucos centímetros.

Ianucci abriu uma gaveta da escrivaninha e tirou o próprio par de luvas. Colocando-as, pegou o cálice e o examinou: analisou o monograma gravado, a pequena faixa de contas e as videiras contornando a borda. Era difícil conter o entusiasmo de satisfação. Ele apontou para a substância escura que cobria o interior.

— Cera de abelha?

— Acredito que sim — afirmou John.

— Um método adequado de preservação naquela época. — O cardeal inspecionou o Cálice de todos os ângulos, finalmente baixando-o sobre a escrivaninha. Ele se recostou na cadeira e inclinou a cabeça, primeiro para um lado e depois para ou outro, continuando a examinar a relíquia. — O estilo e o trabalho em metal parecem corresponder aos de outras peças que vi daquela época. A gravação provavelmente foi feita muito tempo depois.

— Concordo — disse John.

— A datação da cera por radiocarbono pode ser bem precisa. — A agitação no peito o fez tossir. Ele pressionou a carótida com os dedos, verificando os batimentos irregulares, incapaz de desviar os olhos do Cálice. O coração recuperou o ritmo. — Temos diversas taças com que podemos fazer uma comparação lado a lado. — Ianucci levantou a vista. — Muito bem. Vamos entregá-lo aos nossos especialistas e ver o que eles descobrem. — Ele se levantou. — Onde estão hospedados?

— *Nova Domus* — informou John, levantando-se.

Cotten levantou-se também e voltou-se para John.

— Isso é tudo?

— Por hoje, senhorita Stone — Ianucci respondeu.

— Mas a SNN está pronta para...

O cardeal sorriu, levantando a mão.

— A senhorita deve ser paciente.

— O senhor acha que é autêntica? Qual o seu palpite a respeito? — ela indagou.

John tocou de leve o braço de Cotten.

— A peça precisa passar por todo um extenso processo... não haverá nenhum palpite.

Cotten afastou o braço.

— Entendo que isso levará tempo. — Ela se voltou para Ianucci. — Eminência, aceitei o conselho de John e concordei em trazer a relíquia aqui. Mas existem muitas outras organizações qualificadas para autenticá-la em troca da garantia da minha exclusividade. — Ela deu um ligeiro passo em direção à escrivaninha. — Se eu tiver a sua palavra, o Cálice é do senhor.

A importância da relíquia era de longe muito maior do que quem contaria a história primeiro, raciocinou o cardeal. Ele garantiria a ela um fugaz momento de fama. Então ela estaria em um avião que aos poucos desapareceria na escuridão, enquanto ele continuaria a sua jornada em direção à meta suprema. A história do Graal lhe daria uma notoriedade a mais, ajudando-o a ganhar importância entre os colegas. Uma importância que pesaria da próxima vez que o Colégio dos Cardeais se reunisse na Capela Sistina em conclave secreto e escolhesse pelo voto o homem que se tornaria o próximo bispo de Roma, o Santo Padre, sucessor de São Pedro, Vigário de Cristo.

— Conseguiu o que queria, senhorita Stone. Vou avisá-la assim que tiver notícia. Até lá, enquanto o nosso pessoal faz o seu trabalho, aproveite o tempo para apreciar as paisagens de Roma. Estou certo de que o padre Tyler ficará feliz em ser o seu guia. — O cardeal Ianucci inclinou a cabeça, claramente dispensando-os.

Eles agradeceram a Ianucci e caminharam sobre o piso de madeira antigo. Quando as portas de doze metros de altura se fecharam com um eco atrás deles, Ianucci caminhou até a janela que dava para o pátio do palácio, esperando que a sua pulsação baixasse. Só então se permitiu voltar a examinar o Cálice em cima da escrivaninha.

* * *

Ao pôr-do-sol, John e Cotten acataram a sugestão do cardeal para conhecer alguns dos principais locais de Roma.

Enquanto caminhavam, Cotten não pôde deixar de dar uma nova versão ao que Ianucci havia dito.

— Alguém se livrou do corpo do árabe de modo a não restar nada suspeito — comentou, caminhando ao lado de John. — Você não vê que estão encobrindo as pistas? O cardeal disse que não saiu nada no noticiário sobre o árabe morto... só sobre a morte de Archer, por ataque cardíaco.

— É estranho que não tenha havido menção ao árabe.

— Vou lhe dizer uma coisa, quando essa história for publicada, vou deixar essa parte de fora. Não os quero atrás de mim outra vez. — Cotten olhou para cima e parou de repente. — Minha nossa! — As luzes que iluminavam e realçavam o travertino e as rochas do Coliseu davam-lhe um sentido de grandeza esmagadora.

— Impressionante, não é? — observou John quando se aproximaram do Coliseu. — É de dar vertigem à noite.

Cotten não conseguia desviar os olhos do monumental anfiteatro que em todo o mundo era o símbolo da Cidade Eterna, o emblema da grandeza de Roma.

— Já tinha visto imagens e filmes, mas... — Ela abanou os braços para o Coliseu. — É isso. Era isso que ficava me cutucando quando eu crescia no Kentucky. É por isso que eu faço o que faço, John. Há tanta coisa para ver. Eu quero ver tudo. — O tom da sua voz baixou. — Mas acho que nunca verei o bastante. — Ela olhou ao redor, sentindo que não podia ter tudo. Não era apenas o esplendor, era tudo junto... a beleza estonteante, a maravilha do projeto estrutural, a história. — Estou falando demais — comentou. — Desculpe. Fale você. Conte-me sobre os romanos, sobre os gladiadores, a arquitetura. Os cristãos eram realmente atirados aos leões aqui?

— Isso é discutível — respondeu John.

Ela se aproximou dele.

— Conte-me tudo. Quero saber de todos os detalhes.

— Houve uma época em que este era o mais lindo anfiteatro do mundo. Um escritor eclesiástico... Bede... uma vez escreveu que "enquanto o Coliseu perdurar, Roma irá sobreviver, mas quando o Coliseu cair, Roma cairá, e quando Roma cair, o mundo inteiro terá fim".

Cotten sentiu os olhos de John observando-a enquanto caminhava à frente dele. Sentia romper-se a dureza da concha exterior atrás da qual tentara se esconder, o bastante para ter um vislumbre do que havia dentro. Por alguma razão, não mais queria manter intacta a armadura. Era mais fantasiosa e idílica do que gostaria de admitir, mas com John não sentia a necessidade de esconder esse seu lado. Era estimulante ser Cotten Stone, garota do Kentucky, vulnerável, às vezes infantil. Ao mesmo tempo, era extremamente cansativo estar sempre no controle, precisando ser forte, fingindo que podia resolver tudo. Seria gostoso deixar vir à tona a delicadeza de ser mulher, sem precisar ser a repórter durona. A última vez que se sentiu livre assim, sendo verdadeira consigo mesma, foi antes da morte do pai. Tudo mudou depois do dia em que ele se matou. Cotten, uma menina com um nome tão suave quanto as nuvens, tornou-se uma pedra. Quantas vezes pensou na ironia do seu nome: *Cotten (como se fosse de algodão) e Stone (pedra).*

De repente, ela encarou John, segurando-lhe as mãos.

— Como alguém poderia ver isso e não se emocionar?

Cotten baixou o olhar para as mãos.

— Ooops... isto não está certo. Continuo me esquecendo.

Quando ela tentou soltar as mãos dele, John as reteve por um momento.

— Está tudo bem. Não há nada de errado entre dois amigos que demonstrem afeição.

Afastando-se vários passos para trás, ela se dobrou na cintura e caiu na gargalhada.

— John, você sabe o que seria uma extravagância? Seria a minha sorte de me apaixonar por um padre. Primeiro foi o meu médico. Mais uma maneira de evitar a rejeição. Quero dizer, observe o meu último fracasso. Thornton Graham e eu fomos amantes. Você sabia disso?

— Não exatamente.

— Ele é casado, fora do meu alcance. Ele não poderia me rejeitar ou me magoar porque realmente não era meu, antes de mais nada. Percebe o que eu quero dizer? — Ela jogou a cabeça para trás e contemplou o céu. — Isso faz algum sentido?

— Você é dura demais consigo mesma... uma mulher bonita, talentosa, capaz. Veja tudo o que está fazendo. Nada pouco extraordinário, do deserto iraquiano aos salões do Vaticano. Por que será que ainda receia que alguém possa rejeitá-la?

Ela riu de novo, mas as lágrimas agora brotavam dos seus olhos.

— Você sempre sabe as coisas certas a dizer. Se você não fosse um... bem, eu lhe daria um abraço.

John a abraçou.

— Os padres abraçam as pessoas o tempo todo — declarou ele. — Nunca deixe que as coisas que acontecem na vida façam você perder o sentido de quem você realmente é e do que você é feita.

Quando John a soltou, ela se perguntou como ele se livraria dela.

— Você sabe que pode aplicar o mesmo conselho a si mesmo.

Ele enfiou a mão dentro do colarinho da camisa e ergueu um crucifixo em uma corrente.

— Isto pertenceu ao meu avô. Representa o que é importante para mim... servir a Deus. Não é que eu tenha dúvidas; só não consigo descobrir onde me encaixar. O que será que Deus planejou para mim? — Ele riu baixinho. — Sou um pastor ou um Indiana Jones? Sei que Ele me mostrará o caminho. Ele me guiará para onde devo ir. — Ele riu outra vez. — Às vezes acho que Ele tem um senso de humor e um fetiche por enigmas. — John recolocou a cruz embaixo da camisa.

— Talvez você só precise ser paciente. Conforme você disse, Ele lhe mostrará o caminho. Mas será mesmo que é preciso ser padre para servir a Deus? Quero dizer, deve haver uma porção de maneiras entre as pessoas comuns... — Ela se deteve. — Bem, você sabe melhor do que eu.

John deu um sorriso matreiro.

Cotten imaginou se ele a olhava como ela olhava para ele. O quanto, agora mesmo, sob os reflexos cintilantes do Coliseu, ao crepúsculo morno, na brisa suave, nesse momento perfeito, ela queria envolvê-lo entre os braços — só para estar com alguém que não cobrava nada dela.

— O que tanto você olha? — quis saber John. — Tenho alguma coisa no rosto?

— Não, desculpe. Este é um momento incrível, e estou muito emocionada.

Cotten aproximou-se dele e John tocou-lhe as costas para guiá-la. Ela começou a caminhar ao lado dele e então a mão dele a deixou.

A fé de John devia ser muito forte, pensou Cotten. Ela não podia imaginar ter tanta confiança na idéia de que Deus a conduziria divinamente ao longo do caminho para o seu destino. Assim como a mão de John nas costas dela, a mão de Deus se afastara dela desde cedo. Afinal de contas, Deus tinha mais o que fazer. Ela cavara e galgara postos, e havia se virado para chegar aonde chegara. Por conta própria. Deus não tinha nada a ver com isso.

O Noticiário Noturno

"E agora, *Em Cima da Hora*, o nosso segmento especial sobre histórias e acontecimentos que têm um impacto significativo sobre a vida de todos nós." Em frente a uma parede azul, Thornton Graham lia o texto no gerador de caracteres, em pé no cenário do noticiário do fim de semana da SNN. Uma projeção colorida eletrônica fundia-se atrás dele, apresentando uma imagem do Vaticano, os rostos de Cotten Stone e do doutor Gabriel Archer, e diversos símbolos religiosos incluindo um cálice simples.

"Conforme informamos anteriormente no noticiário", declarou Thornton, "o Vaticano anunciou hoje a descoberta da relíquia mais procurada do cristianismo: o místico Santo Graal. Em reportagem exclusiva para a SNN, a correspondente Cotten Stone não só nos trouxe a história, como também esteve no centro dela. Algumas semanas atrás, ao retornar de uma reportagem em Bagdá, Stone viu-se abandonada no deserto iraquiano. Buscando um caminho seguro para a fronteira turca, ela deparou com a escavação de um túmulo antigo comandada por este homem, o famoso arqueólogo doutor Gabriel Archer."

O rosto de Archer tomou toda a tela por trás de Thornton.

"Antes de o doutor Archer sucumbir a um ataque cardíaco fatal, ele deu a Stone uma caixa que descobrira no túmulo e pediu-lhe para guardar em segurança. Depois de voltar para casa, Stone buscou ajuda com um famoso historiador, arqueólogo e padre católico, o doutor John Tyler, que conseguiu abrir a caixa."

A imagem se dissolveu para apresentar a imagem de John e Cotten ao lado da *Pietà*.

"Dentro havia isto."

A imagem se dissolve para a foto do cálice.

"Acredita-se que este seja o Cálice que foi usado por Jesus Cristo na Última Ceia, cuja mesma tradição sustenta que foi usado para recolher o sangue Dele na crucificação. Ao longo dos séculos, esse Cálice foi conhecido simplesmente como o Santo Graal."

A imagem se dissolve para mostrar Cotten e o cardeal Ianucci.

"O curador do Vaticano, o cardeal Antonio Ianucci, revelou, durante entrevista a Stone, que o exame preliminar da relíquia sugere que seja autêntica."

O vídeo mudou para uma chamada em tela inteira da entrevista. Cotten aparecia sentada em frente ao cardeal, numa biblioteca pomposa dentro do palácio papal.

— Consideramos muitos fatores — diz Ianucci —, incluindo o trabalho em metal, a pátina, o trabalho artesanal, as descrições históricas para comparação e a datação por radiocarbono do que agora definimos como sendo cera de abelha: a camada protetora cobrindo o interior do Cálice.

Aproximação de cima mostrando o interior do Cálice.

— O senhor acha que teria essa certeza se não tivesse obtido o outro artefato da propriedade do doutor Archer na Inglaterra? — indaga Cotten.

— Os sinais naquele artefato... o prato que o doutor Archer descobriu em Jerusalém... acrescentaram muitas peças ao quebra-cabeça — respondeu o cardeal. — De novo, essa peça também foi analisada e determinada como autêntica. Depois de decifrar os sinais, acompanhamos a jornada do Graal com grande precisão desde o seu primeiro proprietário, José de Arimatéia, que viajou com o apóstolo Paulo por todo o caminho até o seu local final de descanso, em um lugar próximo às ruínas assírias de Nínive, no norte do Iraque. Embora haja interrupções na linhagem, outros documentos dos nossos arquivos preencheram a maioria das lacunas. As evidências são muito convincentes.

Cotten pergunta:

— Quais são os planos do Vaticano em relação à relíquia?

— Ela é verdadeiramente uma dádiva de Deus... uma peça fundamental da vida de Cristo e da nossa fé religiosa, e pertence ao povo. Pretendemos deixá-la aberta à visitação e veneração. Ela será exibida em feriados especiais, como a Sexta-feira da Paixão, e, finalmente, será levada para exposição em outros lugares.

De volta a Thornton.

"Mas talvez a parte mais impressionante dessa história não seja o Cálice em si, mas o que pode haver dentro dele. Em uma surpreendente revelação de última hora, o cardeal Ianucci contou a Stone que, ao usar o que há de mais moderno em tecnologia de análise de matéria sólida em três dimensões, uma camada microscópica de resíduo foi descoberta por baixo da cera de abelha protetora, resíduo que alguns já especularam que poderia tratar-se de traços verdadeiros do sangue de Cristo. Conforme esperado, esse anúncio fantástico provocou ondas de choque por toda a comunidade cristã do mundo inteiro, gerando discussões e debates."

Thornton vira-se para uma câmera próxima.

"Portanto, com todas as notícias de guerras e agitações ao redor do planeta enchendo as nossas manchetes todos os dias, é bom trazer uma história que tem um final feliz... uma história que fortalece a fé dos cristãos em todos os lugares e nos oferece algo sobre o que refletir quanto ao sentido da nossa vida. Gostaria de encerrar dizendo que nós da SNN estamos orgulhosos de Cotten Stone e do seu trabalho para levar essa reportagem importante a todos vocês. Ela é mais uma razão pela qual vocês podem sempre confiar na Satellite News Network quanto às notícias que fazem a diferença."

Tomada fechada em Thornton, com o logotipo do segmento Em Cima da Hora *atrás dele.*

"Para mais informações sobre o Santo Graal, sobre a história dele e das recentes descobertas, consultem o nosso *website* em *satellitenews.org*, e nos acompanhem todas as noites no noticiário da SNN. Eu sou Thornton Graham. Nós nos veremos no próximo programa."

— É isso aí! — gritou Cotten, saltando no ar e erguendo os braços. Os monitores se apagaram assim que a fita do noticiário terminou.

Aplausos soaram por todo o salão de conferências lotado com o pessoal da SNN. Gritos de parabéns e entusiasmo encheram o ar.

— Bom trabalho! — disse Ted Casselman, em pé ao lado de Cotten.

Ela o abraçou com força.

— Obrigada, Ted. — Em seguida, virou-se para Thornton, que também estava em pé ao lado dela enquanto a fita era exibida. — E obrigada, Thornton. — Ela lhe deu um beijinho no rosto antes de recuar.

— Você fez um ótimo trabalho, garota — ele comentou. — Estamos todos felizes por tê-la de volta sã e salva.

— Tudo bem, pessoal — disse Ted Casselman finalmente. — Há outras notícias lá fora. Vamos lá!

Enquanto o pessoal ia saindo, Casselman tirou uns bilhetes de recados do bolso. — Parece que algumas pessoas querem falar com você.

— O que você quer dizer? — estranhou Cotten.

— *Leno, Letterman, Oprah, Nightline, The Today Show,* a revista *People*, o programa de *Larry King*, o *GMA*. — Ele se referia a alguns dos principais programas de entrevistas e apresentadores desses programas na televisão americana: Jay Leno, David Letterman, Oprah Winfrey, Larry King, entre outros não tão famosos. — Para não mencionar as inúmeras organizações religiosas.

— A única maneira de você superar esse feito seria cobrir o Segundo Advento — comentou Thornton. — Você é uma verdadeira celebridade.

— O que devo fazer? — indagou Cotten, pegando os bilhetinhos de mensagens.

— Isso é por sua conta — disse Casselman. — Mas não faria mal ver o seu rosto em alguns desses programas de entrevistas... seria bom para você e para a emissora.

— Só estou contente que tenha acabado — disse ela. — Para ser sincera, espero nunca mais ver aquele Cálice outra vez.

— Nunca diga nunca — lembrou Thornton. — Podemos conversar mais tarde? — Vendo que ela não respondia, ele se virou e saiu com o resto do pessoal.

Ela o observou passando pela porta, o seu modo de andar tão familiar... em passos largos, até largos demais.

— Mal posso esperar para ver os índices de audiência — lembrou Casselman, tirando-a do devaneio. — Mas antes que você venha me pedir um aumento...

— Podemos conversar, Ted? — Ela indicou duas cadeiras.

— Claro!

Depois que se sentaram, ela disse:

— Preciso de alguns dias de descanso. — Olhou bem nos olhos dele. — Isso foi demais pra mim.

— É compreensível.

— Poderia me dar uma semana de folga?

— Talvez. — A expressão dele dava a entender que estava apenas brincando.

— Sério, Ted. Preciso descansar.

— Os seus quinze minutos a esgotaram?

— Não se trata de quinze minutos. Eu gosto de atenção. A questão são todas as coisas que levaram a isso, desde o instante em que o motorista me largou no deserto. Estou cansada... preciso me recompor. Só uma semana, Ted. Quero ir a Miami. A minha colega de quarto da faculdade... eu lhe contei sobre Vanessa... a modelo. Vou ficar com ela, tomar um pouco de sol e me esquecer de tudo isso.

— Então vamos fazer um acordo. — Ele fez uma pausa, tamborilando com as pontas dos dedos de uma mão contra as da outra. — A matéria sobre o Robert Wingate... você se lembra, o sujeito que está pretendendo entrar na corrida presidencial?

— Pensei que Thornton estivesse cobrindo o assunto.

— Ele está. Mas Wingate vai dar um jantar de aproximação com a mídia em Miami, a cidade natal dele, no próximo sábado. Thornton precisa ir a Washington para uma matéria especial... não pode comparecer aos dois lugares. Precisamos estar em cima do Wingate quando ele anunciar a candidatura. Se você cobrir o jantar, eu lhe pago uma semana na praia.

— Só preciso comparecer ao jantar? Apenas uma noite?

— É isso aí. E você pode ficar na casa da sua amiga. Só precisa fazer duas coisas: observe e veja se consegue conversar com o Wingate, obtenha uma impressão dele, e talvez marque uma entrevista. Então documente os seus pensamentos e impressões e envie para o Thornton.

— Negócio fechado. — Ela estendeu a mão e ele a apertou. — Obrigada.

— Converse com o Thornton e peça que a ponha a par de tudo o que ele conseguiu saber até agora.

— Certo — concordou ela, relutante. Tinha conseguido lidar muito bem com Thornton até então, pensou. Não queria mais saber de explosões sentimentais. Nem de chorar.

— Cotten, eu sei tudo sobre você e o Thornton. Apenas faça o seu trabalho e não se preocupe. Vou dar um jeito para que ele a deixe em paz.

Ela prendeu o cabelo atrás da orelha.

— Ficarei bem — afirmou, imaginando a quem estaria realmente convencendo. — Você é o maior, Ted.

— É, eu sei. Agora, responda a alguns daqueles telefonemas e veja quantas entrevistas consegue dar antes de partir. Lembre-se, você é uma celebridade. Aproveite.

Enquanto saía do salão de conferências, ela percebeu que, durante toda a empolgação e comemoração, surpreendera-se pensando cada vez mais em John Tyler. Especialmente quando viu a foto deles juntos na reportagem. Imaginou se ele já tinha regressado de Roma. Seria bom conversar com ele.

De volta à sua mesa, Cotten ligou para o número de John, mas a ligação caiu na secretária eletrônica. Talvez não devesse mais ligar, pensou. Desligou antes de ouvir o bipe para a gravação do recado.

Ergueu o fone outra vez e discou para o número do celular de Vanessa.

— Alô? — respondeu a voz do outro lado da linha.

— Nessi!

— Oh, meu Deus! — Vanessa Perez gritou no telefone.

— Calma, garota.

— Você está brincando? Você virou uma estrela famosa. Vi o seu rosto em todos os noticiários da noite. Não posso acreditar. Estou contando a todos os meus amigos que conheço você.

— Quer fazer o favor de se acalmar?

— Tudo bem, tudo bem.

— Estou pensando em aparecer para visitá-la. Ficará em casa na próxima semana ou vai para algum lugar exótico...?

— O fim de semana está livre, mas tenho uma sessão de fotos em Nassau no começo da semana. Mas serão apenas dois dias. Você pode ficar na minha casa até eu voltar.

— Parece ótimo. Então vou para aí, se estiver bem pra você.

— Sem problema. O momento é ideal. Vai acontecer um superfestival... um misto de *Calle Ocho* com festa à fantasia. Estão chamando de Miami Phantasm Jubilee... meio milhão de pessoas dançando nas ruas e festejando até não poder mais.

Cotten acenou para dois colegas de trabalho que apareceram para felicitá-la enquanto dizia:

— É disso mesmo que estou precisando. Vou pegar o avião na sexta à noite. Sábado à noite preciso comparecer a um jantar político. Posso conseguir dois convites se quiser me acompanhar... é um evento do mais alto nível. Depois do jantar, estou livre.

— Acho que consigo sobreviver a um jantar tão importante.

— Vou alugar um carro e irei direto ao seu apartamento. Qual é aquele bar no SoBe de que me falou?

— Tantra... é bem radical, Cotten. Acha que está preparada?

— Mais do que você imagina. Adoro você. — Cotten desligou. Sentia falta da amiga e precisava desesperadamente de uma mudança de cenário. Uma boa dose de relaxamento e festividades poderia ajudá-la a parar de pensar em Thornton... ou em John Tyler.

Cotten olhou para a pilha de bilhetes de recados sobre a escrivaninha. Analisou calmamente cada um dos bilhetes antes de se decidir por três.

— Lá vamos nós — disse, pegando o telefone.

O Jardim Secreto

Cotten dirigiu o carro alugado por entre as longas fileiras de árvores de ambos os lados da entrada de Vizcaya, a vila requintada e elegante na orla da baía de Biscayne, em Miami. A mansão em estilo renascentista italiano, construída em 1916 sobre um terreno de 65 hectares, continha a coleção de objetos de arte e de mobiliário que refletia 400 anos de história européia. Ao longo de décadas, Vizcaya hospedara papas, presidentes e reis. Naquela noite, seria o majestoso cenário para um homem que queria concorrer à Presidência dos Estados Unidos.

— Este palácio é inacreditável — comentou Vanessa Perez, sentada no assento do passageiro. Ela correu os dedos pelos longos cabelos pretos. — Fiz dezenas de ensaios fotográficos aqui, mas o lugar ainda me dá arrepios.

Milhões de minúsculas lâmpadas iluminavam os jardins e a mansão, dando a Cotten a impressão de uma terra encantada cheia de estrelas. Cada raminho e galho cintilava à brisa suave da baía.

— É um lugar magnífico — admirou-se Cotten. As luzes, as fontes, a brisa, tudo lhe recordava Roma na noite junto ao Coliseu.

Manobristas de camisa branca abriram as portas do carro. Cotten e Vanessa saíram e subiram os suntuosos degraus da fachada ocidental de Vizcaya... uma entrada luxuosa entre duas torres de pedra ligadas por uma parede baixa com um antigo trançado de vigas italiano.

Elas ingressaram no salão da recepção e pegaram os crachás gravados com o nome de cada uma. O murmúrio de vozes e o farfalhar dos trajes formais enchiam o ar.

No seu vestido preto, curto e justo, e saltos altos, Vanessa atuava como um ímã sexual, pensou Cotten, enquanto os homens relanceavam os olhares na direção delas.

Um homem se aproximou delas.

— Você está absolutamente elegante, como sempre — disse ele a Vanessa.

O terno dele — Cotten era capaz de apostar que teria custado mais do que ela ganhava em um mês — destacava o seu porte alto e esguio.

— Obrigada, Filipe. — Vanessa lançou-lhe o mesmo sorriso que abrilhantara a capa de muitas revistas. — Gostaria de lhe apresentar a minha melhor amiga, Cotten Stone, da SNN. Cotten, este é Filipe Dubois, o editor da *Deco Dining*.

— É claro, senhorita Stone — observou Dubois, com uma expressão de repentino reconhecimento. — Eu a vi na *Oprah*. Que experiência a sua!

— Conhecer a Oprah ou descobrir o Santo Graal? — indagou Cotten, apertando-lhe a mão.

— Ambas, é claro — disse Dubois, rindo cordialmente. — Você acredita que é autêntico, quero dizer, o Graal?

— Não sou especialista, mas as evidências parecem convincentes. Ao menos é o que diz o Vaticano.

— Vanessa, onde você estava escondendo esta maravilhosa criatura? — indagou ele. — Ela deveria sair na capa da *Vogue* ao seu lado. — Fez um floreio com a mão e pronunciou as últimas palavras de maneira arrastada, como se fossem um grande elogio e ele quisesse retardar-lhes a pronúncia.

— Bem que eu tentei várias vezes convencê-la da nossa maneira de pensar. — Vanessa piscou para Cotten.

— Comportar — emendou Cotten. — Se me derem licença, vou dar uma circulada. Prazer em conhecê-lo, Filipe. Nessi, encontro-me com você na nossa mesa. O número é o mesmo do convite.

Enquanto se afastava, observou que uma meia dúzia de homens cercava Vanessa Perez, competindo pela atenção dela. Cotten achava engraçado que a maioria deles jamais imaginaria que não tinha a menor chance.

A mansão se distribuía ao redor de um pátio central no estilo de uma vila italiana do século XVI. Ela atravessou o pátio apinhado, passou por diversos salões de teto alto e finalmente saiu numa grande varanda de pedra que contornava toda a vila e se debruçava sobre a baía. Um trio de músicos de jazz tocava uma música suave numa extremidade enquanto os convidados conversavam, bebericavam champanhe e mastigavam canapés de salmão defumado e caranguejo.

Ao passar pelos garçons, uma dor de cabeça inoportuna lembrou-a da noite anterior. Ela e Vanessa tinham começado a noite com um jantar picante e margaritas gigantescas de tequila Blue antes de irem para o Tantra. Desde o primeiro momento em que entraram, Cotten percebeu a sensualidade do lugar — a grama recém-cortada no chão sob os seus pés, o perfume de jasmim, as cachoeiras, as pessoas fumando em narguilés o tabaco do Oriente Médio, o longo bar de mogno e cobre, a música do tipo nova era. Vanessa havia dito que a boate era o ponto de encontro das pessoas mais sofisticadas de South Beach, e como que para confirmar as palavras da amiga, a cantora Janet Jackson havia acabado de passar por elas seguida dos guarda-costas. Depois de horas dançando, bebendo doses de tequila envelhecida e taças de champanhe, mais danças, mais doses e convites tanto de homens quanto de mulheres, Cotten finalmente pedira a conta. Ao tomar um táxi de volta ao apartamento de Vanessa na praia, ela deixara a amiga com duas animadoras de torcida dos Dolphins, tentando tornar-se comedoras de fogo com uma caixa de fósforos e uma garrafa de vodca com limão.

O jazz suave, combinado com a brisa fresca que soprava da baía e através da varanda de Vizcaya, aliviou-lhe um pouco a dor de cabeça. Cotten olhou pela amurada, admirando o pátio no térreo, coberto pelas mesas de jantar e com um tablado para os convidados de honra. Um grupinho se agitava ao redor de um homem alto que usava um terno de tecido risca-de-giz. Ele demonstrava uma inclinação evidente por atrair a atenção e parecia gostar disso. Os seus modos e a sua linguagem corporal sugeriam um excesso de autoconfiança. Era uma pessoa extraordinariamente carismática ou havia passado por um bom treinamento, ou ambas as coisas. Ele já parecia presidencial, pensou ela, permanecendo ali de pé, intrigada, observando Robert Wingate, o candidato *perfeito*.

Quando as pessoas começaram a tomar os seus lugares para o jantar, Cotten foi se encontrar com Vanessa.

Os pratos eram muito bem servidos, incluindo um peixe vermelho crocante com leite de coco e molho picante à base de *curry*.

— Está delicioso — comentou Vanessa, bebericando a taça de vinho branco. — Wingate deve ser riquíssimo.

— Pode-se dizer que sim — concordou Cotten, imaginando o quanto ele seria capaz de gastar. O discurso dele começaria em breve e ela ansiava por ver se a voz dele combinava com a aparência autoritária.

Elas mantiveram um diálogo trivial com os outros integrantes da mesa, a maior parte da conversa centrada em perguntas sobre o Graal. De tempos em tempos, Cotten olhava para Wingate. Depois que a sobremesa de pudim de arroz com caramelo e cobertura de manga com groselha fresca foi servida a cada convidado, ela percebeu que alguém, talvez um assistente, aproximara-se dele. O homem sussurrou junto ao ouvido do candidato. O perpétuo sorriso de Wingate murchou.

Virando o rosto, Wingate olhou na direção dos jardins clássicos de Vizcaya — hectares de caminhos e fontes que atravessavam um labirinto de flores e plantas raras e exóticas. Levantando-se, ele fez o que pareceu ser um pedido de desculpas para os demais integrantes da mesa e encaminhou-se para os jardins.

Ted Casselman pedira que Cotten observasse e era isso que ela pretendia fazer.

— Volto já — sussurrou para Vanessa, levantando-se e caminhando por entre o mar de mesas até os jardins.

Seguindo um caminho paralelo ao de Wingate, e mantendo o candidato na direção do ombro esquerdo a cerca de trinta metros de distância, ela ingressou nos caminhos que se entreteciam como uma teia entre fontes, piscinas e cascatas. Embora os jardins fossem iluminados, grande parte da iluminação era feita de tochas que lançavam manchas de lampejos irregulares no chão e que se refletiam nas esculturas e vasos decorativos ao longo dos caminhos. Atravessando uma gruta dupla, Cotten entrou no Jardim Secreto, um lugar particular, de muros altos, onde os familiares do antigo proprietário costumavam se retirar da formalidade da habitação principal. Era o mesmo jardim em que, em 1987, milhões de telespectadores de todo o mundo observaram enquanto o papa João Paulo II e o presidente americano Ronald Reagan se encontraram, durante a primeira visita do pontífice aos Estados Unidos.

Tendo lampejos de Wingate, Cotten podia observá-lo. A iluminação delicada, projetada entre os arredores das videiras, dava ao cenário uma aparência do quadro *Noite estrelada*, de van Gogh.

Com Cotten observando entre as sombras, Wingate deteve-se dentro de um pequeno círculo de bancos de calcário que contornava uma fonte em estilo florentino com peixes de pedra jorrando água pela boca. Ficou face a face com um homem vestido em roupas comuns, não o traje formal da noite. O homem estendeu a Wingate o que Cotten pensou tratar-se de um cartão de visita. O candidato levantou-o contra a luz, para poder ler o que estava escrito. Eles conversaram por alguns instantes, e Cotten percebeu pelos gestos e pela linguagem corporal que a discussão era acalorada. Acima do ruído inocente da fonte, ela pensou ter captado um fragmento de discussão. A certa altura, Wingate apontou o dedo em riste para o rosto do homem, então atirou o cartão contra ele como se fosse um disco de *frisbee*. Por um instante, o cartão rodopiou no ar, antes de cair em espiral no chão.

Wingate virou-se e retornou apressadamente pelo mesmo caminho, de volta à vila. O estranho observou Wingate se afastar, esperando durante alguns minutos antes de partir.

Assim que o ranger dos passos de Wingate ao longo do caminho de pedregulhos se perdeu na distância, Cotten apanhou o cartão de visita. Lançou um olhar rápido para o pequeno retângulo de papel, depois seguiu o homem desconhecido, mantendo distância. O desconhecido caminhou rapidamente para o pátio central, passando pela área de recepção, em direção à entrada principal da mansão, e entrou numa limusine que o aguardava.

Antes de voltar para o jantar, Cotten permaneceu nos degraus até que as luzes traseiras da limusine preta desaparecessem completamente.

— Está tudo bem com você? — quis saber Vanessa quando Cotten esgueirou-se no assento ao lado dela. — Já começava a me preocupar.

— Estou bem. — Cotten deixou cair o cartão dentro da bolsinha bordada. — Só estava fazendo uns contatos profissionais. Perdi alguma coisa?

— Apenas o Chris Matthew, da MSNBC. Um cara muito legal. Ele passou por aqui para cumprimentar. Além disso, só um casal de políticos aborrecidos fazendo preleções. — Vanessa indicou com a cabeça o pódio sobre o tablado. — O seu homem desapareceu por instantes, mas já voltou e parece que vai começar.

Cotten observou Robert Wingate agradecer ao senador do Estado que o havia apresentado.

— Boa noite, amigos da imprensa — disse Wingate depois de levantar o microfone. — Mal posso dizer como estou feliz por me encontrar aqui em uma noite tão gloriosa no Sul da Flórida.

* * *

— Esta é a correspondente da SNN, Cotten Stone — informou o assistente.

Cotten e Vanessa tinham esperado na fila da recepção por cerca de dez minutos até chegar a vez de cumprimentar Robert Wingate.

— É um prazer, senhorita Stone. — Wingate estendeu a mão. — Parabéns pela sua cobertura exclusiva daquela história impressionante sobre o Graal. Não é sempre que um repórter consegue criar uma notícia e apresentá-la. Ótimo trabalho.

— Obrigada.

— Assisti a algumas das suas aparições nos programas de entrevistas também. Você se tornou uma verdadeira celebridade.

— Foi divertido compartilhar o que aconteceu com tantas pessoas. — Cotten voltou-se para a direita. — Gostaria que conhecesse...

— Outra celebridade — disse Wingate, apertando a mão de Vanessa. — É impossível ficar em uma fila de caixa de supermercado hoje em dia sem vê-la na capa de uma revista, senhorita Perez.

— Seja como for, não consigo imaginá-lo na fila do caixa de um supermercado — disse Vanessa.

— Você se surpreenderia ao descobrir que sou uma pessoa comum. — Wingate acompanhou o sorriso dela com outro igualmente encantador. — Você é cubana?

— Os meus pais nasceram em Cuba. Eu sou americana, nascida no Miami-Jackson Memorial Hospital. — As faces de Vanessa enrubesceram ligeiramente.

Cotten encolheu-se. Wingate havia tocado no ponto fraco de Vanessa — ela sentia orgulho da origem cubana, mas não gostava que as pessoas pensassem que não era americana.

— Então somos ambos naturais da Flórida... pássaros raros nesta região — comentou Wingate.

Antes de se afastar, Cotten aproveitou para perguntar:

— Seria possível agendar um horário para entrevistá-lo, senhor Wingate?

— Não consigo imaginar algo que me encantasse mais — ele respondeu. — Telefone para mim.

Então, como se mudasse o canal da televisão, ele se voltou para a próxima pessoa da fila e disse:

— E como foi a noite?

O assistente do candidato gentilmente acenou para que Cotten e Vanessa se afastassem.

— Ele é, definitivamente, um charme — confessou Vanessa.

— Apenas mais um político — contestou Cotten. Mas alguma coisa o aborrecera no Jardim Secreto. Teria ela descoberto uma falha naquela sua vida aparentemente perfeita?

— E agora podemos ir nos divertir um pouco? — indagou Vanessa, fingindo cutucar o braço de Cotten.

— Estou pronta.

Sacerdotisa

Cotten sentia a forte vibração do baixo bater em seu peito. As luzes estroboscópicas piscavam como uma tempestade de cores ininterrupta. Ela se achava imersa em um mar de movimentos ondulantes, música latina ritmada e corpos em roupas colantes. Durante as duas últimas horas, ela e Vanessa haviam transitado de bar em bar ao longo da *Calle Ocho*, no distrito de Little Havana, em Miami. Todas as ruas, alamedas, salões e esquinas estavam apinhados de foliões do Miami Phantasm Jubilee, uma espécie de carnaval de rua de Miami. No momento, a cabeça de Cotten girava, depois de tantos drinques exóticos, e as suas pernas fraquejavam. O vestido estava ensopado de suor, o tecido sintético aderindo à pele como celofane. Ela se sentia nauseada e precisava de ar fresco, além da vontade de ir ao banheiro.

Agarrou o braço de Vanessa, puxando-a para perto de si.

— Preciso ir ao banheiro! — gritou.

Inclinando a cabeça para informar que entendia, Vanessa continuou dançando.

No fundo do salão, Cotten encontrou um corredor com mulheres esperando em uma longa fila.

— Droga — murmurou. Olhou para a garota ao lado, na esperança de que falasse inglês. — Este é o único banheiro?

A garota olhou-a com ar interrogativo.

Apelando para o espanhol aprendido no colégio, Cotten tentou outra vez.

— *Otros baños?*

— *Afuera* — informou a outra.

Cotten deu de ombros.

A garota relaxou a boca larga e pousou o nó de um dedo sobre os lábios como se refletisse. Finalmente, apontou sobre as cabeças das que permaneciam na fila e disse em mau inglês:

— Do lado de fora.

Cotten abriu caminho pela pista de dança até a entrada. Ao sair para a calçada, foi imediatamente engolida por uma multidão. A música estridente de uma banda ao vivo sobre um palco no meio da rua tornava impossível pedir informações.

Atravessou a multidão por cerca de um quarteirão, então dobrou por uma rua lateral. Um casal de adolescentes, entregues a abraços e beijos frenéticos, recostava-se contra a parede. Ela se odiou por perturbá-los, mas realmente precisava encontrar um banheiro.

— Desculpem-me — pediu. — Poderiam me dizer onde encontrar um banheiro?

O rapaz embriagado se afastou e olhou ao redor, visivelmente aborrecido pela interrupção.

— Banheiros? — insistiu Cotten. Suavizando a voz como num pedido de desculpas.

— *Sí* — disse a garota. — Há um pequeno restaurante ali adiante — informou, olhando à frente, na mesma rua.

— Muito obrigada. — Cotten passou por várias lojas fechadas antes de chegar à lanchonete, a vitrine da frente repleta de estampas de sanduíches cubanos, alguns bem grandes, feitos de presunto com queijo e chamados *media noches*. O interior estava repleto de pessoas, ou comendo nas mesinhas revestidas de fórmica ou esperando em fila para fazer o pedido.

— *Baño?* — indagou Cotten à mulher negra que usava um avental com o nome da lanchonete: *Badia's Café*.

Mas a mulher ou não compreendeu ou a ignorou.

Onde ficaria o maldito banheiro, pelo amor de Deus?

Os banheiros costumavam situar-se no fundo dos estabelecimentos, ela pensou. Abrindo caminho para o fundo da lanchonete, Cotten avistou duas portas sem nenhuma sinalização. Abriu a primeira e entrou em uma despensa cheia de caixas de suprimentos. Uma outra porta ficava atrás das prateleiras. Ela a encontrou já aberta alguns centímetros e a empurrou.

O que viu a deixou atordoada — uma saleta toda iluminada por velas, em meio a uma espessa névoa de fumaça. Havia várias pessoas ajoelhadas no piso de concreto, cantando. Na outra extremidade da sala, erguia-se uma mesa coberta de estatuetas de madeira no estilo de arte africana, ao lado de muitas outras de Jesus e da Virgem Maria. Círculos, setas e símbolos estranhos que Cotten não conhecia cobriam a parede.

Ela se viu hipnotizada pelo cenário. Entrando no aposento, observou em silêncio enquanto uma mulher idosa, uma espécie de sacerdotisa, presumiu Cotten, postava-se diante do grupo. A velha tinha a pele escura do rosto toda vincada de rugas e usava um camisolão branco, com a cabeça coberta por um lenço branco, a extremidade caindo-lhe sobre o ombro, e presa no cabelo, uma grande flor amarela. A mulher estava de olhos fechados, a cabeça inclinada, ao que parecia em uma meditação profunda ou oração.

Ninguém pareceu notar a presença de Cotten, nem reconhecê-la, enquanto continuavam os encantamentos. De um canto da sala vinham os sons de um atabaque, tocado no ritmo das orações.

Seria aquilo uma espécie de vodu? Cotten ficou imaginando. *Santeria?* Magia negra? Em Miami, eram tantas as misturas de culturas... essa poderia ser mais uma dentre numerosas religiões caribenhas. Embora achasse aquilo fascinante, de repente lembrou-se de quanto necessitava encontrar um banheiro.

Quando se preparava para sair, o canto parou de repente e a velha ergueu a cabeça e olhou para ela.

— Não pretendia interromper — desculpou-se Cotten, recuando um passo.

As pessoas se levantaram e se afastaram para os lados, abrindo caminho desde a frente.

A sacerdotisa se aproximou, erguendo a mão ossuda até apontar Cotten com o dedo.

Cotten imobilizou-se, petrificada. Com a fumaça de centenas de velas a envolvendo, a sacerdotisa caminhou para tão perto dela que os seus corpos quase se tocaram.

As batidas do atabaque recomeçaram baixinho. Como o som do zumbido de insetos, a congregação retomou o seu canto, o olhar fixo em Cotten e na sacerdotisa.

Os olhos de Cotten ardiam por causa da fumaça quando a sacerdotisa inclinou-se para a frente, tocando a orelha dela com os lábios. Ela se esforçou para ouvir a velha em meio a todo aquele barulho.

— O que disse? — perguntou, tentando compreender a voz trêmula, carregada de um pesado sotaque ilhéu.

A mulher sussurrou outra vez, mas dessa vez não em inglês.

— *Geh el crip ds adgt quasb*...

Cotten arregalou os olhos e sua cabeça girou, enquanto tapava a boca com a mão. Olhou sem acreditar para a mulher que voltava para o seu lugar em frente ao altar.

— O que foi que disse?

South Beach

A velha sacerdotisa não respondeu a Cotten. Em vez disso, fechou os olhos e pareceu voltar à meditação.

— Ah, meu Deus, isto não pode estar acontecendo — Cotten sussurrou, retornando pela mesma porta.

Atravessou o aglomerado de clientes da lanchonete até chegar de novo à rua lateral. Reprimindo um grito, correu para a *Calle Ocho* e para o som forte e estridente da banda de rua.

Como se nadasse contra a corrente, ela abriu caminho à força através da massa de corpos dançantes e foliões na calçada, até chegar à frente da boate. Sentia-se devorada pelo cenário impossível ao mesmo tempo que tentava se lembrar de onde haviam estacionado o carro alugado. Então ouviu uma voz familiar.

— Cotten? — Vanessa apareceu embaixo do toldo à entrada da boate e correu para o lado da amiga. — O que aconteceu, querida? Está tudo bem com você?

Cotten olhou para a amiga como se ela fosse uma alienígena. O mundo girava.

— O que há de errado? — insistiu Vanessa.

— Vamos sair daqui, Nessi, por favor. Vamos sair daqui.

* * *

Com os olhos semicerrados, em pé na arrebentação atrás do apartamento de Vanessa em South Beach, Cotten apreciava a luz fulgurante do sol nascente. Os raios solares produziam cintilações na água semelhantes a filamentos iridescentes de uma pedra preciosa. Sentia-se bem no frio intenso do ar matinal. Distraída, mordia a cutícula do polegar enquanto observava, através das lentes escuras dos óculos de sol, um navio cargueiro carregado de contêineres que passava pelo horizonte. Naquela manhã, ao olhar no espelho do banheiro, constatara o quanto os seus olhos estavam inchados e vermelhos de tanto chorar.

— Veja esta concha — Vanessa chamou, pegando a metade de uma asa-de-anjo e examinando-a distraidamente. — Só se encontram as metades espalhadas pela praia. Sabe por quê?

— Não. Mas você vai me contar, não vai?

Vanessa deu um sorriso largo.

— As asas-de-anjo não têm ligamentos para permanecer unidas. Elas se entocam no fundo do mar e contam com a areia e os seus pequenos músculos adutores para se manter fechadas.

— Como você pode saber uma coisa dessas? — quis saber Cotten.

— Namorei uma bióloga marinha.

— Ah, eu me lembro dela. Não é a que foi trabalhar no Sea World, em Orlando?

Vanessa inclinou a cabeça concordando.

— Nessi, sobre a noite passada. Eu lhe contei o que a velha disse... foi a mesma coisa que Archer falou quando me entregou a caixa... tem algo a ver com eu ser a única pessoa capaz de deter uma certa coisa. — Cotten pressionou a mão contra os lábios trêmulos e lutou contra as lágrimas. — Não foi *o que* eles disseram para mim, Nessi, foi como disseram.

— Como uma ameaça?

— Não — respondeu Cotten. — Lembra-se de quando lhe contei que tinha uma irmã gêmea que morreu ao nascer?

Vanessa pensou por um instante.

— Ah, sei, você a chamava de Motnees.

— Isso! E lembra-se de como eu disse que, quando era pequena, conseguia vê-la e conversar com ela na nossa língua secreta?

— Mas você disse que ela não era real... só uma amiga imaginária.

— Eu disse que a inventei porque não queria que você risse de mim. Mas eu acredito *mesmo* que ela era de verdade, muito real.

— Cotten, ela morreu. Portanto, você deve ter inventado aquilo tudo. — Vanessa mudou o cabelo de lado. — E o que isso tem a ver com a velha da noite passada? Ou com o sujeito do Iraque?

Cotten tirou os óculos escuros e olhou fundo nos olhos da amiga.

— A velha e Archer falaram na mesma língua que Motnees e eu usávamos. Ninguém conhece essa língua. Ninguém! Estou surpresa de que, depois de todo esse tempo, isso volte a acontecer comigo.

Vanessa abriu ligeiramente a boca, como se fosse dizer alguma coisa, mas antes de poder falar Cotten continuou:

— Digamos que Motnees fosse realmente um produto da minha imaginação. Também vamos dizer que inventei a nossa língua secreta e fingi conversar com ela... como coisa de criança, certo? Mas como uma outra pessoa poderia ter conhecimento disso?

Recolocando os óculos escuros, Cotten voltou-se de novo para o oceano. Elas não falaram por um bom tempo, permanecendo na areia e olhando para a água.

Finalmente, Vanessa quebrou o silêncio.

— Vou lhe dizer... essa é a coisa mais estranha que já ouvi na vida. — Ela atirou a asa-de-anjo na água.

— O que será que isso significa? — Cotten observou alguns peixinhos, que, na sua interminável busca por alimento, circularam o local onde a concha havia caído.

— Você tem certeza absoluta de que eram as mesmas palavras que o sujeito disse na cripta?

— Sem dúvida nenhuma. *Geh el crip*. Isso significa: você é a única pessoa. Foi isso o que Archer disse. Primeiro, ele disse que eu precisava deter o sol ou o amanhecer, ou qualquer coisa assim. Depois ele disse: *"Geh el crip"*. Você é a única pessoa. Na noite passada, a sacerdotisa disse: *"Geh el crip ds adgt quasb"*. *Você é a única pessoa que pode detê-lo*. Não, algo mais forte do que deter. Mais como destruir.

— Destruir?

— Primeiro, ela sussurrou em inglês. Estava difícil escutá-la, mas foi o que Archer disse. Sou a única pessoa capaz de deter o sol ou alguma outra coisa. Não ouvi o final com clareza. A voz dela sumiu. Mas então ela falou na língua que minha irmã gêmea falava. Ela disse: "Você é a única pessoa que pode destruí-lo".

— Cotten, você precisa admitir, aquela coisa de conversar com a sua irmã morta é algo horripilante.

Cotten olhou-a intensamente.

— Sinto muito.

Vanessa passou o braço sobre o ombro de Cotten quando elas se viraram e começaram a caminhar.

— Muito bem, vamos repensar tudo. Duas pessoas diferentes em ocasiões distintas lhe disseram que você é *a única pessoa* capaz de deter alguma coisa... impedir o sol de aparecer ou deter o amanhecer. E elas também parecem ter falado em uma língua inventada que você usava para se comunicar com a sua irmã gêmea falecida pouco depois de nascer. Vamos esquecer a estranheza de tudo isso por um instante. — Vanessa indicou o horizonte com um movimento de cabeça. — Lá está o sol e o dia está amanhecendo. Como você poderia ser capaz de impedir que isso acontecesse? Não faz sentido em nenhum idioma.

— Preciso conversar com alguém.

— Com o seu amigo padre?

— Tentei telefonar para ele de novo, mas ninguém atendeu. Pode ser que ainda não tenha voltado de Roma. Não sei mais o que fazer.

Vanessa abaixou o braço.

— Cotten, não confunda mais a minha cabeça, mas... e se você apenas pensou que tivesse escutado isso? Você disse que a voz dela estava sumida e que precisou fazer um esforço para entendê-la.

A expressão de Cotten se abrandou e ela suspirou.

— Acho que bebi demais. — Ainda assim, não havia contado a Vanessa nem a ninguém a história inteira sobre a irmã gêmea; por que Motnees tinha deixado de visitá-la; por que não se falavam mais.

Ao lado da amiga, Cotten caminhou por um bom tempo pela linha da arrebentação. Alguns maçaricos cruzavam o seu caminho bicando a areia em busca de alimento.

— Vou pegar um avião para Nassau amanhã de manhã para uma sessão de fotos — informou Vanessa. — Assim, o apartamento é seu por dois dias. Veja se descansa, relaxa e esquece tudo o que aconteceu. Esfrie a cabeça. Leia um romance, tome um pouco de sol, flerte com os rapazes da praia... alguns são realmente heterossexuais. Diabos, faça sexo.

Cotten deu uma risada. Thornton fora o único com quem ela tivera relações sexuais no ano anterior. Nunca foi capaz de fazer sexo pelo sexo. Tornou a admirar o sol nascente.

— A coisa toda não faz sentido. O sol... o maldito amanhecer. — Cotten chutou a água rasa. — Que se dane!

— Essa é a minha garota. — Vanessa pegou Cotten pela mão. — Vamos tomar o café da manhã.

* * *

Da varanda do apartamento, Cotten ficou observando Vanessa atravessar o estacionamento até o carro dela. A modelo se virou e acenou antes de entrar no seu BMW M3 conversível e manobrá-lo para a avenida A1A. Antes de voltar para dentro do apartamento, Cotten olhou para a praia, que rapidamente se enchia de adoradores do sol. Lembrou-se do primeiro dia de faculdade quando havia conhecido a colega de quarto, a estonteantemente linda garota latina de Miami: Vanessa, estudante de teatro, enquanto ela estudava jornalismo.

Três coisas que Cotten havia descoberto sobre Vanessa naquele primeiro ano foram: o seu sentido de lealdade aos amigos, o coração generoso e uma maravilhosa capacidade de rir quando as coisas eram as mais desanimadoras. Depois de todos aqueles anos, essas três coisas eram o de que mais gostava na amiga. Quando Vanessa lhe confessou a sua preferência sexual, aquilo não fez nenhuma diferença. Elas prometeram a si mesmas que isso jamais interferiria na amizade entre as duas. Elas eram tão íntimas quanto irmãs durante a faculdade — confiando uma na outra, trocando confidências e conselhos sobre amores perdidos, finais de casos paralisantes e incontáveis acessos de insegurança.

Cotten voltou para a cama. Bom Deus, como aquela garota conseguia manter aquele ritmo? Era manhã de domingo, depois de uma noite de sábado inteiramente passada em festas. Cotten sentia-se exausta e com ressaca, ao passo que Nessi saíra para trabalhar parecendo estar a toda. E Vanessa continuaria a exigir de si mesma no dia seguinte também, quando tomaria um avião para as Bahamas. Ela não parava.

Cotten gemeu, abraçou um travesseiro junto ao peito e bocejou. Continuou deitada por mais dez minutos, com imagens do Iraque, dos olhos das crianças, dos olhos de Thornton, dos olhos de John, das velas e do seu reflexo nos olhos da mulher, todas essas imagens rodando na cabeça.

— Esqueça isso — disse para si mesma, virando de lado. Tentou dormir, mas não conseguiu. Finalmente levantou-se.

Pegando a agenda na sacola, folheou as páginas de endereços antes de pegar o telefone e discar. Três toques mais tarde, ouviu a resposta.

— Ruby Investigações.

— Oi, tio Gus.

— Ora, ora — admirou-se Gus Ruby. — Que surpresa, a minha sobrinha favorita falar com meros peões depois de gozar da intimidade do papa e tudo mais.

— Antes de mais nada, tio Gus, não tive intimidade com o papa... ele estava ocupado nas suas atividades. E depois, jamais o considerei como um mero peão. Você é um dos peões mais importantes que conheço.

— Bem, agora me sinto melhor.

— Ei, por que está atendendo em casa como *Ruby Investigações*?

— Eu dispensei a porcaria do serviço de recados e passei as ligações para casa nos fins de semana. Tenho muito trabalho nos sábados e domingos, graças às noites de sexta e sábado. Diga-me, como é ficar famosa em toda parte?

— Quando vi a minha foto no texto de capa do *The National Enquirer*, ao lado da matéria intitulada "Vírus deixa bebê cego", compreendi que tinha chegado lá.

A risada rouca de Gus Ruby encheu a linha telefônica.

— Você tem um ótimo senso de humor, menina.

Houve uma longa pausa antes de Cotten dizer:

— Sei que está mesmo ocupado nestes dias, mas preciso de um favor se puder dar um jeito de encaixar.

— Qual é o problema?

— Robert Wingate. Já ouviu falar dele?

— Um perfil no *60 Minutes* e algumas outras notinhas em revistas. Vai ser candidato, certo?

— Você vai se cansar de ouvir falar nele em breve, tenho certeza. Ninguém sabe muita coisa sobre Wingate além de que ele é um empresário rico que decidiu entrar para a política. Algum dia ele vai deixar escapar alguma coisa. Assim como todo mundo, vamos fazer uma reportagem sobre ele. Mas preciso daquele toque extra que só você parece sempre descobrir. Poderia fazer uma pesquisa em profundidade... finanças, negócios, atividades sociais, tudo o que ele faz? Quem sabe até segui-lo por algum tempo e ver se descobre algo mais sobre ele? Tem alguém que poderia destacar para isso? A emissora de televisão vai cobrir todas as taxas e despesas como sempre.

— E onde vai ser?

— Aqui mesmo, em Miami... a cidade natal dele. Estou aqui também.

— Miami? Aqui em Nova York está nevando demais. Droga, vou cuidar disso eu mesmo... qualquer coisa para sair deste atoleiro. Por quanto tempo você vai ficar aí?

— Pelo resto da semana.

— Está hospedada no apartamento da sua colega de faculdade de novo?

— Sim, da Vanessa.

— Minha nossa, aquela mulher é mais quente do que o deserto de Nevada no verão.

— Tio Gus, nunca lhe contei que Vanessa é *gay?*

— Quando eu tinha a sua idade, menina, eu era um tiranossauro sexual. Seria capaz de convencê-la a mudar de lado em uma noite.

— Quer que eu lhe lembre sobre o que aconteceu com os dinossauros?

A linha telefônica trepidou de novo com a risada estrondeante de Gus Ruby.

— Bem, diga a ela que estou a caminho e é bom ela se preparar.

— Vou avisá-la.

Quando finalmente acabou de rir, Gus disse:

— Muito bem, vou começar a cavar o caso do Wingate. Vamos combinar de nos encontrar perto do fim da semana. Devo ter algum material preliminar até lá. Eu te telefono.

— Assim está ótimo. Adoro você, e então vamos conversar... Ah, espere, tem mais uma coisa. — Cotten abriu a bolsinha bordada e tirou o cartão de visita.

* * *

O toque estridente soou dentro da sacola de praia. Cotten estava deitada sobre uma tolha grande, o sol do sul da Flórida aquecendo o corpo coberto apenas por um minúsculo biquíni. Deixou de lado o romance que lia e pegou o telefone celular.

— Alô.

— Olá. Estou em Washington. — A voz de Thornton era baixa como se não estivesse sozinho e não quisesse que ninguém mais ouvisse a conversa. — Quando você vai voltar?

— Nunca.

— Cotten, precisamos conversar.

— Estamos conversando.

— Posso pegar um avião para Miami e chegar aí hoje à noite.

— Não.

— Por que não?

— Pelas mesmas razões que lhe dei nas últimas mil vezes. Thornton, a menos que tenha outros assuntos a discutir, preciso desligar.

— O que há de tão urgente que você precise desligar?

— Estou tentando descobrir como impedir que o sol nasça.

— O quê?

— É uma longa história. — Ela respirou fundo. — Sério mesmo, preciso desligar. Dê lembranças a Cheryl.

— Não desligue. Ainda não. Tudo bem, vamos tratar de negócios.

Cotten ergueu o dedo do botão de desligar do aparelho.

— Diga, então — falou finalmente. Era uma profissional... conseguiria fazer isso... só negócios. E, de qualquer maneira, queria passar o acontecido com Wingate para Thornton. Ele tinha um sexto sentido para a notícia.

— Ted me disse que você cobriu o jantar do Wingate. Como é que foi?

— Interessante. O sujeito é muito elegante e muito rico. Ele alugou um dos locais de festa mais caros de Miami e serviu um bufê de primeira classe.

— O que ele tinha a dizer?

— O discurso foi todo sobre valores familiares, proteger as crianças, fibra moral elevada... o blablablá de sempre.

— Só isso?

— Pedi uma entrevista, mas ainda não marquei a data.

— Parece que a viagem foi um desperdício.

— Não estou aqui só por causa do Wingate, Thornton. Estou de férias. — Ela levou o aparelho para o outro ouvido. — Mas tem uma coisa. Pouco antes do discurso, ele saiu para um encontro secreto com um sujeito que não era um convidado do jantar. Achei que o sujeito era apenas um mensageiro entregando um recado. Ele conversou com Wingate e entregou-lhe um cartão. O candidato perfeito perdeu as estribeiras. Parecia realmente irado, apontou o dedo em riste no nariz do sujeito e atirou o cartão contra ele.

— Você sabe quem é o sujeito?

— Não, mas consegui pegar o cartão depois que eles saíram. Não há nada nele além de um nome e um recado escrito que diz para telefonar imediatamente.

— Qual é o nome?

— Ben Gearhart.

Crandon Park

A inconfundível batida do *rap* do grupo Eminem martelava entre as palmeiras e videiras-do-mar, vinda de um grande estéreo portátil, enquanto dois adolescentes sentados a uma mesinha de concreto bebericavam de suas latas de cerveja. Eles balançavam a cabeça ao som da estação de rádio de Miami.

Gus Ruby dirigiu o olhar para os garotos e ergueu o binóculo. Jovens demais para estar bebendo cerveja, pensou. Sem dúvida nenhuma, estariam cabulando as aulas. Ele vigiava, através do pára-brisa do seu Grand Marquis alugado, por trás de um bosquete de coqueiros. Via-se mais de uma dúzia de outros veículos no estacionamento do Crandon Park, em Key Biscayne, a uns seis quilômetros de Miami pela Rickenbacker Causeway. Uma brisa constante soprava do oceano a algumas quadras dali carregando o som da arrebentação das ondas misturado com a música.

A umidade agredia o seu corpo volumoso e Ruby suava por todos os poros. Enxugou a testa com uma toalha de papel que havia tirado de um rolo mantido no assento ao lado, já sentindo saudades do frio do norte do estado de Nova York. Mais uma vez se convenceu da razão de nunca querer se mudar para o sul da Flórida — a sua massa corporal não sobreviveria àquela umidade, mesmo que fosse em janeiro. O verão seria intolerável.

Ruby usou uma fita adesiva para prender uma minúscula câmera de vídeo sobre o painel de instrumentos do carro e olhava de tempos em tempos para o pequeno monitor apoiado no piso do lado do passageiro. Já tinha gravado cerca de dez minutos de Robert Wingate — boné de beisebol abaixado sobre os olhos, óculos escuros e o colarinho levantado — sentado sozinho a uma mesa de piquenique a uns vinte metros dos dois adolescentes. Ao lado dele, sobre a mesa, descansava uma maleta preta. Wingate olhava para a água azul-turquesa do Atlântico.

Ruby seguira Wingate desde o momento em que o candidato havia saído da sua propriedade na Star Island e dirigira o seu Porshe 911 Turbo pela MacArthur Causeway, rumo ao sul no Biscayne Boulevard e, finalmente, tomara a Rickenbacker até Key Biscayne. Com vinte e três anos de experiência na Interpol e outros dez na direção da sua própria empresa de investigações particulares, Gus Ruby era um mestre quando se tratava desse tipo de serviço. Embora precisasse de um carro grande para acomodar o físico avantajado, os seus carros alugados eram sempre brancos. Na verdade, ele não gostava da cor branca, mas achava que o branco não chamava muito a atenção no trabalho de investigação. Escolheu um Grand Marquis com vidros escuros porque eram os mais comuns no sul da Flórida — o veículo favorito dos aposentados.

No momento em que ia acender mais um cigarro, Ruby notou um dos adolescentes desligar o som, levantar-se da mesa e caminhar na direção de Wingate. O outro garoto o seguiu.

Punks, ele pensou. Os cós das calças nos quadris deixavam ver a roupa de baixo que usavam, e no mínimo um quilo e meio de colares dourados de todos os tipos pendiam do pescoço de ambos sobre o peito das camisetas com mensagens agressivas contra homossexuais. Ruby odiava essas roupas exibidas e os maneirismos. O garoto da frente usava um lenço preto à altura da testa contrastando com a pele descorada e a penugem rala em volta da boca. Não tinha idade suficiente para deixar crescer uma barba decente, pensou ele. O outro garoto usava o cabelo em tranças, à moda rastafári, tinha pele escura e sobrancelhas e lábios bastante grossos. Ambos caminhavam com aquele gingado peculiar.

Ruby conservava a pistola automática sobre o assento ao lado. Wingate não fazia jus à proteção do Serviço Secreto, uma vez que ainda não tinha anunciado oficialmente a candidatura. Um sujeito como Wingate, sozinho e dirigindo um automóvel esportivo caríssimo, era um convite aberto a problemas.

Os garotos pararam na frente de Wingate e Ruby pousou a arma sobre o colo, só por precaução. Ele permitiria um roubo, até mesmo uma agressão

— nada compensava prejudicar a sua vigilância disfarçada. De qualquer maneira, não permitiria que algo mais grave acontecesse a Wingate.

Ruby segurou o binóculo firmemente sobre os olhos e ligou o microfone direcional. Um minúsculo botão auditivo ligado a um cabo amplificador que passara sobre a porta e no alto da antena — o minúsculo microfone preso bem no alto.

— O que vocês querem? — quis saber Wingate.

— Trouxe uma coisa pra nós? — indagou Lenço Preto.

— Como o quê?

— Como um donativo para o Clube dos Garotos — informou Rastafári, esmurrando o ar com os dedos, no estilo de *rap*, com temas violentos. As tranças balançaram no ar de um lado para o outro.

Wingate estendeu-lhe a maleta.

— Vão me dar um recibo? Para efeito de impostos, é claro.

— Abra — Rastafári disse, passando a maleta para Lenço Preto.

Ruby ouviu o ruído dos fechos.

— Que merda é esta? — gritou Lenço Preto, atirando a maleta contra Wingate enquanto pedaços de papel branco, do tamanho de notas de dinheiro, flutuaram no ar.

— Vá se danar, cara — gritou Rastafári, agachando-se com violência para agitar a maleta, espalhando o resto dos papéis no chão.

Um sorriso cáustico vincou o rosto de Wingate.

— Digam ao seu chefe que não vou fazer nenhum *donativo* ao *clube* dele. Especialmente a alguém que não tem colhões de vir pessoalmente. Ele manda pivetes fazerem o seu trabalho sujo.

Rastafári levantou-se e apontou o dedo próximo ao nariz de Wingate.

— Você vai se arrepender disso, caralho, bundão. Ele não está brincando com você.

— Você está certo — retrucou Wingate. — Nada de brincadeiras. E diga a ele que eu disse pra ele ir se foder. — Ele se levantou da mesa, deu as costas para os garotos e saiu andando rumo ao estacionamento.

Ruby segurou a automática, esperando ver se algum dos adolescentes puxaria uma arma.

— Vá se foder! — gritou Rastafári.

— É isso aí, vá se foder! — e Lenço Preto chutou a maleta.

Gus Ruby arqueou as sobrancelhas. Mais de uma pessoa estaria interessada nessa fita.

* * *

Gus Ruby parou o retorno do vídeo, congelando a imagem de Robert Wingate encaminhando-se para o Porsche.

Cotten levantou-se e foi até a janela que dava para a praia em frente ao apartamento de Vanessa.

— Ele está sendo chantageado — concluiu ela, de costas para o tio. Observou o sobrevôo simétrico dos pelicanos sobre a praia. — Mas por que será?

— Ele é um sujeito que quer concorrer à presidência e está sendo ameaçado por criminosos amadores. Será um escândalo se isso chegar a público. — Gus Ruby inclinou-se no sofá. Uma chama brotou do seu isqueiro enquanto acendia um cigarro.

Cotten tomou um gole de vodca, o gelo tilintando no copo.

— Talvez ele tenha imaginado que dar uma de durão os assustaria. — Então ela se voltou outra vez para Ruby. — O que os garotos fizeram depois que Wingate foi embora?

— Um fez uma ligação do celular. — Ele adiantou a fita. — Veja.

Cotten voltou ao sofá para assistir.

Rastafári disse ao telefone:

— Ele tentou nos sacanear. — Houve uma pausa. — A maleta estava cheia de papel em branco.

Lenço Preto disse a Rastafári:

— Pergunte se ele ainda vai nos pagar.

— Ainda vamos receber o pagamento? — Lenço Preto escutou, depois inclinou a cabeça para Rastafári. — E o que fazemos agora?

Um enorme jato aproximando-se do Aeroporto Internacional de Miami abafou a resposta. Lenço Preto encerrou a ligação, saiu gingando para a mesa e apanhou o enorme rádio. Os dois se afastaram devagar da cena e a tela ficou branca.

— O senhor Wingate tem um segredo — observou Cotten, terminando a vodca.

* * *

Cotten imaginou que faria um teste por telefone antes de confrontar Wingate pessoalmente.

— Olá, aqui é Cotten Stone da SNN. Posso falar com o senhor Wingate?

— O senhor Wingate não atende a ligações da mídia em sua residência particular. — A voz feminina não se identificou.

— Peço desculpas por ligar para o senhor Wingate em casa, mas tenho umas perguntas importantes para fazer a ele. Estive com ele em Vizcaya na outra noite e ele me disse que eu deveria ligar.

Houve uma longa pausa antes que a mulher dissesse:

— Um momento, por favor.

Cotten esperou, escutando vozes abafadas na outra extremidade. Então ouviu o eloqüente ruído de alguém desligando um aparelho e outra pessoa atendendo.

— Senhorita Stone. Que gentileza a sua em me telefonar. — Wingate parecia sociável e agradecido. — Espero que tenha apreciado a nossa festinha no sábado. Acho Vizcaya absolutamente encantadora, não concorda?

— É maravilhosa. Gostaria de agradecer por ter nos recebido. Tudo estava delicioso. E obrigada por atender à minha ligação.

— O que posso fazer pela mulher que encontrou a relíquia religiosa mais valiosa do mundo?

— Gostaria de me sentar com o senhor e conduzir uma entrevista em profundidade. Estou certa de que os telespectadores da SNN adorariam conhecer a sua posição sobre todos os assuntos importantes com que depararemos na eleição do próximo ano. Uma vez que o senhor não deu ainda essa honra a nenhuma outra emissora de televisão ou publicação, eu gostaria de ser a primeira.

— E eu gostaria de ser entrevistado pela senhorita. A minha assessoria de imprensa tomará todas as providências... isso é algo com que não me envolvo. Se quiser, posso informar a eles que telefonou e me assegurar de que marcarão a data e o local.

— Um dos temas que gostaria de abordar é a sua recente ida ao Crandon Park.

Silêncio.

— Receio que não sei a que esteja se referindo — falou Wingate finalmente.

— Ontem, às duas e meia da tarde? Dois *punks*, uma maleta cheia de papel branco?

— Deve ser engano, senhorita Stone. Participei de uma reunião política durante a tarde inteira.

— Com certeza, a pessoa no vídeo se parece com o senhor. Fala como o senhor também.

— O que está fazendo, me seguindo? Me filmando? Que diabos você pensa que é?

A voz dele havia mudado de gentil, confiante, que ouvira na conversa inicial, e adquirido de repente um tom estridente.

— Quem o está chantageando, senhor Wingate?

— O quê?

— Então o senhor nega?

— Sim. De que se trata tudo isso?

— Só estava procurando a verdade. O povo americano já passou por muitos escândalos. Ele quer saber desde o começo quem são os seus candidatos. As pessoas anseiam por um político honesto, mesmo que não esteja impecavelmente limpo; o povo simplesmente quer alguém que seja transparente desde o início, nada de assuntos encobertos, nada de falsas negações bem estudadas para não atacar ninguém. O senhor sabe o que eu ouço os americanos dizerem? Eles dizem: "Não me importo que tenha fumado drogas na faculdade, não me importo que tenha tido um relacionamento extraconjugal, desde que abra o jogo comigo e não minta para mim." Isso poderia funcionar a seu favor. Talvez queira fazer a exclusiva e passar as coisas a limpo.

— Acho que não, senhorita Stone. Falando sobre chantagem, quem está chantageando quem agora? Índices de audiência, isso é tudo em que está interessada. Não se preocupa se acaba com a vida de alguém para obter uma boa história. Você não passa de uma piranha gananciosa.

— O senhor tem a reputação de ser amigo da imprensa. Olhe, se descobrimos sobre esse assunto, alguém mais vai descobrir também. O senhor pode tomar a dianteira desde já. Posso lhe dar a plataforma de mídia para fazê-lo. Uma espécie de golpe preventivo.

— Não tenho motivos para me colocar na defensiva. Não fiz nada de que precise me defender.

Ela percebeu uma agitação na voz dele, embora ele tentasse parecer indiferente.

— Acredito que outros possam pensar de maneira diferente. Eles verão a sua estrela ascendente perder o brilho. Eu não abro o bico se concordar com a exclusiva. De outra maneira, vou prosseguir com o que tenho.

— Tentei ser bem-educado, mas acho que a senhorita passou dos limites. Diga aos seus amigos da SNN que você conseguiu estragar tudo. Entendeu? Mais alguma pergunta?

— Apenas uma.

— Qual?

— Quem é Ben Gearhart?

Clique.

Sem Restrições

— O que você acha? — Cotten indagou a Thornton Graham quando o vídeo de Wingate no Crandon Park terminou. Eles estavam sentados no salão de conferências na sede da SNN em Nova York.

— Acho que você expôs uma ferida aberta... especialmente quando o atingiu com a referência a Gearhart. A reação de Wingate é definitivamente uma bandeira vermelha. Continue grudada nele.

— Eu? Mas é a sua história.

— Estou soterrado com a situação no Iraque... Ted disse que talvez precise transmitir direto de lá no final da semana. Darei a você tudo o que tenho sobre o Wingate e vou sugerir ao Ted que você assuma.

— Você acha que estou pronta? — surpreendeu-se Cotten.

— Você se saiu pra lá de bem. Agora aproveite o embalo e mantenha esse lindo rostinho diante das câmaras. Esse é o segredo.

Ele tocou o lábio inferior dela com o polegar, mas ela se surpreendeu não reagindo ao toque dele como faria um mês, ou até mesmo algumas semanas antes.

— Está tentando se sentir um pouco melhor? — indagou ela. — Atirando à coitadinha da Cotten uma migalha para contentá-la?

— Você se considera uma repórter de primeira linha?

— Sim.

— Bem, acho que nós dois somos. Da maneira como entendo, podemos ajudar um ao outro.

— Vou lhe dizer o que não quero. Se essa história acabar crescendo e eu estiver nela, não quero ver você nos corredores, com aquela expressão de *Eu sou um mártir* estampada no rosto. Aquela expressão dizendo que grande sacrifício o bom rapaz fez pela pobrezinha repórter iniciante.

— Essa não é a minha intenção, Cotten. Olhe, estou lhe dizendo que estou sobrecarregado, e você realmente está por cima da situação. Mas se pretende ser assim tão terrivelmente teimosa, então posso pedir ao Ted para dar a matéria a qualquer um.

Cotten cruzou os braços.

— Tem certeza de que é só isso? Sem restrições?

Thornton correu os dedos pelo cabelo.

— Jesus, por que será que você é tão exagerada nas suas análises? Às vezes basta apenas montar no cavalo e apreciar o passeio. Pelo amor de Deus, será que não pode me deixar fazer algo de bom por você sem que você venha com desconfiança? — Ele se inclinou para perto dela. — Sem restrições... eu juro. Então, vai querer ou não?

— Quero, sim — disse ela, fazendo o possível para acreditar nele.

* * *

Cotten estava sentada no seu apartamento assistindo ao noticiário noturno na televisão — Thornton parecia bom, como sempre, ao relatar os últimos acontecimentos da invasão militar multilateral ao Oriente Médio. Ela precisava ligar para Gus e informá-lo de que agora era a repórter principal na investigação sobre Wingate. Quando estendeu a mão para o telefone, este tocou, assustando-a.

— Alô.

— Cotten, é John. Acabei de chegar de Roma.

Ela se acomodou no canto do sofá e colocou algumas almofadas no colo.

— É bom ouvir a sua voz. Como foi o seu vôo?

— Estou tentando me adaptar à diferença de horário.

A conversa trivial deixou-a pouco à vontade. Queria dizer que havia sentido a falta dele, mas reconsiderou.

— Normalmente, são precisos uns dois dias para superar o *jet-lag* — comentou.

— Cotten...

— Sim?

— Estive pensando que podíamos nos encontrar... discutir algumas coisas.

— Eu adoraria. Tenho novidades interessantes para contar a você. — Ela fechou os olhos e de repente estava de volta a Little Havana, a velha sussurrando no seu ouvido.

— Sério? O quê?

— Prefiro não falar pelo telefone. — Ela gostaria que John estivesse ali no momento.

— Está tudo bem com você? — quis saber ele.

— John, eu sei que o Cálice está a milhares de quilômetros de distância e fora da minha vida, mas aconteceu algo alguns dias atrás... ainda estou um pouco abalada.

— Que tal almoçarmos amanhã? Eu poderia encontrá-la na cidade.

— Sim... espere. — Ela pensou por um instante. — Não posso. Tenho um almoço de trabalho agendado com o meu chefe de reportagem.

Houve uma pausa.

— Bem, nesse caso, na primeira oportunidade que tivermos...

— Sim, na primeira oportunidade.

— Então... cuide-se.

— Você também.

Ela começou a desligar mas apertou os olhos fechados esperando que ele não tivesse desligado ainda.

— Ainda está aí?

— Sim.

— Que tal hoje à noite? Quero dizer, sei que é meio em cima da hora, mas...

— Hoje à noite seria ótimo. Vou tomar o trem e estarei aí em algumas horas.

Nenhum dos dois disse nada por um instante. Cotten reclinou a cabeça para trás, olhando para o teto.

— Aonde gostaria de ir? — ele perguntou.

— Isso não importa. Você escolhe o lugar.

— Dê-me o seu endereço.

Ela passou as informações.

— Chegarei logo — prometeu ele antes de desligar.

Cotten estirou-se no sofá e puxou as almofadas para cima do rosto. Temia que estivesse se apaixonando por um padre.

* * *

— Gostaria de entrar e tomar um drinque? — perguntou Cotten. — Os padres tomam drinques?

— Muito engraçado — disse John, sorrindo enquanto ela o deixava entrar.

— Não vai parecer muito com um encontro, não é... se tomarmos um drinque antes de sairmos para jantar?

— Um drinque seria ótimo — disse ele, tirando o sobretudo.

Cotten encaminhou-se para a cozinha.

— Sente-se, relaxe, e eu vou lhe dizer o que temos. — Ela abriu o armário e tirou uma garrafa de vodca com limão, uma garrafa pela metade de rum e uma garrafa quase cheia de uísque — informando em voz alta cada uma das bebidas enquanto as colocava sobre o balcão. — E ainda tenho um pouco de vodca sueca — acrescentou, abrindo a geladeira. — O que prefere?

— O uísque está bom... com água e gelo.

— O meu pai gostava de uísque nos feriados. — Ela serviu o uísque em um copo de cristal grosso e acrescentou um pouco de água com gás. — Na maior parte do tempo ele só bebia cerveja, mas nas ocasiões especiais bebia o seu uísque.

Ela serviu para si uma vodca com gelo.

— Aí está — disse e estendeu-lhe a bebida. Sentando-se na cadeira oposta no balcão, inclinou-se para a frente e empurrou um descanso para copo através da mesa na direção dele. Era bom vê-lo em roupas comuns — uma camisa abotoada bege e uma gravata de seda: o fundo era dourado com pequenos desenhos geométricos cor de terra. O paletó esporte marrom combinava com as calças. Ele poderia ter vindo direto do aeroporto para o seu apartamento.

John bebericou o drinque.

— Você parece ótima.

— Estava pensando exatamente o mesmo de você. Roma deve lhe fazer bem.

— Fiz uma reserva na Tavern on the Green — informou ele.

— Perfeito. Cada um paga a sua despesa, então?

— Não, não. Não desta vez. Eu a estou convidando para jantar.

— Então a próxima vez fica por minha conta.

— Veremos. — Ele tomou outro gole. — Você disse ao telefone que ainda estava preocupada com o Graal. Por quê?

Cotten levou o copo de vodca aos lábios. Adorava a vodca assim direto da geladeira — a bebida passava de gelada a aquecida e aveludada enquanto engolia.

— Estive em Miami em férias do trabalho. A minha amiga e eu saímos uma noite para um carnaval de rua cubano. É uma história meio longa, mas de repente me vi sozinha em meio a uma cerimônia ou ritual religioso... vodu, *Santeria*... alguma coisa desse tipo. Antes de sair, uma velha, a sacerdotisa que conduzia o ritual, disse-me as mesmas palavras que Archer falou na cripta no Iraque. — Só de pensar no assunto o cabelo dela se arrepiava.

Ele endireitou o corpo, como se refletisse.

— Isso é muito estranho.

— Como é que eles seriam capazes... o que será que isso significa?

John balançou a cabeça.

— Realmente não sei. Além de uma coincidência impressionante, não faz nenhum sentido. — Ele acariciou o lóbulo da orelha.

— Toda essa coisa começou quando Archer me deu o Graal e disse que eu era a única pessoa capaz de deter o amanhecer, e agora uma mulher esquisita da magia negra diz exatamente as mesmas palavras. — Ela tomou um grande gole da vodca sueca.

— Pelo menos você não está mais com o Cálice. Ele está a meio mundo de distância... isso deve tranqüilizá-la bastante.

Cotten torceu o cabelo enquanto falava.

— Deveria estar mais tranqüila mas... não estou. De algum modo, tenho a sensação de que *isso* não acabou ainda. E nem sequer sei de que *isso* se trata.

— Não a culpo por estar perturbada. Seria o caso de pensar que há uma mensagem no caso, mas não faço a menor idéia do que se trata.

Ela sorriu.

— Pelo menos você não me perguntou se eu tinha certeza do que a mulher falou. Sim, eu tinha bebido, mas, John, ouvi quando ela disse alto e claro. Havia muito barulho sim, mas não inventei aquilo... não imaginei. Você acredita em mim, não é?

Ele pousou o drinque pela metade sobre o balcão.

— Vou lhe dizer o que penso. Vamos chamar um táxi e você me conta mais sobre o que aconteceu a caminho do restaurante. Talvez surja alguma idéia.

Cotten alisou a saia sobre os joelhos. Precisaria revelar tudo sobre Motnees — coisas que nunca havia contado a ninguém, nem mesmo à mãe.

— John — obrigou-se a dizer finalmente —, há mais uma coisa sobre a qual preciso lhe falar.

Conversa de Gêmeos

John terminou o uísque enquanto Cotten continuava.

— Espero que tenha uma mente aberta — começou ela —, caso contrário, se mesmo remotamente insinuar que sou louca, a conversa acaba na mesma hora. — Ela terminou de beber a vodca. — Muito bem, aqui vamos nós. — Com um longo suspiro, ela começou: — Eu tive uma irmã gêmea... gêmea idêntica. Felizmente, eu era saudável, ao passo que a minha irmã não teve a mesma sorte. Nasceu com um problema no coração e morreu pouco depois. Enquanto eu crescia, uma das minhas primeiras lembranças é de uma amiga imaginária... uma menina. Ela era invisível para todo mundo, mas tão real para mim como você agora. À noite, especialmente quando eu sentia medo, ela entrava pela janela e pairava em um canto do meu quarto próximo ao teto, e eu me sentia segura. Outras vezes, ela vinha e nós conversávamos até eu acabar adormecendo. Brincávamos juntas quase todos os dias. Eu tentava explicar aos meus pais que ela era real, mas a minha mãe a ignorava... o meu pai condescendia comigo, fingindo, às vezes, como se realmente acreditasse em mim. Mas ninguém me levava a sério. Ela me dizia que era a minha irmã gêmea. Eu a chamava de Motnees, embora esse não fosse o nome que haviam dado a ela. Isso fazia parte da realidade que inventávamos só para nós duas.

Cotten examinou a expressão de John. Vendo o que parecia ser um interesse sincero, continuou.

— Motnees e eu tínhamos uma língua só nossa. Não era algo que eu tivesse passado tempo elaborando... simplesmente aconteceu de maneira espontânea desde o início... como uma segunda língua com que eu havia nascido. A minha mãe achava aquilo um palavreado sem sentido e de brincadeira começou a chamá-lo de conversa de gêmeos, uma vez que eu insistia que Motnees era a minha irmã. Na verdade, ela ficou chocada, pois eu nem sequer sabia que havia tido uma irmã gêmea. Ela jurava que nunca havia me contado. Acreditava que eu era muito pequena para compreender. Eu li artigos sobre a conversa de gêmeos... o termo científico é idioglossia. Existe de verdade. É a língua que às vezes os gêmeos inventam para se comunicar entre si, mesmo antes de falar a língua das pessoas com quem vivem. Já ouviu falar a respeito?

— Claro. O assunto está muito bem documentado.

— Quando eu tinha uns 4 anos de idade, fiquei doente. Comecei a sentir dor de ouvido e a minha mãe me dava um analgésico para controlar a dor. Mas aquilo era mais do que uma simples dor de ouvido; era gripe. Eu melhorei, mas duas semanas depois fiquei terrivelmente mal. Quando o médico me examinou, ele descobriu que o meu fígado e o meu baço tinham um desenvolvimento acima do normal. Ele perguntou à minha mãe se ela tinha me dado algum analgésico quando estive gripada. Quando ela disse que sim, ele suspeitou de síndrome de Reyes. Mandou-a levar-me direto para o hospital... para a emergência pediátrica.

— Mais tarde ficamos sabendo que cada minuto é importante no caso da síndrome de Reyes... a piora do quadro é muito rápida. Assim, quando chegamos ao hospital, eles tiraram o meu sangue, colocaram-me uma sonda intravenosa e me internaram num quarto isolado. Em algumas horas recebemos a notícia de que não se tratava de síndrome de Reyes. Eu estava boa o bastante para voltar para casa, mas ao longo dos vários meses seguintes ocorreram sintomas perturbadores. O meu baço continuava desenvolvido e os exames indicavam que eu ainda estava doente, mas os médicos não conseguiam dar um diagnóstico.

— Uma tarde, fui no meu triciclo até a caixa do correio junto com a minha mãe. Enquanto ela recolhia a nossa correspondência da caixa, eu pedalei para a rua. Uma caminhonete que vinha passando precisou fazer um desvio brusco para não me atropelar. A minha mãe ouviu os pneus guincharem, me agarrou e me deu umas palmadas na coxa. Aquilo a assustou e ela me disse para nunca mais sair à rua outra vez. Naquela noite, quando ela me vestia para me pôr na cama, viu bolhas vermelhas de sangue na minha perna... o sangue bem na superfície da pele... na forma da mão dela.

— Na manhã seguinte, ela me levou de novo ao médico e ele perguntou se ela tinha batido em mim com muita força. Mamãe disse que forte o bastante para eu me lembrar de não ir mais para a rua, mas não tão forte para deixar aquelas marcas. Ele me examinou e a minha mãe estava certa de que ele estava procurando constatar se havia evidências de que eu tinha sido submetida a maus-tratos, mas é claro que não havia. Então, mais ou menos uma semana depois, mamãe foi me dar um banho de banheira e dessa vez viu as bolhas de sangue embaixo dos meus braços, avançando para as minhas costas. Ela chamou o meu pai para dar uma olhada. Ele contou a ela como estávamos brincando naquela tarde e que ele tinha me levantado pelas axilas e me girado em círculos. As bolhas eram marcas das mãos dele. Papai ficou tão abalado por pensar que poderia ter-me machucado daquela maneira que até chorou.

Cotten limpou a garganta, emocionada pelas lembranças.

— No dia seguinte, voltamos à cidade para consultar o médico. Ele nos enviou aos especialistas, que decidiram que havia uma possibilidade de linfoma ou leucemia. Eles me internaram para uma biópsia de nodo linfático e outra da medula óssea. Por sorte, eu era pequena demais para compreender como era grave o meu estado. Na noite que antecedeu a cirurgia eu me recordo de ter ocorrido uma terrível tempestade. Enquanto a minha mãe dormia numa cadeira ao lado da minha cama no hospital, Motnees apareceu. Ela me sussurrou que tudo acabaria bem... que a minha doença desapareceria. Também disse que era a última vez que vinha se encontrar comigo.

— No dia seguinte eu fiz as biópsias, e quando os relatórios chegaram os resultados não mostraram sinais de nenhuma doença. Nenhuma. Eu era uma menina perfeitamente saudável.

— É uma história linda — comentou John.

Havia uma última coisa que ela precisava contar a ele. Ela prendeu o lábio inferior entre os dentes.

— Todos os meus sintomas desapareceram... sumiram, acabaram, de repente, não sobrou nada. Os médicos não tinham explicação. Mas eu sabia o que tinha acontecido. Motnees afastara a doença. Nunca mais a vi.

Cotten fez uma pausa. Agora teria de soltar a bomba. Endireitou o corpo na cadeira.

— Talvez esta seja a parte mais difícil para você acreditar, John. A língua em que Motnees e eu falávamos era a mesma que Archer e a velha sacerdotisa usaram quando me disseram que eu sou a única pessoa.

* * *

Depois de ter-se acomodado em uma mesa no terraço da Tavern on the Green, John disse:

— Talvez a língua que você e a sua irmã falavam seja a que é mencionada como a língua do céu. Há uma porção de referências a ela. É chamada de enoquiano. Alguns dizem que é a língua dos anjos. Isso faria sentido se Motnees for um anjo.

— Você já sabe que eu não acredito nessa coisa de céu-inferno. Mas talvez às vezes os espíritos ou almas das pessoas que morreram voltem e fiquem aqui por algum tempo. Ou talvez a minha irmã, sendo idêntica a mim, tendo se originado do mesmo óvulo, fosse simplesmente uma outra parte de mim. Ou talvez eu fosse a criança fantasiosa que a minha mãe dizia que eu era e Motnees estivesse apenas na minha imaginação. — Ela prendeu a respiração e voltou à mesma pergunta. — Mas desconsiderando tudo isso, John, como Archer e a velha sacerdotisa sabiam como falar comigo naquela conversa especial de gêmeos? Como eu me mesma poderia me lembrar?

— Eu não sei.

— Você não acha que sou louca!?

Ele sorriu para ela.

— Eu não chegaria a esse ponto.

— Bem, muito obrigada — disse ela, com um leve tom irônico na voz. — No limiar, mas não completamente além do limite?

— Cotten, eu acho você inteligente e bastante sensível e realista... definitivamente, qualquer outra coisa, menos louca. Você está com algumas dúvidas. Deixe para lá. Acredite em si mesma.

Ela baixou o olhar.

— Às vezes isso pode ser muito difícil.

John recostou-se na cadeira.

— Todos os dias acontecem coisas ao nosso redor que não podemos explicar. Alguns chamam esses acontecimentos de milagres ou visões, e alguns os explicam sumariamente como destino ou sorte... faça a sua escolha. Mas você não precisa me convencer de que a sua irmã gêmea poderia ser um anjo. Os anjos são o meu material de trabalho. Eles fazem parte da minha equipe. — John fez uma pausa e sorriu para ela.

— Da sua equipe, não da minha — ressalvou ela.

— E é aí que você se engana. Pare de ser tão teimosa, tão resistente. Cotten, se Deus está tentando lhe passar uma mensagem por meio de Gabriel Archer ou da velha em Miami, ou por um biscoito da sorte chinês que seja, simplesmente aceite. Deixe que aconteça. Você realmente acredita que as coisas acontecem sem nenhum motivo? Acha que você e eu estamos sentados aqui juntos esta noite por acaso? Para mim, isso seria assustadoramente inacreditável. Existe um sentido mesmo quando parece loucura... há um plano maior para o que às vezes parece ser o caos. E nós todos temos um papel a representar nesse plano. Deus revelará tudo quando achar que chegou o momento propício. Certo?

Cotten virou-se para a janela.

— Você vai me desculpar se não tenho uma fé tão forte quanto a sua.

— Ótimo. Eu admito isso. Como também Deus. Só não seja tão hostil.

— Você é o especialista. — Ela queria confiar no julgamento de John, na fé dele, mas também havia o medo crescente de que as coisas estivessem saindo do seu controle. Será que Deus realmente estaria tentando lhe transmitir uma mensagem ou ela *principalmente* tinha posto tudo a perder? Olhou de volta para John e forçou os pensamentos obscuros a voltarem para as sombras, que era o lugar deles. — Vamos conversar sobre outro assunto.

Eles falaram sobre vários temas corriqueiros, incluindo a política no Oriente Médio e sobre a estada dela por lá.

John decidiu tornar a conversa mais leve.

— Quer uma aulinha rápida de história sobre a Tavern on the Green? — perguntou ele.

— Claro! — disse Cotten.

— Dê uma olhada ao redor. Agora, tente imaginar o prédio original em 1870. Aqui era um curral de ovelhas. Em uma ocasião, chegou a abrigar duzentas ovelhas South Down, que pastavam do outro lado da rua, no Central Park. — Ele estudou o rosto dela à luz dos candelabros de cristal Waterford.

Ali estava aquela linda mulher que com toda certeza tinha o seu próprio anjo guardião mas achava que não acreditava nele. Ele sabia porém que no fundo ela devia acreditar... dar as costas a Deus era apenas um muro de proteção para impedi-la de sofrer mais. Atrás daquele muro estava alguém que era mais íntima de Deus do que qualquer outra pessoa que ele já havia conhecido. Estava conversando sobre ovelhas com alguém que realmente havia *conversado* com um anjo, falado a língua do céu. E, independentemente de entender ou não a importância disso, ela entregou ao mundo o maior símbolo religioso de todos os tempos — o Cálice de Cristo. Ele estava totalmente assombrado com ela, mas não conseguia expressar os seus sentimentos sem transtorná-la ainda mais.

— Hoje ninguém diria que este local foi um dia um curral de ovelhas — comentou Cotten.

O garçom apareceu e John pediu uma garrafa de vinho. — Fale-me sobre o que aconteceu em Roma — pediu ela. — Eles comprovaram mesmo que é o Graal?

John arrumou o guardanapo de linho sobre o colo.

— Isso nunca poderá ser comprovado como algo absolutamente certo. Tudo aponta nesse sentido, pelas evidências. O trabalho em metal, o detalhe no bojo, o prato de Archer e a sua tradução, o tecido e o selo, tudo contribui... mas nunca se terá uma resposta cem por cento segura.

— E quanto ao material dentro dele, o resíduo por baixo da cera? É sangue? O sangue de Cristo?

John cruzou as mãos sobre a mesa.

— Sem remover a cera e tirar uma amostra, nunca saberemos. Poderia ser sangue, poderia ser qualquer coisa. Eu os pressionei para analisá-lo, mas eles se recusaram.

— Por quê? Eles não deveriam querer saber?

— Para descobrir, parte do sangue teria de ser sacrificada. Aos olhos do Vaticano, isso seria o maior dos sacrilégios.

— Ah, pelo amor de Deus... me desculpe... mas será que a Igreja Católica ainda vive na Idade Média?

— Eu usei o mesmo argumento... não exatamente com essas palavras, é claro... de que Deus nos deu o conhecimento e eu acredito que pretenda que o usemos. Pense no impacto sobre a cristandade se anunciassem que se trata de sangue humano, do sexo masculino, tipo O negativo... o doador universal. O que mais você esperaria do sangue de Cristo? O sangue *Dele*. Deve haver uma razão pela qual alguém selou e protegeu o que quer que haja dentro do Cálice. E já pensou em descobrir o DNA? Haveria nele marcadores genéticos? Será que poderíamos identificar cientificamente a linhagem de Cristo? Os desdobramentos são fenomenais!

— E ainda assim recusaram? — surpreendeu-se Cotten.

— Se houver a menor chance de que seja o sangue de Cristo preservado dentro do Graal, então isso é tudo o que existe do corpo terreno Dele. Não há mais nada. Destruir até mesmo algumas moléculas é impensável. Na maioria das vezes, a Igreja adota a postura conservadora sobre um assunto, até prova em contrário. É por isso que a ciência e a religião encontram-se com tanta freqüência em lados opostos.

Cotten suspirou.

— Como no caso das células-tronco e do controle da natalidade. Não são apenas os católicos. Os fundamentalistas lutam contra a evolução todos os dias. — Ela fez uma pausa por um instante. — Pensei que houvesse um tipo de luz que se pudesse projetar sobre o sangue e descobrir a sua natureza mesmo quando alguém tentou eliminá-lo. Vejo isso o tempo todo em filmes de investigações criminais. Será que não funcionaria nesse caso?

— Funcionaria, desde que não se precisasse antes borrifar e pincelar a evidência com Luminol. Fazer isso significaria remover a cera e expor o resíduo. Isso eles não permitiriam.

O garçom apresentou o vinho. John provou-o: fresco com um leve sabor de fruta. Ele aprovou.

— Veja — insistiu Cotten, olhando através do pavilhão envidraçado. — É espetacular.

— Você sabia que os seus olhos literalmente brilham quando você acha alguma coisa linda... como quando estivemos no Coliseu, o seu rosto se iluminou.

— Pode ser que o fato de ter crescido desejando muito conhecer o mundo todo tenha me deixado assim. Todo mundo dizia que eu era uma sonhadora, incluindo a minha mãe. O único que me apoiava era o meu pai. Ele dizia que eu estava destinada a grandes feitos. Eu mal podia esperar para me aventurar pelo mundo. Depois que me formei e consegui o meu primeiro emprego, fiquei entusiasmada por finalmente poder viajar e levar a minha mãe comigo. E sabe de uma coisa? Ela não tinha o menor interesse. Ela acreditava que o que não estivesse num raio de cem quilômetros não valia a pena ser visto. Eu nunca entendi essa mentalidade. Ela perdeu muita coisa.

— Algumas pessoas se contentam em permanecer onde estão, para sempre.

— E quanto à curiosidade de ver um oceano ou um deserto? Como alguém pode viver toda uma vida dentro de um raio de cem quilômetros?

John sorriu.

— De muitas maneiras, Cotten, todos estamos confinados a um círculo de cem quilômetros. O meu é um pouco menor... ele é chamado de colarinho romano.

Os Cavaleiros Templários tornaram-se uma das organizações mais ricas e poderosas do mundo ocidental. Foi uma ascensão ao poder jamais vista antes ou desde então. A riqueza deles aumentou e os seus descendentes mantiveram o controle sobre a maior parte dos seus bens até mesmo nos dias de hoje.

Os Guardiães do Graal

Charles Sinclair estava sentado atrás da mesa de ébano maciço no centro particular de teleconferência na sua chácara. Olhava para os sete monitores de plasma brancos dispostos ao longo da parede na sala escura, toda forrada de madeira.

Ao lado dele, Ben Gearhart estendeu a mão para o painel de controle embutido na mesa.

— Estamos prontos para começar a nos conectar com eles agora.

Gearhart acionou a primeira chave e o monitor de plasma número um ganhou vida. De Vaduz, apareceu o rosto do chanceler de Liechtenstein.

— Boa tarde, Charles.

— Olá, Hans — disse Sinclair, antes de fazer umas anotações em um bloco de papel tamanho ofício.

Gearhart acionou a chave seguinte e a segunda tela se iluminou, revelando o CEO do Banco Internacional de Zurique.

Acionando a linha de chaves, Gearhart fez aparecer um novo rosto em cada monitor. Eram de um ex-subcomandante do Exército soviético e atualmente presidindo o Ministério da Defesa da Federação Russa; um ministro do gabinete de governo de Sua Majestade; o presidente da Corte Suprema francesa; o ministro da Economia da Alemanha, em Berlim; e o presidente e fundador da GlobalStar, em Viena, a maior rede de telecomunicações da Europa.

— Todos podem me ver e ouvir com clareza? — indagou Sinclair.

As cabeças inclinaram-se uma após a outra, gesto acompanhado de confirmações verbais por parte dos sete rostos estampados nas telas.

— Então vamos começar. — Voltando a atenção para o chanceler, Sinclair convidou: — Hans?

— Obrigado, Charles. Tenho o orgulho de informar, cavalheiros, que, dentre os dois mil e setecentos integrantes do Conselho para as Relações Exteriores, influenciamos atualmente um pouco mais de noventa por cento. Esses integrantes estão em permanente contato com o seu pessoal no Departamento de Estado americano, mantendo relações com os nossos grupos associados para um governo mundial único no Canadá, no Reino Unido e no Japão. Esse, é claro, é o elemento essencial para o nosso sucesso, porque o CRE está comprometido com a eliminação das fronteiras nacionais.

— Excelente progresso — elogiou Sinclair, ao mesmo tempo que os demais guardiães reagiam à notícia.

O ministro do gabinete britânico informou:

— Os outros dois grupos comprometidos com a nossa causa... a Comissão Trilateral e o Grupo Bilderberg, da Europa... estão ambos quase totalmente sob a nossa influência. Conforme os senhores sabem, a Comissão Trilateral concentra-se em questões financeiras e políticas, ao passo que os associados do Bilderberg estão preocupados com assuntos militares e estratégicos. Uma vez que alguns dos senhores ou os seus associados fazem parte desses grupos, não preciso falar-lhes sobre as nossas realizações de longo alcance.

— Permitam-me comentar por um instante, cavalheiros, sobre alguns fatos importantes relativos ao Banco Mundial e ao Fundo Monetário Internacional — interveio o banqueiro de Zurique. — Um grande número de países do Terceiro Mundo, em débito com os seus enormes empréstimos tomados junto a bancos ocidentais, encontra-se no momento vulnerável a pressões para cooperar com o Banco Mundial e segundo as suas condições. Isso porque os banqueiros da Trilateral... os nossos banqueiros... acham-se atualmente em posição de ditar novas condições. Não há outros lugares para ir em busca de empréstimos... eles não têm escolha, a não ser usar o nosso dinheiro. Vemos isso acontecer todos os dias. Também vemos progressos na mudança para uma sociedade descapitalizada com o uso dos cartões de crédito e débito crescendo substancialmente.

— O senhor está certo — confirmou Sinclair. — O processamento de transações a descoberto e a transferência eletrônica de fundos estão se tornando as nossas maiores fontes de receitas, especialmente nos Estados Unidos. Prevemos uma participação de sessenta por cento no mercado até o fim do ano. O nosso próximo passo é colocar em circulação a nossa moeda com código de barras. — Sem que ninguém o interrompesse, Sinclair continuou: — A tecnologia de código de barras, em desenvolvimento por parte de alguns dos nossos parceiros estratégicos, tem sido aperfeiçoada com finalidades biomédicas também. Os novos nanocódigos de barras, fabricados com ouro e prata, são tão minúsculos que diversas centenas de milhares deles cabem em apenas um centímetro. Os senhores podem perceber as implicações... usaremos esses nanocódigos de barras para localizar os nossos cidadãos.

— Qual é a reação pública à apresentação do seu candidato à presidência? — quis saber o presidente da GlobalStar.

— Conforme o senhor sabe — explicou Sinclair —, há algum tempo vimos preparando Robert Wingate e, pela reação inicial, consideramos que ele vai se sair muito bem.

O general russo interveio.

— O meu pessoal do serviço secreto diz que Wingate tem problemas pessoais que podem prejudicar as possibilidades dele.

— Estou ciente disso. Estamos tomando as providências necessárias para resolver essas questões secundárias — rebateu Sinclair. — Não vemos razão para mudar a nossa programação nem qualquer um dos nossos parâmetros de excelência.

— E quanto à mulher que encontrou o Cálice? — indagou o presidente do tribunal francês. — Ela representa alguma ameaça?

— Estamos cuidando disso também — respondeu Sinclair. — Vamos mantê-la sob vigilância.

— E quando pretende ir ao Vaticano, Charles? — indagou o presidente da GlobalStar.

— Devo partir para lá no fim de semana.

— O que o leva a pensar que seria capaz de persuadir o cardeal a fazer o que queremos? — insistiu o presidente da GlobalStar.

— Sua Eminência quer apenas uma coisa na vida e eu sou a única pessoa que pode outorgar-lhe isso. Pelo menos, é nisso que ele vai acreditar. — O rosto de Sinclair se abriu num sorriso. — Os pontos fracos do cardeal lanucci são a fé piedosa e a crença em que deve ser recompensado por essa devoção.

— Espero que tenha razão — concluiu o presidente da GlobalStar.

Sinclair levantou-se.

— Cavalheiros, há séculos, a meta dos guardiães tem sido unir as nações num império mundial. O sonho de retornar a uma época não diferente da antiga Roma, em que os cidadãos podiam viajar em segurança por milhares de quilômetros e falando a mesma língua, sendo governados por um conjunto único de leis e dependendo de uma moeda comum, está prestes a se tornar realidade. Vamos realizar isso porque estamos no limiar do Segundo Advento de Jesus Cristo. Conforme profetizado, Ele irá retornar como um ladrão na noite... e ninguém saberá a hora ou o dia. Bem, posso dizer-lhes que sabemos o dia... e vamos determinar a hora. Ele nos levará para essa nova era... uma era em que todos acreditarão no que Ele disser.

Sinclair abriu os braços.

— E ele dirá exatamente o que lhe falarmos.

"As enormes possibilidades do progresso científico e tecnológico, bem como o fenômeno da globalização, que se estende cada vez mais a novos campos, exigem que estejamos sempre abertos ao diálogo com todas as pessoas, com todo evento social, com a intenção de dar a cada um uma razão para a esperança que sentimos em nossos corações."

— Papa João Paulo II — ao receber quarenta e quatro cardeais durante o consistório 21 de fevereiro de 2001.

Blasfêmia

— Vossa Eminência, agradeço por concordar em me receber com tanta presteza. — Charles Sinclair estava em pé no meio do gabinete do cardeal, a mão estendida.

— Como poderia responder de outra maneira a um homem da sua envergadura? — O cardeal Ianucci deu a volta na escrivaninha para cumprimentar aquele que fora laureado com o Nobel. — É ao mesmo tempo uma honra e um privilégio estar na presença de um cientista tão admirado, mesmo que não vejamos exatamente pelos mesmos olhos todos os aspectos da sua pesquisa. — Sorriu cordialmente para amenizar o comentário. Na realidade, Sinclair fora o assunto de muitas e acaloradas discussões teóricas e éticas nos salões do Vaticano. O espectro da clonagem humana era um dos assuntos mais controvertidos com que se defrontava o dogma papal.

— Foi muita bondade sua, na verdade. — Sinclair estendeu a mão para apertar a do cardeal; na outra, levava uma maleta de titânio prateada.

— Faça o favor. — Ianucci indicou uma poltrona com um bordado elaborado, as pernas terminando em patas de leão, que pareciam agarrar o extenso tapete oriental. Depois que voltou a sentar-se atrás da escrivaninha, o cardeal indagou: — E como foi a sua viagem?

— Excelente. O pato com laranja estava admirável.

— As refeições de bordo refinadas estão escasseando hoje em dia. A única vez que fui bem servido em um vôo foi quando acompanhei o Santo Padre. — Ele riu. Querendo deixar para trás a conversa trivial, acrescentou: — O que a Santa Sé pode fazer pelo senhor, doutor Sinclair?

— Talvez seja o que eu posso fazer pelo senhor, Vossa Eminência.

— E o que seria exatamente isso?

— Poderia me garantir que não seremos interrompidos durante a próxima hora?

Ianucci relanceou o olhar para a agenda antes de pegar o telefone e passar instruções para não ser interrompido.

— Tem a minha inteira atenção, doutor Sinclair. Mas meia hora é o máximo que posso conceder.

— Então é tudo o que posso pedir. — Sinclair recostou-se na poltrona, pousou a maleta no colo e descansou as mãos sobre ela. — O senhor acredita que a Bíblia seja verdadeiramente a palavra de Deus?

O cardeal cobriu a boca e tossiu levemente.

— Mas é claro, doutor Sinclair — admitiu, parecendo um pouco indignado.

— Então acredita que ela contém a revelação de Deus sobre o nosso destino supremo.

— Acredito.

Sinclair sorriu, e continuou:

— Um quarto da Bíblia trata de profecias e não devemos ignorar nem rejeitar nenhuma delas. Lembre-se do que o apóstolo Paulo disse nos Atos sobre os judeus: que por não terem escutado as vozes dos profetas, acabaram cumprindo a profecia condenando Jesus?

O cardeal inclinou-se para a frente.

— Doutor Sinclair, o senhor acha que ascendi a esta posição sem saber o que a Bíblia contém?

— Certamente, não. E, por favor, não se sinta ofendido. Mas devo prepará-lo para o que estou prestes a dizer. Quero que se lembre do livro do Apocalipse, em que é dito: "Eis que estou à porta e bato; se alguém ouvir a minha voz, e abrir a porta, entrarei em sua casa, e com ele cearei, e ele comigo." Eminência, acredito que hoje Deus bate à nossa porta. Não devemos nos fazer de surdos às profecias.

— Estou considerando as suas observações sobre a Bíblia tediosas, doutor Sinclair.

— Por favor, acredite em mim, Eminência. O meu argumento vai ficar claro em instantes.

O cardeal concordou com um movimento relutante de cabeça — tinha uma agenda cheia nesse dia e começava a se impacientar com as digressões condescendentes de Sinclair.

— Poderia me explicar como imagina o Segundo Advento? — pediu Sinclair.

Ianucci tamborilou com um dedo sobre a coxa. *Onde Sinclair pretende chegar com isso?*

— Pergunta interessante. Esse parece ser um tema popular nos nossos dias, com tantos livros sendo publicados sobre o assunto... ficção apocalíptica, como os classificam. Bem, no sentido clássico, aprendemos que Cristo retornará em meio a uma conquista triunfante do bem sobre o mal, acolhendo no Seu seio aqueles que foram piedosos e recolhendo-os na paz e na alegria eternas. Um bom modelo para os pintores renascentistas, doutor Sinclair, mas provavelmente não a realidade.

— Exatamente.

— O fato é que ninguém sabe ao certo quando ou como Cristo retornará. A profecia está na Bíblia, mas existem dezenas de interpretações. Nós concordamos, porém, que muitos sinais do Seu retorno estão presentes. É claro que o tempo é relativo. Dentro de quanto tempo Ele virá de novo é discutido por todos quantos estudam as escrituras. Isso responde satisfatoriamente à sua pergunta?

A presunção se espelhava nos olhos de Sinclair. Ianucci inclinou a cabeça para o lado, imaginando o que havia provocado aquela expressão e por que o doutor retardava a resposta.

Finalmente, Sinclair falou.

— Eminência, eu não só sei *quando* Cristo retornará, mas *como*.

Ianucci inclinou-se para a frente.

— Quer dizer que tem uma teoria?

— Não uma teoria. Eu sei.

— Doutor Sinclair, muitos homens ao longo das eras dedicaram toda a vida a estudar e investigar as escrituras com esse único propósito.

De novo, aquele sorriso vago produziu rugas na face de Sinclair, mas ele não disse nada. Isso fez Ianucci mexer-se na cadeira.

— O senhor acredita que pode prever quando o Salvador virá de novo e fez toda essa longa viagem para compartilhar essa informação comigo? — indagou o cardeal.

— Eu devo, Eminência, porque, sem o senhor, isso não acontecerá.

Ianucci recostou-se na cadeira, cruzando os dedos sobre o estômago. Imaginou se o famoso cientista teria entrado para algum tipo de seita apocalíptica. A divisa entre o gênio e a insanidade... Aturaria Sinclair por mais alguns instantes, antes de indicar-lhe educadamente a porta da rua.

— Estou ouvindo.

— A maioria das pessoas que pregam a Palavra do Senhor considera as profecias como a prova do iminente Apocalipse. Mas se fixam erroneamente no fogo e no enxofre do livro do Apocalipse. Devemos considerá-lo como a promessa de Deus de que Ele enviará de novo o Seu Filho à Terra para que a humanidade finalmente tenha paz... o céu na Terra. Quem sabe dizer de que maneira Cristo retornará à Terra? E se for de uma maneira que ninguém pensou... um meio que reflita o espírito da época, a tecnologia? Eu acredito que o senhor e eu tenhamos sido escolhidos... selecionados por Deus para fazer isso acontecer. — Depois de uma breve pausa, continuou: — Recentemente, tive uma visão, Eminência. Acordava no meio da noite com o clarão de uma luz branca resplandecente. A princípio, fiquei assustado, mas logo uma sensação de paz me dominou. Ouvi uma voz... tão clara como a minha soa agora. A voz citava as escrituras. "Morará o lobo com o cordeiro, e o leopardo com o cabrito se deitará; e o bezerro, e o leão novo e o animal cevado viverão juntos; e um menino pequeno os conduzirá..." Não estão a ciência e a religião sempre em oposição... o lobo e o cordeiro? Ainda assim, a profecia é que vamos nos deitar juntos, fundirmo-nos com um objetivo comum. E, a exemplo das nossas duas disciplinas, o mundo seguirá, o bezerro, o leão, o animal cevado. A paz está por vir. E repare nestas palavras em especial: *um menino pequeno os conduzirá*. Foram essas palavras que tornaram o plano de Deus tão inequívoco para mim. Elas esclareceram que o meu propósito está sobre a Terra... e o seu também. Desde aquela noite, toda a minha vida mudou.

— E qual é o seu propósito... e o meu?

— Deus me deu grandes talentos, Eminência, assim como outorgou outros tantos ao senhor. O meu conhecimento da genética me permitiu aperfeiçoar um método de reproduzir um ser humano pelo uso do DNA. E Deus abençoou o *senhor* como sendo um grande líder espiritual para conduzir a igreja cristã e prepará-la para o Julgamento Final. Ele nos conduziu, guiou, trouxe para esse dia. Todas as decisões que tomamos na nossa vida foram governadas por essa inevitabilidade consagrada. Temos os meios e o poder para cumprir o nosso destino.

— Não sei se o estou acompanhando. Que inevitabilidade? O que a genética e a clonagem têm a ver com o plano de Deus para nós todos?

— Deus fez chegar às suas mãos o Cálice da Última Ceia... o Cálice que contém o sangue de Cristo no Calvário. Protegido por séculos em um túmulo sombrio, árido, ele é o único remanescente de Jesus Cristo sobre a Terra. Por baixo da camada protetora de cera de abelha, dentro do Cálice, encontra-se o sangue de Cristo... o sangue contendo o segredo do DNA Dele. É um presente de Deus... um meio para um fim. E o fim será pela ação Dele... o plano divino Dele. Jeová entregou o Cálice ao senhor, o líder espiritual que Ele escolheu acima de todos os outros. E Ele o entregou neste momento, um momento em que a tecnologia está aperfeiçoada. Jesus Cristo, o filho de Deus, o Messias, está voltando. E nós fomos escolhidos para fazer o trabalho de Deus.

— O senhor está sugerindo que eu de algum modo lhe entregue o Cálice de Cristo para que possa clonar...? — Ianucci fechou o punho e descarregou-o sobre a escrivaninha, então levantou-se. — Isso é blasfêmia! Fora! Saia!

— Não estou surpreso com a sua reação, Eminência. Esses não são conceitos que ponderamos com freqüência. Certamente, isso é estranho por natureza a um homem como o senhor. Tudo o que peço é que pense sobre o que eu disse. E enquanto o faz, considere os momentos na história em que um conceito incomum ou controvertido tenha sido proposto e imediatamente rotulado como blasfêmia, apenas para ser provado como verdadeiro alguns anos ou mesmo séculos mais tarde. — Sinclair tirou uma folha de papel dobrada do bolso e deixou-a sobre a escrivaninha do cardeal. — Simplesmente pense sobre isso. Reze sobre isso. Deus está esperando pelo senhor.

— Vá — ordenou Ianucci, em voz baixa, expelindo a palavra com desgosto.

Sinclair inclinou a cabeça em concordância enquanto se levantava. Com a maleta prateada na mão ele deu meia-volta e saiu.

Ianucci sentou-se. Por alguns minutos ficou olhando para a folha de papel dobrada antes de pegá-la e abri-la. Depois de ler o bilhete, embolou-o com a mão. Tentando afastar da mente o acontecido, correu os olhos pela agenda e fez uma ligação para verificar os progressos na restauração de um Rafael recém-adquirido.

Mas não conseguiu clarear os pensamentos, não conseguia se concentrar em nada a não ser nas palavras de Sinclair. Terminada a ligação, em vez de pôr o telefone no gancho, continuou segurando-o e apertou o botão com o dedo. Permaneceu sentado, sem se mexer, como se o tempo estivesse aprisionado. Alguns instantes depois, soltou o botão e ligou para o ajudante-de-ordens.

— Cancele todos os meus compromissos — ordenou. — Estarei fora pelo resto do dia.

Ianucci deixou o gabinete e fechou a porta. Profundamente imerso nos seus pensamentos, embora cruzasse com várias outras pessoas, não reconheceu ninguém.

Meu Deus, e se Sinclair estiver certo? E se Cristo tiver de retornar exatamente da maneira como ele disse?

Dentro dos seus aposentos particulares, Ianucci caiu de joelhos ao lado da cama, apoiou os cotovelos na cama e deixou o papel amassado sobre a colcha. Rezou para que Deus o orientasse, dissesse como deveria agir.

O resto do dia passou enquanto ele se alternava entre as orações e a leitura das escrituras. Ao pôr-do-sol, ele foi à janela e observou o céu passar de dourado a escarlate e púrpura. Será que Deus realmente o tomara pela mão desde os primeiros anos de vida e o levara a esse exato momento no tempo? Sempre se considerara favorecido por Deus — sempre soubera que estava destinado a galgar o topo, a liderança da Igreja. Cada célula do seu corpo fora doutrinada com essa crença. Nunca ousara considerar que acontecesse outra coisa além disso. Talvez estivesse destinado não a liderar a Igreja, mas toda a humanidade. Seria mesmo possível que o Todo-poderoso lhe confiasse o Segundo Advento?

As lágrimas de Ianucci gotejaram sobre as mãos unidas. Chorou até o corpo estremecer e se enfraquecer de exaustão. Certo de que ouvia um coro angelical, fitou o crucifixo na parede.

O cardeal sentou-se na borda da cama e desamassou o papel que Sinclair havia deixado. Leu outra vez o nome do hotel e o número do quarto.

Então estendeu a mão para o telefone.

O Sinal

O cardeal verificou as horas. Havia dito a Sinclair para vir às 11h00. Passavam dez minutos daquele horário. Ele tamborilou com os dedos sobre o tampo da escrivaninha. Talvez não devesse ter telefonado ao geneticista. Mas precisava saber mais — ao menos em parte, era o que queria. Por um lado, negava sistematicamente qualquer validade na lógica de Sinclair. Sem dúvida, aproximava-se ao máximo da blasfêmia tanto quanto era possível segundo o pensamento moderno razoável. Mas em algum recôndito da sua mente, Ianucci continuava se fazendo as mesmas perguntas. E se esse fosse o supremo teste da sua fé? E se a clonagem humana fosse o método pelo qual Cristo retornaria — o lobo se deitaria com o cordeiro, a Igreja e a ciência unidas? O jovem leão e o animal cevado, juntos. E como o cardeal seria julgado se ignorasse a palavra direta de Deus? Em outras palavras, e se Sinclair estivesse certo?

A campainha do telefone despertou Ianucci. Ele tirou o telefone do gancho e ouviu, depois disse:

— Mande-o entrar.

Quando a porta se abriu, o cardeal empertigou-se no assento e alisou o tecido da batina sobre o ventre.

— Bom dia, doutor Sinclair. — Acenou para a poltrona à frente dele.

— Eminência — cumprimentou Sinclair, inclinando a cabeça. Como havia feito no dia anterior, pôs a maleta de viagem no colo depois de sentar-se. — Estou satisfeito por ter decidido considerar tudo o que lhe disse.

— Não interprete erroneamente o meu convite. Não mudei de opinião, mas acho que quero conhecer os fundamentos da sua premissa. No mínimo, terei a oportunidade de desacreditá-la.

— Até prova em contrário, a sua sensatez confirma por que Deus o escolheu para cumprir essa tarefa muito especial.

— Não estou interessado nas suas lisonjas, doutor. Se me lembro, tínhamos começado uma discussão sobre como o Messias retornaria.

— Exatamente. O Segundo Advento não será o que tradicionalmente se imagina. É claro, João, Mateus, Ezequiel... todos aqueles que escreveram sobre o retorno de Cristo à Terra não tinham possibilidade de explicá-lo com clareza. Se não sabiam como explicar até mesmo objetos simples, como o telefone ou um avião, que dirá o DNA? Jesus está retornando para um mundo moderno, o nosso mundo, para reinar absoluto. Ninguém foi capaz de determinar como ou quando, porque o acontecimento foi explicado por homens que viveram milhares de anos atrás. No entanto, com essa visão que eu tive, tudo se torna inteiramente claro.

— O Segundo Advento está próximo, e o senhor e eu fomos escolhidos para fazê-lo acontecer. Mateus vinte e quatro... quando indagado quando Ele voltaria, Jesus indicou um tempo em que nações se ergueriam contra nações, haveria fome, terremotos e epidemias. Ele chamou essas calamidades de o começo das dores do parto. Não é o que estamos testemunhando em todo o mundo... terremotos, vulcões, inundações, padrões climáticos incomuns com efeitos catastróficos?

— Apocalipse, capítulo seis, versículo oito, a visão de São João do cavalo amarelo... não estamos descobrindo novas doenças brotando por todo o mundo continuamente... doenças resistentes a tudo o que o homem faz para detê-las?

— Apocalipse, capítulo seis, versículo cinco... fome. Mais de um bilhão de pessoas enfrentam a privação de alimentos este ano. Não é assustador, em um mundo que viu um homem caminhar na Lua?

— As escrituras nos dizem que a única geração que testemunhar o renascimento de Israel também irá testemunhar o retorno prometido do Messias. E temos visto os falsos profetas que precedem o retorno Dele... os Jim Jones e David Koresh levando os seus seguidores ao suicídio em massa. Atualmente, temos as armas e a tecnologia para aniquilar completamente toda a vida na Terra. Isso não explicaria as profecias dos ataques pelo ar, do envenenamento de um terço do planeta, da morte de bilhões? O plano preciso de Deus que foi esboçado milhares de anos atrás está se realizando.

— O momento é agora. A mão divina Dele nos reuniu... o senhor, como um Príncipe da Igreja, e eu, um servo indigno a quem Deus deu o dom do conhecimento para que seja feita a Sua vontade, que o Seu filho viva outra vez. Devemos ter a coragem de fazer o que Ele pede... ser instrumentos do Pai.

Sinclair olhou significativamente para Ianucci.

— O senhor tem a coragem de aceitar essa tarefa, Eminência?

Os pensamentos de Ianucci debatiam-se no interior da cabeça como asas de morcegos — tentando encontrar um sentido no que Sinclair dizia, repassando todos os textos bíblicos que haviam sido citados e mais... Isaías, Daniel, Lucas, Zacarias... para confirmar. O que Sinclair dizia parecia lógico. Mas ia contra tudo aquilo em que o cardeal sempre havia acreditado e que lhe fora ensinado. Talvez o homem estivesse doido. Sim, era isso. Sinclair estava demente — obcecado pelo próprio poder — levado pelo superego.

— O senhor está louco — sentenciou Ianucci, levantando-se e passando a caminhar de um lado para outro.

Sinclair permaneceu calmo e acrescentou em voz baixa.

— Não, Eminência. Estou no meu juízo perfeito, estou inspirado. Apenas reflita por um instante. Por que acha que o Cálice lhe foi entregue pessoalmente? Por que agora? Até mesmo o Talmude fala das dores do parto do Messias... governos irresponsáveis, guerras, pobreza, a dissolução familiar e os grandes avanços científicos... uma época de milagres. Não é uma época de milagres aquela em que de uma minúscula gota do verdadeiro sangue que Ele derramou por nós, com a sua ajuda, Ele viva outra vez? Nos dias da Virgem Abençoada, quem poderia ter imaginado o milagre do Nascimento Virgem? Não vê? Este é O Milagre.

— O senhor está errado. Isso é errado — resistiu o cardeal, esfregando o peito; sentia como se um torno lhe apertasse as costelas. — Pare. Não quero ouvir mais nada.

— Como o senhor sabe se estou errado? O mundo não é plano, Eminência. Cristo disse: "Abençoados aqueles que não viram e acreditam." Ele o escolheu. Como pode se recusar?

Ianucci deu as costas a Sinclair, olhando através da janela para o pátio interno lá embaixo.

— Um clone de Jesus, mesmo que fosse possível, simplesmente seria uma réplica, não... Cristo, não o nosso Redentor. Talvez o senhor possa clonar um homem, mas como atribuir à réplica a alma do nosso Salvador? — O cardeal encarou o visitante e viu os olhos do geneticista se abrandarem.

— Eu não posso — admitiu Sinclair.

Ele deixou as palavras suspensas no ar como se quisesse que Ianucci refletisse sobre a pergunta.

— O senhor está certo — Sinclair finalmente cedeu. — *Isso* será apenas uma réplica... até que o Espírito Santo entre nela. Assim como o Espírito Santo entrou na Virgem Maria para que ela pudesse conceber e dar à luz. Se o senhor acredita que foi possível, não pode negar isso. E o senhor será o mentor. A criança será responsabilidade sua. Pense nisso. O senhor é aquele que Deus escolheu. Não pode recusar.

— Mentor do Cristo criança? — Ianucci não conseguia infundir ar suficiente nos pulmões e por um instante o seu coração perdeu o ritmo e vagou sem controle. Tossiu e, com a ajuda de todo o dedo indicador, afastou a transpiração do lábio superior. — Mas o Cálice esteve enterrado no deserto por séculos. Não há como o DNA ter sido preservado.

Sinclair esboçou aquele sorriso vago e constante enquanto continuava.

— Não é verdade... por duas razões. Primeiro, do ponto de vista científico, embora as células sangüíneas tenham se decomposto ao longo dos milênios, o material nuclear presente nos glóbulos brancos permaneceu intacto na forma de cromossomos. Os cromossomos podem ser preservados porque o Cálice conteve o vinho da Última Ceia antes de receber o sangue. A presença de álcool atuou como um conservante, impedindo a degradação causada pelas bactérias do material nuclear. Posso extrair os núcleos e inseri-los em um óvulo humano. Depois que o esperma e o núcleo do óvulo se fundem, o processo é interrompido e o núcleo diplóide é removido e substituído por um núcleo diplóide extraído do material do Graal. Isso é semelhante ao modo como foi criada a ovelha Dolly. O zigoto construído pode se dividir um determinado número de vezes em cultura no laboratório antes de ser implantado em uma mãe substituta.

Ianucci ergueu a mão e balançou a cabeça.

— Isso não significa nada para mim, doutor Sinclair. Nada. É como se o senhor estivesse se expressando numa língua que não conheço. — Ele voltou para trás da escrivaninha e sentou-se.

— Então isto talvez faça sentido. O DNA foi preservado porque é o sangue de Cristo... o sangue divino. Essa é a obra do Pai, e pelas mãos Dele está preservado. Esta é uma verdadeira época de milagres, Eminência.

O impacto do raciocínio de Sinclair abalou o cardeal. No fundo do seu ser, algo que se parecia com uma grande folha de vidro trincou, fraturou-se e se estilhaçou. Simplesmente, podia ser que Sinclair não estivesse louco, mas em perfeito juízo... exatamente certo. Depois de calcular que aquilo fazia sentido, Ianucci expressou-se com dificuldade.

— Já foi decidido que a cera não será retirada... não será feita nenhuma pesquisa no suposto resíduo interior. Está fora das minhas mãos. Uma violação da relíquia, seja como for, seria descoberta imediatamente.

Sinclair pegou a maleta de titânio e colocou-a sobre a escrivaninha do cardeal.

— Eu tenho a solução.

Ianucci olhou para a maleta. Recitou uma prece rápida e silenciosa pedindo forças. Ele precisava de mais, algo que matasse o último fragmento de dúvida.

— Doutor Sinclair, acho que o senhor tem uma imaginação impressionante, mas será preciso mais do que teorias para me convencer de que o senhor ou eu, ou seja lá mais quem nesta Terra, no que diz respeito a esse assunto, fomos escolhidos para ajudar a produzir o Segundo Advento.

— Depois de tudo o que lhe expus, Eminência, de que outro sinal o senhor precisaria?

As sinapses no cérebro de Ianucci queimavam como as fagulhas de um fogo em madeira verde.

— Um que fosse inquestionável — disse. — Um que eu não pudesse ignorar.

A campainha do telefone sobre a escrivaninha do cardeal soou.

— Com licença — disse Ianucci a Sinclair antes de tirar o telefone do gancho. — Eu pedi para não ser interrompido. — Ouviu por cerca de trinta segundos antes de devolver o telefone ao gancho. Um arrepio glacial atravessou-lhe o corpo todo e ele apertou as mãos para conter o tremor.

Afundando pesadamente na cadeira, Ianucci ergueu os olhos e viu Sinclair encarando-o.

— O senhor está bem, Eminência?

— O Santo Padre... — a voz de Ianucci falhou.

— O quê?

— O Santo Padre está morto.

A Semente

Era meia-noite quando a limusine preta acelerou no sentido oeste pela rodovia interestadual 10, afastando-se do aeroporto internacional de Nova Orleans, o interior protegido da vista pelos vidros escuros. Charles Sinclair afundou no banco de couro, aliviado por regressar de Roma. Sentia-se animado por ter conduzido o trabalho de maneira convincente.

— Você parece contente, Charles — observou o velho. — Devo imaginar que tudo correu bem.

Sinclair entrou tão rapidamente na limusine que não havia reparado no velho sentado no banco oposto às escuras. Os olhos se ajustaram aos poucos à obscuridade.

— As coisas correram muito bem — declarou Sinclair. — A fé intensa do cardeal tornou-o a escolha ideal. Isso, juntamente com o ego.

Ele não tinha conversado mais com o velho desde o batizado na Catedral de St. Louis. Mas ainda o impressionava como, sem hesitação, havia depositado todo o seu futuro nas mãos do velho.

Tudo começou quando Sinclair teve dificuldade para encontrar as respostas efetivas aos contínuos obstáculos nas suas pesquisas. O velho o procurou e apresentou soluções que rapidamente se revelaram corretas, e que acabaram por conduzi-lo ao reconhecimento e à notoriedade internacionais. Financiamentos, patrocínios e generosas remunerações por circuitos de palestras tornaram Sinclair um dos cientistas mais ricos do mundo. As universidades disputavam para ter o seu nome associado às suas instituições. As corporações o pressionavam para integrar diretorias, admitindo sem rodeios o quanto valorizavam o prestígio da sua fama. Em pouco tempo, ele vestia o manto da celebridade — as consultas chegando de todos os quadrantes do mundo.

— Você comunicou os seus progressos aos seus companheiros guardiães? — quis saber o velho.

— Eles estão felizes. Chegamos perto de atingir as nossas metas... nada se interpõe no nosso caminho.

— A não ser uma mulher.

— Está se referindo à repórter? Mas imaginei que, depois que o Cálice lhe saísse das mãos, ela não seria mais uma ameaça.

— Você acha que é uma coincidência Archer ter entregado a relíquia a ela e agora ela vir agitando os ventos ao redor de Wingate?

Um calor fustigou o corpo de Sinclair... as palavras do velho feriam como navalha.

— Ela foi escolhida. Tudo acontece por desígnio, Charles.

— Do que está falando? Ela não passa de uma repórter de televisão... e inexperiente, a propósito. Ela tropeçou em uma história, fez a reportagem, ganhou alguma notoriedade e seguiu em frente. Além do mais, todos os repórteres estão farejando em volta de Wingate. — Sinclair sentia as palmas das mãos úmidas, as axilas molhadas de suor. — O que quer dizer com "ela foi escolhida"?

— Como posso me expressar de modo que você entenda? Esse é um assunto complicado, em uma magnitude que é difícil para você compreender. — O velho fez silêncio por alguns instantes, fitando a cidade que passava lá fora, em busca das palavras certas. — Alguns anos atrás, um ex-associado me traiu... *contratado* pelo meu adversário. Ele era uma pessoa fraca, incapaz de lidar com... *a vida*. Foi ridículo, ele morreu pelas próprias mãos. Como parte daquele contrato, ele ofereceu a semente dele, a filha. Ela é a repórter.

Sinclair sentiu uma contração no estômago. *Adversário? Contrato? Ofereceu a semente?* O ar tornou-se denso, obrigando-o a um esforço para respirar. Eles nunca tinham conversado sobre quem era o velho: intencionalmente, da parte de Sinclair. Se não perguntasse, não teria como saber. E se não soubesse, poderia dormir tranqüilo. Mas, diante das últimas insinuações, não haveria mais como alegar ignorância: não adiantava mais fingir que o velho era apenas um consultor de grande talento. Sinclair estava prestes a cruzar a linha. Provara as recompensas que o velho havia proporcionado: fama, riqueza, poder... ciente de que não se comparavam ao que viria no Mundo Novo que ajudava a criar. Agora, devia fazer uma escolha. Lembrou-se da pergunta que o correspondente de Ciência da *Time* fizera: o senhor sempre vence?

Não haveria como voltar atrás.

— Então Stone é guiada pela mão de Deus? — perguntou Sinclair.

— É — admitiu o velho. — A nossa única vantagem é que ela não descobriu ainda a sua verdadeira natureza. Da última vez que conversamos, ofereci a ajuda de um velho amigo com relação a esse problema. Estive em contato com ele várias vezes desde aquela ocasião. Ele disse que o procurou, mas que você declinou a oferta de ajuda.

— Eu disse que não precisávamos da ajuda dele no momento.

— Mas você precisa, Charles. E ele é o único que pode prestá-la a você. Ele pode conseguir informações essenciais para impedir que esse problema saia do controle.

Sinclair precisava de informações diretas, não mais os enigmas do velho.

— Mas Stone parece tão fraca, confusa. Vulnerável.

— Não a subestime, Charles. Esses indícios que você pode considerar como fraquezas nela são pontos fortes. Você precisa distraí-la, acalmá-la, até que o projeto tenha sido concluído.

Alguns instantes atrás, Cotten Stone era um problema inexistente — nada com que se preocupar. Agora, Sinclair encarava todo um novo conjunto de desafios. Mas, antes de tratar deles, precisava obter a resposta a uma pergunta que continuamente o consumia por dentro, desde o início — a pergunta sobre o Cálice em si.

— Ainda não há confirmação de que a relíquia seja verdadeira e que o resíduo no interior dela seja realmente sangue — argumentou Sinclair. — O Vaticano se recusou a examiná-lo. Até aqui, são apenas conjecturas da sua parte.

— Você ainda tem reservas? Que pouca fé. Alguma vez falhei com você? Disse-lhe alguma coisa que tenha se revelado falsa?

— Mas estamos baseando tudo apenas na sua palavra. Tem certeza mesmo de que a relíquia é autêntica?

— Charles, sei que é difícil para você entender o alcance de tudo isso com que está lidando. Confie em mim, o Cálice *é* autêntico, e o que há dentro dele *é* o sangue de Jesus Cristo.

— Como pode ter tanta certeza?

— Porque eu estava lá quando eles O pregaram na cruz. — O velho sorriu para Sinclair. — Fui eu quem selou o Cálice.

Os Arquivos Secretos

Os passos do cardeal mal se ouviam ao longo do corredor escuro abaixo da Torre dos Ventos. De ambos os lados, ocultas nas sombras, alinhavam-se estantes tão imensas que, se fossem dispostas uma atrás da outra chegariam a medir mais de dez quilômetros. Como uma aparição crepuscular, a figura coberta por um manto vermelho segurando a alça de uma maleta prateada entrou na Câmara dos Pergaminhos. Ao redor, reuniam-se milhares de documentos históricos, os quais, ele sabia, tristemente, vinham se tornando arroxeados pela ação de um fungo de coloração violeta que os restauradores pareciam incapazes de controlar.

Às duas da madrugada, os corredores que atravessavam os Arquivos Secretos ficavam desertos — para economizar energia, um número mínimo de lâmpadas iluminava escassamente o caminho. De uma pequena ilha de luz a outra, ele experimentava a ilusão de encontrar-se num mundo subterrâneo.

O cardeal passou pelas estantes que abrigavam as transcrições dos conclaves para eleições papais datando desde o século XV. A expectativa palpitava no seu estômago. Será que o seu nome se encontraria entre os deles algum dia?

Fora pego desprevenido, tanto pela visita de Sinclair quanto pela morte do papa. Durante vários dias teve dificuldade de conciliar o sono e perdeu o apetite — o que era bastante incomum. Rezara pedindo uma orientação. Por fim, em um sonho, acreditou que Deus *tivesse* vindo até ele, mostrando-lhe uma visão de si mesmo, em pé na sacada papal, com o diadema tríplice do papado, segurando a mão de um menino, e as pessoas abaixo caindo de joelhos em louvor. Nessa noite, dava os primeiros passos no caminho escolhido pelo Senhor. As lágrimas escorriam-lhe pelas faces, esmagado pelo peso de ter sido escolhido por Deus acima de todos os outros.

Próximo ao fim do corredor, uma grande porta esculpida em nogueira permanecia fechada. Como o curador do Vaticano, o cardeal Ianucci era a única pessoa, além do prefeito, a possuir a chave. Ele a inseriu na fechadura. Com um leve estalido, o ferrolho cedeu e a porta se abriu.

Ianucci entrou na parte mais remota dos Arquivos Secretos, onde os artigos mais antigos e preciosos eram armazenados. Imensos armários guardando o escudo de armas de Paulo V, o papa da família Bórgia que estabelecera os Arquivos no século XVII, alinhavam-se sob a abóbada. Coleções de valor incalculável de cartas e documentos manuscritos, com datas que remontavam aos anos 1100, eram guardados ali, incluindo as missivas do Khan da Mongólia; bilhetes de Michelangelo para o papa; a petição de Henrique VIII, buscando o anulamento do casamento com Catarina de Aragão; a última carta de Maria Stuart, escrita poucos dias antes de ser decapitada a mando de Elisabete; uma carta de uma imperatriz Ming, escrita em 1655 sobre seda, pedindo que mais missionários jesuítas fossem enviados à China; e o dogma original da Imaculada Conceição, atado em veludo azul-claro, a tinta com o tempo se tornando de um amarelo forte, de modo que parecia escrito em ouro.

Correr os dedos por essas relíquias parecia muito frio e estéril para Ianucci. A pele dos seus braços se arrepiou. Ele dava um grande valor a esses documentos maravilhosamente conciliados com o tempo; o seu cheiro de pergaminho úmido era um perfume para os seus sentidos. Mas ele compreendia a necessidade da tecnologia. O ferro na tinta de Michelangelo tornara-se corrosivo e devastara as cartas do grande mestre, deixando-as vincadas de minúsculas cicatrizes. O fungo arroxeado que parecia se insinuar por todos os mais longínquos recantos mostrara-se incontrolável quase da noite para o dia. A decomposição das grandes obras vinha derrotando os restauradores, forçando a Igreja a adotar a tecnologia. A Igreja, que tantas vezes chafurdara no passado, erguia a cabeça enlameada e vagarosamente ia ingressando no mundo novo. O lobo e o cordeiro...

Sinclair estava certo, pensou o cardeal. Este era um mundo diferente — um mundo de tecnologia milagrosa. É claro, o conhecimento fora dado por Deus — portanto, é claro, Ele queria que fosse usado.

Passando pela abóbada, Ianucci desceu por uma larga escada em espiral que dava acesso ao nível inferior. No fundo, uma segunda porta abaulada permanecia fechada. Ao lado dela, via-se o teclado de um alarme eletrônico. Digitando o seu código, o cardeal esperou até que os grandes ferrolhos internos se abrissem e a pesada porta se movesse para a frente.

Ele entrou na câmara, grande como um ginásio de esportes. Alas estreitas formavam um labirinto por entre o emaranhado de estantes e armários altos. Passando por algumas das relíquias mais preciosas da Igreja, incluindo pedaços da Verdadeira Cruz e minúsculos fragmentos ósseos dos apóstolos, ele parou diante de um cofre preto, com a frente adornada com o símbolo IHS. Abaixo do monograma ficava o disco de combinação da trava. Ele pousou a maleta no chão, então girou o disco da trava primeiro no sentido horário, depois no sentido anti-horário e então de novo no sentido horário, até ouvir um leve estalido. Ianucci abriu a porta, tocou um sensor e o interior do cofre se iluminou. Uma variedade de caixas, envelopes e outros compartimentos enchiam duas das três prateleiras. No alto de tudo repousava o cubo mágico medieval.

As mãos do cardeal tremiam quando ele colocou um par de luvas de algodão antes de pegar o cubo. Colocando-o em cima do cofre, ele repetiu os movimentos que John Tyler lhe mostrara para abrir a caixa e cuidadosamente retirou o cálice envolvido em tecido. Os ouvidos zuniam com o ruído da sua própria corrente sangüínea acelerada — o peito latejava a cada pulsação. O cardeal Ianucci persignou-se, pedindo a Deus para fazê-lo merecedor de tocar o Cálice de Cristo.

Abriu a maleta de titânio e retirou a réplica do Graal, embrulhando-a cuidadosamente no tecido templário antes de guardá-la dentro do cubo. Então colocou o Cálice no estojo perfeitamente moldado no interior da maleta, fechou a tampa e depositou-a no chão em frente à porta do cofre. Depois de devolver o cubo ao seu lugar, o cardeal verificou o interior do cofre enquanto tirava as luvas, guardando-as no bolso. Tudo se achava no devido lugar. Com o cotovelo sob a manga, tocou o sensor, e o interior ficou instantaneamente às escuras. Vagarosamente, ele fechou a porta do cofre e girou o disco de combinação.

Ianucci esfregou a camada de transpiração no contorno do couro cabeludo com o dorso da mão, então inclinou-se para pegar a maleta.

— Eminência?

A voz soara atrás dele. O cardeal se enrijeceu.

— Sim — disse, sem se virar.

— O que está fazendo?

Ligação em Espera

Cotten estirou-se na cama desfeita, um braço dobrado embaixo da cabeça, a outra mão segurando o telefone contra a orelha.

— Você precisa ir a Roma? — indagava ela a John.

— Não. Acho que não, uma vez que acabei de voltar. E realmente não há nada que eu possa fazer.

— Quando vão eleger o novo papa?

— O conclave deve se iniciar não antes que quinze dias depois da morte do papa. Esse intervalo permite que todos os cardeais que possam ser candidatos à eleição viajem a Roma. Também lhes dá tempo para se organizar, tanto do ponto de vista logístico quanto político e, é claro, para preparar o funeral. O meu palpite é... dentro de uma semana.

— Eles vão apresentar uma lista primeiro, com as indicações? Quais são as qualificações, afinal de contas?

— Tecnicamente, qualquer católico do sexo masculino pode ser eleito.

Cotten ajeitou a cabeça, para descansar melhor no ângulo do braço.

— É isso mesmo? Qualquer homem que seja católico? Pensei que devia fazer parte da hierarquia... precisasse ser um padre, depois bispo e então cardeal ou coisa que o valha.

— De maneira alguma. Qualquer homem católico pode se candidatar. É claro que, uma vez eleito, precisa aceitar a tarefa. Na realidade, é uma sentença de morte. Depois que você é papa, não há aposentadoria nem demissão, nem um período de férias. Você assume pelo resto da vida.

— Deixe ver se entendi. Mikey Fitzgerald, o garçom do Rathskeller, que é católico, não necessariamente um bom católico praticante, poderia ser o próximo papa?

— Você está certa, mas o Mikey é um azarão. Aposte em um dos cardeais mais antigos... alguém como o nosso amigo Antonio Ianucci poderia ser uma escolha provável, mas há uma meia dúzia que também tem boas chances.

Um bipe soou no telefone.

— Espere um instante — disse Cotten. — Tenho outra ligação na linha.

Ela apertou o botão aceso.

— Alô?

— Cotten, sou eu — disse Thornton Graham.

— Estou na outra linha.

— Poderia me ligar em seguida? Esta ligação está me custando uma nota preta.

Cotten grunhiu e suspirou irritada.

— Tudo bem. — Não queria desligar a conversa com John, mas Thornton estava ligando de Roma. Ela imaginou que seria a coisa certa a fazer. De novo, mudou de linha. — John, é Thornton. Ele está cobrindo a morte do papa e ligou de longa distância. Sinto muito, preciso atender a ligação.

— Certo. Falo com você depois.

Ela passou para a ligação de Thornton.

— Muito bem. Estou de volta. Espero que seja importante.

— Senti a sua falta. E não por causa da distância geográfica. É a distância que você colocou entre nós. Eu não queria...

Cotten rolou para o lado.

— Pare. Por favor!

— Como? O que você acha, que posso simplesmente apertar um botão e tudo o que senti por você descer pela privada?

— Boa escolha de palavras, Thornton. — Cotten fechou os olhos. Engraçado, dessa vez ela estava preocupada em não magoá-lo, não com ele poder magoá-la. — Eu fiz isso. Você também pode fazer o mesmo. Está na hora de seguir em frente. Achei que talvez fosse melhor só conversarmos sobre assuntos relativos ao trabalho. Pensei que isso já estivesse definido.

— Eu fiquei em um bar esta noite me lembrando de você, sentindo a sua falta. Depois de cinco, seis conhaques, tomei coragem de ligar.

— Não vou escutar isso, Thornton.

— Eu só precisava ouvir a sua voz. — Ele suspirou longamente. — Você sabia que não consegui fazer sexo depois da última vez que estive com você? O que isso lhe diz?

Cotten sentou-se.

— Que você está excitado e querendo sexo pelo telefone. Não é o seu coração que está doendo, Thornton, é o seu pênis.

— Ora, vamos, Cotten! Sentir a falta do seu calor não é um insulto. Estava sentado em meio a toda aquela gente e tudo o que podia ouvir nos meus pensamentos eram os seus gemidos, os seus...

Ela olhou para o relógio. Nove da noite.

— Devem ser três da manhã. Você precisa ir dormir. Tomou conhaque demais. Vai se arrepender de manhã.

— Não vou, não.

— Acredite em mim. Feche a boca, volte para o seu quarto e enfie-se entre as cobertas. Vou facilitar para você. Daqui para a frente, nunca mais vou atender às suas ligações em casa. E não me deixe recados na secretária eletrônica. Vou saber que é você pelo identificador de chamadas e apagar os recados sem ouvir. Se precisar conversar comigo sobre trabalho, ligue-me no escritório. Boa noite, Thornton. Nos vemos quando você voltar.

— Não vou desistir.

— Adeus, Thornton.

O Código

Os últimos raios de sol iluminavam o rastro branco do jatinho alugado voando para Nova Orleans. O passageiro solitário, o cardeal Antonio Ianucci, vestia um terno preto com o colarinho romano, sentado em uma grande poltrona giratória de couro, e observava Bogalusa e Picayune ficarem para trás. À frente, o pôr-do-sol cada vez mais apagado refletia-se nas águas escuras do lago Pontchartrain.

Depois do longo vôo de Roma, o jato reabastecera em Nova York, onde dois funcionários da Alfândega e da Imigração americana subiram a bordo. O cardeal apresentou-lhes o passaporte diplomático — um resquício dos anos de serviço na Secretaria de Estado do Vaticano.

Ele não declarou nada.

Pouco depois da decolagem, Ianucci saboreou um jantar constituído de calamares grelhados à siciliana, acompanhados de escalopes de vitela com molho de cogumelos, e meia garrafa de Revello Barolo.

— Vossa Eminência, precisa de mais alguma coisa? — indagou a jovem aeromoça pouco antes de o piloto anunciar o pouso final.

— Não, obrigado. — O cardeal estava satisfeito, a barriga cheia e o espírito aquecido pelo vinho.

Ianucci descansou a cabeça no encosto da poltrona e pensou no encontro duas noites antes com o prefeito nos Arquivos Secretos. O cardeal explicou que partiria no dia seguinte para visitar parentes nos Estados Unidos. Ele lhes levaria presentes — rosários e medalhas religiosas que realmente tinham tocado o Santo Graal. Foi o bastante para convencer o prefeito de que a visita no meio da noite aos Arquivos era inocente. Esperteza, pensou.

Em seguida, o cardeal voltou ao seu apartamento no Vaticano, caiu de joelhos e rezou a Deus para perdoá-lo pela mentira, mas sabendo que era necessária para atender à divina providência, para realizar a vontade de Deus.

O fatídico ataque cardíaco do pontífice havia causado perturbação suficiente no Vaticano, de modo que foi fácil para Ianucci dar uma escapada, dizendo ao seu pessoal que voltaria a Roma dentro de poucos dias.

No entanto, a convulsão no Vaticano era pouco, em comparação com o turbilhão que lhe ia no íntimo. Continuava remoendo em pensamento os argumentos de Sinclair e recitando a lógica das escrituras. E a morte do Santo Padre... esta devia ser a mão de Deus enviando um sinal para ele.

Enfiou os dedos entre o pescoço e o colarinho, sentindo necessidade de ar. As palmas das mãos e as solas dos pés estavam geladas, embora úmidas pela transpiração. Fazia a coisa certa, procurou tranqüilizar-se. O Cálice lhe fora entregue — a mão de Deus em ação. Com a bênção do Pai Celestial, ele aceitava a tarefa de liderar a Igreja, preparando o rebanho para o Segundo Advento e...

Piscou para conter as lágrimas. Deus confiaria nele para criar o filho Dele.

Ianucci olhou para a luzes da cidade embaixo, espalhando-se através da escuridão como a imensa onda de fé que lhe corria pelo corpo. Isso precisava estar certo.

Os sinais estavam todos presentes.

Com um baque, o jato pousou e taxiou até um terminal de aviação particular. Quando o ruído das turbinas baixou ao mínimo, Ianucci retirou a maleta de titânio do compartimento de bagagem. Abençoou a tripulação antes de desembarcar.

Charles Sinclair saiu da limusine que estava à espera e caminhou na direção dele, a mão estendida.

— Vossa Eminência, bem-vindo a Nova Orleans. Espero que tenha feito uma boa viagem.

— Sim, muito agradável.

— Ela só perde para a volta. — Ele apontou para a maleta. — Posso?

Ianucci retesou os dedos ao redor da alça da maleta enquanto um último acesso de dúvida cruzava o seu cérebro.

— Vossa Eminência?

O cardeal olhou para Sinclair e disse:

— Se não se importa, prefiro segurá-lo um pouco mais.

— Entendo perfeitamente — concedeu Sinclair, e os dois homens encaminharam-se para a limusine.

Em mais alguns minutos, a longa limusine preta acelerava pela pista na direção da entrada do aeroporto e fundia-se à agitação do trânsito da cidade.

* * *

Magnólias gigantes, de um verde bem escuro, alinhavam-se de cada lado da entrada da chácara de Sinclair, às margens do Mississippi. Ianucci observou as luzes da mansão que se estendia para os lados aparecerem através das sombras das árvores, primeiro com um tremeluzir distante e finalmente como uma torrente luminosa.

— Pensei que iríamos diretamente para as instalações da BioGentec — comentou o cardeal.

— Há muito tenho me preparado para este dia, Eminência. Tudo o que precisamos pode ser feito aqui mesmo. Isso torna o nosso trabalho especial. Tenho certeza de que ficará impressionado com o nosso laboratório. As especificações estão no nível da nossa empreitada.

A limusine parou em frente à casa principal e o cardeal esperou que o motorista lhe abrisse a porta. Ao sair, admirou a mansão de três andares e colunas na fachada, cascatas de luz derramando-se pela superfície principal. *Branco, tudo branco, que cor perfeita. Pura. Limpa. Inocente. Imaculada.*

— Linda, doutor Sinclair — elogiou Ianucci, em pé na alameda de tijolos. Encontrou uma das mãos apertada ao peito, a outra agarrando fortemente a alça da maleta de titânio. Então, aquele era o lugar em que a criança iria *nascer.* Correu o olhar pelo imóvel até o céu — um céu claro, as estrelas brilhando. Sim, ele estava em solo sagrado.

Embora não pudesse ver, o cardeal sentiu o peso do rio ali vizinho. A uma certa distância, a sirene de um rebocador soou. O mundo seguia em frente, indiferente ao que estava para acontecer ali. *Como um ladrão no meio da noite.*

— As suas malas serão levadas aos seus aposentos — informou Sinclair enquanto ingressavam no grande vestíbulo. Os pisos de mármore levavam a uma escadaria embaixo de um impressionante candelabro de cristal. — Gostaria de descansar da viagem?

— Estou bem, doutor... e muito ansioso para prosseguir.

— Mas o senhor deve estar cansado. Poderíamos esperar até de manhã. E para ser sincero, Eminência, o laboratório é um local chato... uma coleção insípida de tubos, fios, aparelhos de monitoração eletrônica...

— Não, não. Duvido que consiga dormir. Além do mais, em certo sentido, sinto-me como se entrasse numa nova Belém... uma manjedoura dos tempos modernos, por assim dizer. Quero ver tudo.

Sinclair gesticulou.

— Então vamos por aqui. — Seguiu na frente por um caminho que atravessava uma biblioteca, um centro de videoconferência e o escritório pessoal dele, e depois desembocava em um corredor sem adornos. Ao final do corredor, encontrava-se uma porta metálica lembrando a entrada de um saguão de banco. Instalada na parede ao lado da porta, um teclado de código montado ao lado do que parecia ser a concavidade de uma colher de sopa metálica apoiada em uma caixa de alguns centímetros.

Sinclair pôs o dedo indicador sobre a concavidade que lembrava uma colher. No mesmo instante, uma leitora de impressão digital acima da colher acionou uma mensagem em um visor: *Dr. Charles Sinclair. Identidade confirmada.*

— Usa a sua impressão digital como segurança? — indagou Ianucci.

Sinclair dirigiu ao cardeal um sorriso condescendente.

— Vamos além de impressões digitais aqui, Eminência. — Ele digitou uma série de números no teclado e o visor mudou para *Entrada de Novo Usuário*. — Por favor, coloque o seu indicador no *scanner*, como acabei de fazer, e depois explicarei.

O cardeal fez o que lhe foi pedido. Olhou para Sinclair.

— Tive a sensação de uma picada.

— E houve mesmo, Eminência. Agora temos uma amostra do seu DNA... a mais confiável fonte de identificação conhecida pelo homem. Uma camada diminuta da pele foi retirada do seu dedo... tão diminuta que o senhor sentiu apenas uma picada. Em questão de segundos, as células da pele foram analisadas e o seu perfil de DNA completo encontra-se agora armazenado no nosso banco de dados. Mesmo que o senhor alterasse o padrão das suas digitais, o que não acredito que faria, Eminência, ainda poderíamos identificá-lo com segurança. O nosso novo sistema de segurança por DNA da BioGentec é cem por cento preciso.

Sinclair dirigiu outro sorriso condescendente ao cardeal e tocou a tela, fazendo Ianucci olhar para ela.

Digitar o código.

— O que estamos prestes a fazer aqui exige salvaguardas intensas — observou Sinclair. — Por mais precisa que seja a identificação por DNA, o sistema exige uma segunda verificação de segurança... um código de acesso. Sem ele, o sistema proíbe a entrada, mesmo com a identificação pelo DNA.

Ianucci esfregou ligeiramente o polegar contra a ponta do dedo indicador enquanto observava.

— E qual é o código?

Sinclair estendeu a mão para o teclado e digitou a combinação de seis dígitos.

— Um que acho que o senhor consideraria o mais adequado.

Estática

Cotten permaneceu com o controle remoto da televisão no colo enquanto assistia à notícia que tinha gravado. Três dias antes, John havia lhe telefonado de manhã bem cedo, antes de ela ter-se levantado da cama, para lhe contar que o Graal tinha sido roubado. Ela ficou estupefata. Depois de desligar, imediatamente ligou para Ted, que lhe informou que Thornton já estava trabalhando no caso e faria uma reportagem de Roma no noticiário noturno. Ela se sentira inquieta durante todo o dia, nervosa, apreensiva, a toda hora olhando para os lados. Para ela, saber que o Graal tinha sido roubado era como uma vítima de um agressor de rua saber que o criminoso havia escapado da prisão. Gravou a reportagem de Thornton, sabendo que iria querer vê-la de novo.

E assim o fez, naquela noite.

"Enquanto eram finalizados os preparativos para o funeral do pontífice, anunciou-se hoje que um furto de proporções sem precedentes ocorreu no Vaticano." Thornton Graham encontrava-se na área da imprensa internacional da praça São Pedro e lia o texto no gerador de legendas.

"Os cientistas do departamento de autenticação de antiguidades confirmaram que aquela que é considerada a mais valorizada relíquia religiosa do mundo, o Santo Graal, foi roubada. Embora os detalhes sejam imprecisos, a SNN descobriu que a relíquia, recentemente descoberta e trazida ao Vaticano por uma das nossas correspondentes, desapareceu, e foi substituída por uma imitação.

"O artefato tinha sido tirado do cofre onde estava guardado para uma breve sessão para a *National Geographic.* Foi nesse momento que a fraude foi descoberta.

"Uma fonte de dentro do Vaticano, que não quis se identificar, informou que, embora a réplica seja obviamente a obra de um especialista, durante uma verificação apurada determinou-se que era falsa. Quando o Cálice autêntico foi examinado originalmente, observou-se um pequeno defeito próximo à borda, do outro lado da gravação. Durante a sessão de fotos para a *National Geographic*, o prefeito do Vaticano percebeu que o objeto a ser fotografado não apresentava o defeito. As fotos para a revista foram suspensas imediatamente.

"Todas as fotos que foram tiradas da relíquia para os noticiários só mostravam o que é considerado a parte anterior, o lado com o monograma IHS. Supõe-se que o falsificador produziu a réplica a partir das fotos do noticiário, e não tendo, assim, conhecimento da imperfeição.

"O local em que o Cálice estava guardado é uma das áreas de maior segurança da Cidade Sagrada. Até agora, os investigadores não têm indicações de como a troca possa ter ocorrido."

Thornton voltou-se para a câmera frontal.

"Traremos mais informações sobre o furto do Santo Graal durante o segmento especial de *Em Cima da Hora* esta noite às oito, neste mesmo canal. E para uma cobertura contínua da morte e do funeral do papa, e da próxima eleição do novo pontífice, mantenha-se sintonizado na SNN ou consulte o nosso *website* no endereço *satellitenews.org*. Eu sou Thornton Graham, direto da cidade do Vaticano. Agora, de volta aos nossos estúdios em Nova York e ao restante do noticiário do fim de semana."

Cotten desligou a televisão. Thornton estava com boa aparência. Não parecia transtornado por causa dela. Certamente, não era o mesmo homem que havia ingerido meia dúzia de drinques por se achar tão abatido com o seu rompimento. Quando se via diante das câmaras, Thornton se achava no seu elemento. Ela balançou a cabeça, levantou-se e atirou o controle remoto sobre o sofá.

A noite estava fria, chuvosa, e ela queria ir buscar um filme na locadora, tomar uma taça de vinho e enrolar-se nas cobertas enquanto assistia ao filme. Quando passava pela porta da rua, o telefone tocou.

— Droga! — exclamou, voltando para atender. Antes, examinou o identificador de chamadas. Era o número do celular de Thornton.

Ela pegou o telefone, mas hesitou.

— Não mesmo — sussurrou. Mais cobranças sentimentais. Ele provavelmente estivera bebendo ou se achava solitário, ou carente de sexo, ou as duas coisas. Ela o encontraria em breve.

* * *

— Como vai o caso do Wingate, Cotten?

Levantando os olhos dos seus apontamentos, ela sorriu para o correspondente de Ciência da SNN sentado ao lado. Juntamente com mais ou menos uma dúzia de outros repórteres, eles se achavam reunidos em torno da mesa de conferências para a reunião estratégica da SNN às sete da manhã de segunda-feira.

— Muito interessante, até agora. — Cotten consultou o relógio. — O Ted ainda não chegou?

— Não — disse o correspondente. — Acho que ele decidiu se reunir com Thornton primeiro... os dois estão atrasados.

— Lógico. Thornton não tem noção do tempo.

— Uau! — exclamou o outro. — Será que captei um certo desprezo feminino na sua voz?

— Sinto muito.

— E aí, o que há de interessante sobre o Wingate? — indagou o correspondente.

— Bem, para começar — disse Cotten —, parece que alguém está tentando chantageá-lo.

— Caramba!

— Ele também tem um temperamento explosivo e uma péssima opinião sobre a imprensa, especialmente sobre a SNN.

— Ele vai precisar aprender a superar isso — disse o correspondente. — Mas consegue disfarçar bem. Até o momento, parece ser o queridinho de todos os jornalistas. Tudo mundo o adora.

Cotten folheou os apontamentos.

— De mim, com certeza, ele não gosta. Chamou os jornalistas de piranhas. — Cotten desviou o olhar para ver Ted Casselman entrando na sala. Vinha com os ombros caídos; parecia esgotado e abatido.

— Bom dia — disse Casselman, relanceando o olhar para cada um dos rostos. — Infelizmente tenho más notícias. — Ele sentou-se à cabeceira da mesa e tirou os óculos antes de continuar. — Conforme todos aqui sabem, Thornton passou a semana em Roma cobrindo a morte do papa e o roubo do Graal. Ele deveria ter tomado um avião ontem para chegar a tempo de nos comunicar as últimas informações nesta reunião. — Fez uma pausa, limpou a garganta e massageou a testa. — No entanto, Thornton não veio no avião.

Embebedando-se a noite inteira, não é de admirar, pensou Cotten.

Casselman continuou.

— O pessoal da limpeza do hotel o encontrou inconsciente no chão do banheiro.

Cotten ficou subitamente sem ar para respirar.

— Não — sussurrou, abanando a cabeça como se quisesse apagar as palavras de Ted Casselman, como se nada do que ele havia dito fosse verdade.

Casselman olhou diretamente para ela com uma expressão de *Sinto muito, Cotten,* nos olhos.

— Ele foi levado às pressas ao hospital local, mas foi dado como morto no pronto-socorro. Hemorragia cerebral.

* * *

Cotten passou correndo pela porta da frente do apartamento e estacou diante da secretária eletrônica. Thornton havia deixado um recado. Ela não tinha sido capaz de apagá-la como havia prometido. Nem a escutou. O recado continuava gravado na máquina — o botão vermelho piscava. O que ela pensara — que talvez, numa noite em que se sentisse especialmente autodestrutiva, fosse testar a si mesma e ouvir o recado para avaliar a sua reação emocional?

Sentou-se ao lado do telefone e olhou para a luz piscante.

— Isso é bem típico de você, Thornton — disse. — Você vai e morre justamente quando estou começando a me sentir emocionalmente bem, não me torturando mais por sua causa. — Enxugou as lágrimas do rosto. — Droga!

Finalmente, ela apertou o botão para ouvir o recado.

"Cotten, sou eu. Você precisa conseguir informações. Você está aí?"

Houve um momento de silêncio antes de ele voltar a falar.

"Espero... me escute. O meu celular não... um bom sinal.

"Cotten, tem alguma coisa errada. Eu... acompanhando a história do furto do Graal. Topei... alguém com contatos lá dentro... Não há mais nisso do que... Na verdade, eu acho... a ponta... iceberg."

A voz dele, distorcida e às vezes metálica pela transmissão, ia e vinha, tornando difícil acompanhar o fluxo do raciocínio.

"Estou... perigo... temo pela minha vida. Vou pegar o avião... devo... segunda de manhã."

Apesar da ligação ruim, Cotten pensou ter notado uma incerteza na voz dele: algo que nunca ouvira antes.

— Oh, Deus! — ela sussurrou.

"Acho que descobri... conexões internacionais. Se acontecer alguma coisa... ainda amo você."

Ouviu-se um último sinal de estática e a ligação chegou ao fim.

Nos mares da costa norte da Austrália vive um assassino quase invisível, a água-viva Irukandji, Carukia barnesi. *Tanto o seu corpo quanto os tentáculos são dotados de células pontiagudas que injetam veneno na presa ou em um nadador desprevenido.*

A picada inicial normalmente não é muito dolorosa. No entanto, dentro de cinco a quarenta e cinco minutos, a vítima sente uma dor insuportável.

Em janeiro de 2002, um turista foi picado pelo que se acreditou ser uma água-viva Irukandji. As condições de saúde do turista tornaram a picada rapidamente fatal. Ele havia trocado uma válvula no coração e tomava warfarina para afinar o sangue. Depois da picada, a pressão sangüínea dele chegou ao máximo, causando hemorragia cerebral e morte.

O veneno não é classificado e não existe nenhum exame até o momento para detectar a sua presença.

Ao Lado da Sepultura

Fazia frio e nevava enquanto Cotten Stone e Ted Casselman caminharam ao lado de cerca de trezentos outros acompanhantes do enterro desde os seus carros até a sepultura que tinha acabado de ser cavada. Ela não dormira bem desde que soubera da morte de Thornton e os seus olhos revelavam fadiga e sofrimento. Será que podia ter feito alguma coisa para salvar a vida dele?, indagava-se repetidamente. Mesmo que tivesse escutado o recado de Thornton naquela noite, nada mudaria. Mas talvez ele tivesse lhe contado o que tinha descoberto — o que o tinha deixado tão assustado.

O relatório do médico legista italiano atestava hemorragia cerebral como causa da morte. Possivelmente, causada por uma combinação de fatores incluindo hipertensão e a medicação que tomava, era a explicação. Ela simplesmente não conseguia acreditar. Ele era jovem demais para morrer de *causas naturais*. E no que se referia à medicação, ele tinha acabado de verificar os níveis de Coumadin. No entanto, o que mais a incomodava era aquele último telefonema e o recado deixado na secretária eletrônica.

Os carregadores do féretro levaram o esquife para a sepultura. Cheryl Graham, a esposa de Thornton por quinze anos, vinha atrás, acompanhada pelos parentes e pelos pais de Thornton.

Cotten observou enquanto a viúva assumia o seu lugar ao lado da sepultura. Imaginou se Cheryl se contentava em não ter filhos, ou se fora uma preferência de Thornton. A viúva trajava um vestido preto e chapéu de aba larga com véu escuro — grandes óculos escuros escondiam os seus olhos. Cheryl enxugava o nariz com um lenço.

Os joelhos de Cotten fraquejaram ao ver o caixão. Era difícil deixar de amar alguém, ela pensou.

Teve um encontro breve com Cheryl Graham uma vez na SNN, quando o departamento de reportagem deu uma festa-surpresa de aniversário para Thornton. Aconteceu algumas semanas depois que começaram o seu caso e Cotten achou melhor evitar Cheryl, só a cumprimentando de longe quando foram apresentadas.

Agora observava a viúva de luto e imaginava até que ponto ela sabia das escapadas do marido. Os seus casos extraconjugais não eram segredo na emissora, mas será que Cheryl sabia sobre eles... sobre ela? Observou a esposa de Thornton e sentiu-se mal por dentro. Não era justo o que Thornton tinha feito tanto a uma quanto à outra.

Cotten ainda não tinha contado a ninguém sobre a última ligação de Thornton. Muito embora o relatório médico fosse direto e conclusivo, parecia coincidência demais que Thornton dissesse que se achava em perigo e em seguida aparecesse morto. Ela sabia que Thornton era fanático por manter apontamentos no computador de mão, documentando cada detalhe das suas investigações. Talvez ele tivesse deixado alguma pista no computador que pudesse ou confirmar as suspeitas dela ou indicar que ele não corria perigo de verdade. Por mais que quisesse evitar um contato com Cheryl, realmente precisava perguntar se os apontamentos dele estavam incluídos entre os pertences devolvidos de Roma. Se estivessem, e se lhe permitissem dar uma olhada neles, poderia discutir o assunto com Ted ou dissipar as suas preocupações. Por mais desagradável que fosse, precisava falar com a esposa de Thornton.

Depois que o enterro terminou, alguns dos executivos e dirigentes da emissora reuniram-se em torno de Cheryl Graham para apresentar as condolências. Cotten ficou para trás e esperou pacientemente no vento frio e cortante, embaixo da neve rala que caía, até ver Cheryl ser levada para a limusine da empresa funerária. Rapidamente, Cotten se recompôs e correu na direção dela.

— Sinto imensamente pela sua perda — disse, estendendo a mão e tocando de leve o braço de Cheryl.

— Obrigada — retribuiu a viúva, sem expressão, afastando o braço do contato com Cotten.

O pai de Thornton segurou Cheryl pelo braço e começou de novo a conduzi-la para o carro.

— Esperem — bradou Cotten, parando na frente dela. — Posso lhe telefonar mais tarde? É importante.

Cheryl fuzilou-a com o olhar antes de se voltar e afastar-se.

— O que está havendo? — indagou Ted Casselman, pondo-se ao lado de Cotten.

— Estou esperando que tenham devolvido o computador de Thornton junto com ele. Gostaria de dar uma olhada, se estiver com Cheryl.

— O que imagina encontrar?

— Não tenho certeza.

— Ora, vamos, Cotten. Conheço bem você.

— Está frio — observou ela. — Vamos para o carro.

Eles caminharam em silêncio até o Lincoln Town Car que a emissora lhes destinara e sentaram-se no banco de trás. O motorista manobrou para fora do cemitério e de volta a Manhattan.

— Me conte tudo — pediu Casselman.

Cotten hesitou, sabendo que poderia estar totalmente errada.

— Thornton me telefonou uns dias atrás. Eu não atendi. Ele tinha ligado antes, tentando reatar comigo. Eu não queria continuar com aquilo. Mas ele deixou um recado. Eu não o ouvi até o dia em que você nos contou sobre a morte dele.

— O que ele dizia?

— Ele ligou do celular e o sinal estava péssimo, mas o que consegui entender foi um tanto preocupante.

— Como assim?

— Thornton disse que tinha encontrado alguma pista e aquilo o assustava.

— Você está brincando! Nada assustava Thornton Graham. Eu o vi enfrentando terroristas e a própria Máfia cara a cara.

— A voz dele soava estranha... diferente. Ele disse que tinha falado com alguém de lá de dentro.

— Dentro do quê?

— Essa é uma boa pergunta. Imagino que tinha algo a ver com o Vaticano, por causa das histórias que ele vinha cobrindo.

— Mas ele não disse do que se tratava?

— Não. Parecia que não queria falar muita coisa pelo telefone.

— O que mais?

— Ele disse que temia pela própria vida, e eu acho que disse alguma coisa como "a ponta do iceberg" e sobre conexões internacionais.

— Qual é o seu palpite?

— Ou se tratava de algum tipo de brincadeira para chamar a minha atenção, ou ele realmente estava em perigo. — Cotten afastou o cabelo do rosto. — Agora, com a morte dele, fiquei pensando...

— Mas foi hemorragia cerebral. Nada suspeito.

— Eu sei, eu sei. Mas simplesmente as coisas não batem. Pode haver alguma droga ou veneno que tenha causado isso.

— Você está certa e ele a estava usando... warfarina... Coumadin. Talvez tenha sido o rompimento de um aneurisma... ele se empolgou demais com o projeto, a pressão sangüínea subiu, o sangue mais fino jorrou e aí aconteceu. Você não está se sentindo culpada por causa do rompimento, está?

Cotten soltou um suspiro de cansaço e frustração.

— Seja como for, preciso ver os apontamentos dele.

— Dê um tempo a Cheryl... não a pressione.

Ela franziu a testa.

— Não sou insensível, Ted.

— Sei que não é — desculpou-se ele. — Thornton disse mais alguma coisa?

— Ele disse que, caso acontecesse alguma coisa, ainda me amava.

O Rio

Cotten sentiu-se aliviada ao ver John esperando por ela na frente do restaurante quando o táxi encostou no meio-fio.

Ele pegou-a pela mão e ajudou-a a descer do táxi. Ela sentiu prazer quando a mão quente dele envolveu-lhe os dedos gelados.

— Você parece cansada — observou ele. — Está tudo bem?

Cotten endireitou a saia e brincou com a gola do casaco que usava.

— Estou péssima. Não consigo me concentrar, não consigo dormir, não consigo trabalhar. — Ela o encarou enquanto ele abria a porta do restaurante. — Respondendo à sua pergunta, não, acho que não está tudo bem.

Eles se acomodaram em uma mesa nos fundos.

— Sei que já conversamos sobre isso durante horas — lembrou Cotten —, mas ainda acho que a morte de Thornton não tenha sido por causas naturais. — Ela tirou um elástico do pulso e prendeu o cabelo na nuca. Uma mecha de cabelo escapou do elástico e escorregou sobre o lado direito do rosto. — Droga — exclamou, puxando a mecha solta e prendendo o cabelo de novo.

John consultou o relógio enquanto ela se recompunha.

— Relaxe — sugeriu.

Cotten forçou um sorriso.

— Eu devia ter atendido o telefone quando ele ligou. Continuo pensando que podia ter sido capaz de fazer alguma coisa... ajudá-lo... alguma coisa. Não sei.

— Ele estava muito longe, Cotten.

— Mas simplesmente não faz sentido — insistiu ela. — Thornton era excelente no que fazia... provavelmente o melhor repórter investigativo da imprensa. Estive pensando sobre as histórias em que ele trabalhava. Uma vez que não houve nada incomum sobre a maneira como o papa morreu, seja o que for que Thornton tenha descoberto devia estar relacionado ao roubo do Cálice. E isso o assustou bastante. E se Thornton descobriu quem roubou o Graal e os ladrões estivessem atrás dele... e ele tivesse razões para acreditar que iriam matá-lo? A única coisa que me atormenta na minha teoria é quem poderia querer o Cálice a esse ponto. Quem mataria por ele?

John tomou-lhe as mãos entre as suas.

— Você não está sendo racional. Já discutimos isso antes. Não há evidências de que Thornton morreu de outra causa a não ser hemorragia cerebral. E você me contou que ele poderia ter exagerado naquela ligação só para atrair a sua simpatia. Ele não conseguia aceitar que você não o amava mais. Você está se torturando com o sentimento de culpa.

— Não estou fazendo isso, John. Tinha acabado, mas eu ainda me importava com ele. Você não deixa de se importar com alguém que fez parte da sua vida dessa maneira. — Ela retirou as mãos. — Estou controlada. — *Estou tão estável que fiquei aqui sentada segurando as mãos de um maldito padre, e então me afastei como uma amante mal-humorada. Jesus, Cotten, ele só quer consolá-la e você age como uma mal-agradecida?*

— Não duvido de você — disse John. — Estou tentando ajudá-la a resolver os problemas, procure vê-los como eles realmente são.

Ele tirou as mãos de cima da mesa e ela se arrependeu de ter afastado as suas. Por um instante, ela considerou oferecê-las de novo, abertas como estiveram as dele, no centro da mesa — mas não o fez. Em vez disso, preferiu remoer os fatos outra vez.

— Estou lhe dizendo, eu o conhecia bem o suficiente para saber que algo ia mal.

John recostou-se na cadeira, o semblante sério e pensativo.

— Tudo bem, então, vamos tentar entender o que aconteceu. Quem poderia querer o Graal? Colecionadores de antiguidades? Traficantes do mercado negro?

— Mas eles não poderiam vendê-lo. Não é algo que se possa anunciar na Internet.

— Não precisariam. Eles já teriam um comprador interessado antes de fazer o trabalho. Nenhuma relíquia é submetida à especulação. É mais provável que o ladrão tenha recebido parte do pagamento adiantado e o resto na entrega. Deve haver colecionadores particulares que considerem a posse do Santo Graal o troféu supremo. Para eles, o dinheiro não estaria em questão. Existem até mesmo pessoas que chegam a extremos para falsificar um artefato, como a recente fraude do Ossário de Tiago.

— Mas pessoas desse tipo não são assassinas. Elas se contentam em ter uma grande obra de arte em casa, uma relíquia profundamente religiosa. Não bate.

— Então, quem você acha que se encaixa no perfil? — provocou John. — Quem mataria para possuir o Graal?

* * *

Charles Sinclair olhava através da janela panorâmica. Precisaria de tempo para impor a sua opinião, refletiu, passeando o olhar pelo terraço e pelos jardins bem-cuidados, ao longo do rio.

— Sente-se — ordenou a Robert Wingate. Ouviu o rangido suave do couro macio quando Wingate se acomodou. — Nunca deixo de me surpreender com o rio... com a sua força constante. — Sinclair virou-se para encarar o homem que mandara chamar.

Wingate remexeu-se no assento.

Apontando com o queixo para a janela, Sinclair indagou:

— Já pensou no poder que ele tem? — Olhou para Wingate e pensou ter notado um tique nervoso na pálpebra esquerda do homem. Caminhou para trás da ampla escrivaninha de mogno. — O rio tem um único propósito, uma única meta. Por três mil e oitocentos quilômetros ele flui, às vezes ruidosamente, às vezes apenas por meandros, mas continua sempre... motivado a cumprir o seu destino. A corrente suplanta e sobrepuja todos os obstáculos. Quando ela chega ao seu destino, se esgota, unindo-se a um poder ainda maior, mais ameaçador, o golfo do México. Ah, os homens às vezes pensam que podem controlá-lo com açudes e represas. Fizeram pontes sobre ele, navegaram pelas suas águas, mas ele nunca foi controlado. As represas cedem, as pontes racham, os navios afundam, a terra é inundada. Tudo ao capricho do rio.

Sinclair sentou-se e recostou-se na cadeira.

— Os guardiães são como o rio, Robert. Temos um destino, uma meta pela qual trabalhamos há séculos. Nada poderá nos deter. Você entende isso, não entende?

O olho de Wingate se contraiu e ele o esfregou.

— É claro.

— Investimos os nossos recursos financeiros em você e em outros semelhantes na Europa e em outras regiões do mundo. Cada um de vocês desempenha um papel importante no estabelecimento do nosso mundo novo... o mundo como foi profetizado. Uma imensa quantia de dinheiro foi investida em apoio a você e, mais importante ainda, confiamos a você a nossa missão. Não podemos permitir que nada se interponha no nosso caminho. Somos como o grande rio, Robert... sobrepujamos todos os obstáculos. — Sinclair fez uma pausa, tamborilando com o polegar na borda da escrivaninha.

— Totalmente — concordou Wingate.

— Estamos com um problema, Robert. E não podemos ter problemas, não podemos tolerá-los.

Wingate balançou a cabeça.

— Qual problema? — A pálpebra se contraiu e um pequeno músculo embaixo do olho se retesou. Ele passou a mão por sobre a face, repuxando o olho e a maçã do rosto.

— Essa história da chantagem. Ela atraiu a atenção de Cotten Stone. Ela não vai deixar por menos...

— Ela não sabe de nada. Está provocando, procurando um ponto fraco. Não se preocupe, eu cuido disso.

— Ela está desenterrando os seus podres, Robert. E não demorou muito para saber disso. Ela é tão boa, senão melhor, que o namorado morto, não acha?

— Eu já disse, ela não sabe de nada. Posso cuidar disso.

Sinclair pegou um lápis de um estojo de couro e girou-o sobre o tampo da escrivaninha.

— E os podres que ela descobriu, o assunto da chantagem... é como uma mosca irritante. Não se consegue espantá-la. É preciso esmagá-la... matá-la. E sabe de uma coisa? Acho que você não me contou tudo. Você ficou dando voltas em torno dos detalhes várias vezes, ora.

— Porque isso não é importante. Sou inocente. É só um idiota querendo ganhar algum dinheiro. O filho dele estava em um dos meus acampamentos para jovens alguns anos atrás. Agora, o pai alega que molestei o garoto e quer dinheiro para calar a boca. Ele sabe que não é verdade, mas imagina que, por eu estar concorrendo à presidência, vou pagar para ele calar a boca.

— Robert, Robert — interrompeu Sinclair, a voz ressoando com o charme sulista: condescendente. — Não importa se você é inocente ou culpado. A *acusação* vai arruinar você. Você deve estar acima de qualquer suspeita. Stone não vai deixar passar esse petisco. Antes que se dê conta, isso vai ser a história principal no noticiário noturno.

Wingate inclinou-se para a frente, esfregando os joelhos com as mãos sobre as calças de lã.

— Só me deixe cuidar disso. Não é algo com que os guardiães devam se preocupar.

— É nossa tarefa nos preocupar. — Sinclair analisou Wingate, imaginando se não haviam apostado no cavalo errado. — Dê a entrevista a Stone e diga-lhe que houve um terrível mal-entendido... que não há chantagem. Peça desculpas pela rudeza e passe para o assunto da candidatura. Enquanto isso, vamos pagar uma quantia generosa ao pai do garoto para fazê-lo desaparecer.

— E se Stone não acreditar em mim? Charles, tenho amigos que podem cuidar dela de uma vez por todas.

Sinclair sentiu um calor subir-lhe ao rosto.

— Fora de questão. Não faça nada precipitadamente, Robert. Nem mesmo pense nisso.

* * *

O telefone tocou quando Cotten passava pela porta do apartamento. Ela soltou a bolsa sobre o sofá e pegou o telefone, desvencilhando o braço esquerdo do casaco.

— Alô.

— Senhorita Stone?

Cotten gelou, o casaco pendurado às costas por um ombro.

— Senhor Wingate, que surpresa!

Amigos

A mudança de atitude por parte de Robert Wingate despertou a curiosidade de Cotten. Ele havia concordado com a entrevista exclusiva; então, imediatamente depois de desligar o telefone, Cotten reservou um vôo para Miami para o dia seguinte.

Quando chegou ao Aeroporto Internacional de Miami, pegou o carro alugado e dirigiu-se para o apartamento de Vanessa para jantar. As duas permaneceram acordadas até altas horas, bebendo vinho e conversando. O dia começaria cedo.

Cotten estava em pé ao lado do balcão da cozinha, ainda transpirando depois de uma caminhada ao longo da praia. Saboreava um *muffin* de framboesa e uma xícara de café enquanto observava Vanessa andar apressada pela cozinha.

— Deus, vou chegar atrasada — reclamou Vanessa Perez. Deu uma mordida em um *muffin* e depois tomou um grande gole de suco direto da caixa, que estendeu a Cotten. — Quer um pouco?

Cotten recusou.

Vanessa deixou o suco sobre o balcão e olhou ao redor.

— Onde estão os meus malditos sapatos? Estava com eles agora mesmo! — Ela se virou para o lado de novo e bateu na caixa de suco.

O suco virou e espirrou em Cotten.

— Ah, droga, me desculpe — falou Vanessa.

Cotten pegou a esponja da pia e começou a limpar a camiseta e as calças do abrigo.

— Não vai manchar — comentou. — Vou jogar na máquina de lavar em um minuto. Continue e vá embora de uma vez.

Vanessa deu um suspiro.

— Sou sempre um desastre de manhã.

— Pensa que não me lembro que na faculdade precisava arrancar você da cama para não perder a primeira aula? Quem sabe, se tentar ir dormir em um horário decente... — observou Cotten com o rosto sério.

Ambas riram.

— Quem me dera pudesse ficar folgada aqui o dia inteiro como alguém que conheço — brincou Vanessa.

— O que quer dizer com folgada? Tenho uma entrevista exclusiva ao meio-dia com um candidato à presidência que gostaria de acabar comigo. Vou poder me aprontar assim que você liberar o banheiro.

— Você tem um trabalho fácil — comentou Vanessa, calçando os sapatos. — É só ficar fazendo perguntas o dia inteiro. Qual é a dificuldade?

Cotten foi para a sala e acomodou-se no sofá.

— Ah, e parecer bonita enquanto alguém paparica você... fazendo o seu cabelo e a maquiagem. Isso não é fácil?

Vanessa pareceu considerar o argumento.

— Tudo bem, você venceu. O meu fácil é melhor.

Elas riram outra vez, enquanto a modelo pegava as chaves e a bolsa e se encaminhava para a porta. Parou de repente, correu para o sofá e beijou Cotten no rosto.

— Ligue para o seu amigo padre. Ele é bom para você. — Deu um sorriso largo. — Adoro você.

Cotten acenou para ela.

— Vá! Você já está meia hora atrasada.

— Eu sei, mas eles não podem começar sem mim — lembrou Vanessa. Segundos depois, ela se fora.

É muito bom Nessi ser paga só para parecer linda, pensou Cotten. Seria difícil para ela ser bem-sucedida no mundo real.

Recostou-se no sofá e respirou fundo, decidindo ligar para John mais tarde, talvez depois de voltar da entrevista — sabia que ele deveria estar cansado de ouvir sobre Thornton e o sentimento de culpa dela.

Precisava ver os apontamentos de Thornton, precisava saber o que continham, e se ela podia ter feito alguma coisa para impedir a morte dele.

— Droga! — Por que simplesmente não atendeu à ligação dele? Balançando-se, ela envolveu a cintura com os braços com se quisesse se proteger. — Cristo, preciso acabar com isso. — Correu os dedos pelos cabelos.

Cotten tirou o computador portátil de cima da mesa. A primeira coisa que precisava fazer era repassar os apontamentos uma vez mais para a entrevista com Wingate. Ted Casselman a ajudara, sugerindo muitas das perguntas. Será que tinha deixado alguma pergunta de fora? Será que se esquecera de algum assunto? Como deveria tratar Wingate? Fria e distante ou cordial e receptiva? Precisava tirar o máximo possível do candidato sem se deixar influenciar por ele. Cordial e receptiva, seria assim. Matá-lo com bondade — cumprimentos e doçura. Sempre o mergulhe no mel, sua mãe diria. É mais fácil puxar uma corrente do que empurrá-la.

De repente, a porta se escancarou e Vanessa apareceu ofegante.

— Maldição, o carro não quer dar a partida, e o meu celular está descarregado! — Ela agarrou o telefone sem fio. — Preciso chamar um táxi... provavelmente ele vai demorar uma hora para chegar aqui.

— Espere, Nessi. — Cotten levantou-se e foi até a bolsa sobre a mesa de jantar, de onde tirou as chaves. — Leve o meu.

— Como vai conseguir chegar à sua entrevista?

— Acho que posso chamar um táxi tão bem quanto você. E não sou eu que estou atrasada.

— Tem certeza disso?

— É para isso que servem os amigos — ela cantou a canção de Dionne Warwick. Ofereceu as chaves. — Tome... não discuta.

— Você é um doce — comentou Vanessa. — Nos falamos à noite. — Pegou as chaves e correu para a porta. — Boa sorte com Wingate.

Cotten começou a acenar, mas a porta já estava se fechando. Ela pegou o último pedaço do *muffin* de framboesa e enfiou-o na boca antes de se afastar do balcão. À distância, um punhado de barcos à vela aproveitava a brisa matinal. No auge da estação turística, as pessoas que sempre apareciam para aproveitar o verão, na maioria aposentados, já se espalhavam em esteiras ao longo da praia, aparentemente sem sentir o vento cortante. Turistas resistentes, ela pensou. Um vento frio soprou vindo do norte pela avenida A1A, fazendo-a arrepiar-se, as palmeiras se agitando abaixo da sacada.

O ruído de pneus cantando no asfalto chamou a sua atenção. Parte do estacionamento ficava diretamente abaixo, invadindo a visão do cenário.

Vanessa atravessou o asfalto correndo. Olhou para cima e acenou, então abriu a porta do carro alugado de Cotten e pulou para dentro.

Nessi era a adolescente mais velha que conhecia, pensou Cotten. Ela mesma tinha muitos conhecidos, mas Vanessa era a sua única amiga de verdade. Deu uma última olhada na praia antes de voltar para dentro.

No instante seguinte, houve uma explosão de luz ofuscante e um estrondo enorme, e ela foi atirada de encontro ao chão, os ouvidos zumbindo forte. O que se parecia com o golpe de uma marreta a atingira nas costas, tirando-lhe o ar dos pulmões.

Tudo escureceu.

Lentamente, Cotten abriu os olhos, mas viu apenas imagens borradas. Pequenos pontos de luz dançavam contra um fundo cinzento. A nuca, as pernas e os braços ardiam como se estivessem queimados de sol.

Ao mesmo tempo que se concentrava, Cotten ergueu a cabeça e examinou a sala. Os vidros quebrados das janelas e da porta de correr espalhavam-se pelo chão como flocos de neve.

E havia o som de uma crepitação e de pequenos estampidos. Fogo.

Cotten ouviu um coro de alarmes de carros juntamente com gritos enquanto tentava se apoiar nas mãos e nos joelhos. Um calor se irradiava da direção da sacada. Ela se levantou com dificuldade. A sensação de medo apertava-lhe a garganta quando ela olhou para o estacionamento. Ficou ali parada, atordoada com a visão, não sentindo mais nenhum frio no ar.

Chamas e fumaça preta brotavam do que fora o seu carro alugado. Não era mais um carro: o teto, as portas e a capota haviam desaparecido, o metal retorcido para trás. Diversos carros vizinhos também se haviam incendiado.

— Nessi! — ela gritou, segurando-se na balaustrada.

Para todo lugar onde olhava havia destroços: uma porta de carro arrancada, uma capota destroçada, retalhos de tecido e estofamento dos assentos, uma maleta aberta, pedaços de papel, pedaços de vidro das janelas... o sapato de Vanessa.

— Oh, Jesus. Oh, Deus! — ela sussurrou.

Cotten agüentou-se em pé, segurando na balaustrada enquanto recompunha os pensamentos. Aquilo era muito mais do que um incêndio no tanque de combustível. Precisaria ter sido uma explosão potente para causar tamanho dano — havia pelo menos mais cinco outros carros em chamas.

E a onda de choque a atirara no chão, arrancara quadros das paredes. Os vidros das janelas e das portas de correr foram esmigalhados — os móveis da sacada virados para cima.

Uma bomba.

Essa conclusão atingiu-a com maior impacto do que a explosão real. A bomba era destinada a ela, não a Vanessa.

O som de sirenes começou a se ouvir à distância.

Luzes azuis iluminavam; luzes vermelhas piscavam.

Vanessa estava morta. Oh, Deus, a amiga... a amiga dela.

Precisava sair dali. Alguém queria vê-la morta.

Cotten agarrou a bolsa e encaminhou-se para a porta.

Na extremidade do corredor, ela pressionou o botão para chamar o elevador.

— Vamos, vamos.

Pressionou de novo, observando os números dos andares moverem-se em câmera lenta.

Finalmente, o sino soou. As portas se abriram e Cotten se espremeu contra a parede metálica interna. Pressionou o botão do saguão cinco vezes, mas com tanta força que a ponta do seu dedo doía.

— Oh, Deus. Oh, Deus.

A respiração se transformou em foles gigantes aos seus ouvidos. Ela sentia o sangue bombeado na nuca, no couro cabeludo, até mesmo nos pulsos.

As portas se abriram e ela estava no saguão. Uma multidão já se reunia, tentando ter uma visão melhor do fogo. Os olhos dela saltaram de pessoa a pessoa — perfis, faces, cabeças vistas de costas. Será que ela estaria ali — a pessoa que havia colocado a bomba? Será que o homem que a queria morta a estaria vendo neste momento?

Cotten atravessou a multidão até a porta que levava ao pátio e à piscina. Manteve o rosto abaixado, tentando ao máximo não ser notada.

Lutou contra a vontade de correr, embora o pânico deixasse o coração batendo forte e aceleradamente, os pulmões agitando-se de maneira atabalhoada a cada respiração rasa e rápida.

A porta! Saia da maldita porta!

Escancarando a porta, ela cruzou o pátio que circundava a piscina, contornava o prédio e ia dar na calçada de South Beach.

As sirenes e as buzinas de emergência soavam de todas as direções.

Cotten atravessou a Ocean Drive e tomou a direção sul, indo de encontro ao fluxo de curiosos que corriam para o local da explosão.

— Com licença! Com licença! — gritava, abrindo caminho. Olhou de relance por cima do ombro. Fumaça preta... caminhões vermelhos... loucura.

Ela saiu em disparada por uma viela, atravessou a Collins Avenue, entre estacionamentos e prédios, virou para o sul novamente na Washington Avenue. Depois do Joe's Stone Crabs ela viu um parque à frente, à esquerda.

Correu para o pequeno prédio de blocos de concreto dentro do parque — banheiros públicos. Olhando para trás, assegurou-se de não estar sendo seguida.

Cotten esgueirou-se pelo banheiro feminino e se trancou em um reservado. Acocorada em cima do vaso, ela dobrou os braços no meio do corpo e se balançou.

— Oh, Nessi, Nessi.

Ainda podia ouvir bem no fundo da cabeça a melodia da canção de Dione Warwick, Gladys Knight, Stevie Wonder e Elton John.

Knowin' you can always count on me, oh, for sure...

*That's what friends ar for.**

Cotten soluçou até ficar completamente sem fôlego e exausta. O peito e a garganta ardiam.

Quando olhou para baixo, uma gota de sangue espatifou-se no chão. Ergueu a mão e tateou primeiro o rosto, depois a nuca... um pedaço de cabelo estava úmido e pegajoso. Ela olhou para o sangue nos dedos. Apalpando com cuidado, descobriu um caco de vidro enterrado. Separou o cabelo o melhor que pôde, pinçou com os dedos o minúsculo caco e puxou-o. Onde mais estaria cortada?

Desenrolando um pedaço de papel higiênico, dobrou-o e pressionou firmemente contra o ferimento na cabeça. Pensou de novo em Vanessa e rezou para que não tivesse sentido dor, que a morte tivesse sido instantânea.

— Oh, Deus, Nessi. Sinto muito mesmo.

Os minutos passaram enquanto Cotten esperava. Os sons das sirenes finalmente foram aos poucos se distanciando em meio ao trânsito leve, as gaivotas gritando e as crianças brincando em algum lugar do parque.

---

* *Sabendo que pode sempre contar comigo, ah, com certeza...*
É para isso que são os amigos. (N. T.)

Finalmente, sentindo que era seguro, ela saiu do reservado e lavou-se na pia. Havia apenas duas marcas de sangue ao redor da gola. Ela lavou as marcas até se tornarem manchas opacas.

Finalmente, teve coragem o bastante para sair do banheiro. Um ônibus municipal parou a alguns metros adiante — o assobio forte dos seus freios a ar espantou um grupo de pombos. Ela não havia pensado em pegar o telefone celular quando correu do apartamento de Vanessa. Ela o tinha deixado carregando a bateria. Não voltaria lá para pegá-lo.

Do outro lado de um gramado próximo a uma fonte ela viu três telefones públicos. Caminhou para os telefones com a cabeça abaixada. Depois de olhares rápidos sobre os ombros, ergueu o telefone e discou zero.

— Gostaria de fazer uma ligação a cobrar para White Plains, Nova York — pediu. — Saint Thomas College. Doutor John Tyler.

Houve uma pausa antes que o operador retornasse e pedisse que declarasse o seu nome.

— Cotten Stone. John?

Houve uma pausa.

Finalmente, ela ouviu a voz de John.

— Cotten? O que há de errado? Você está bem?

— Tentaram me matar!

No centro da garganta Hickory Nut, na Carolina do Norte, há um lago espetacular que a revista National Geographic *considerou um dos mais belos lagos artificiais do mundo. A água cintilante do rio Rocky Broad corre através da fenda de Hickory Nut e por um vale que é moldado na forma da Cruz de Cristo para formar o lago Lure.*

Lago Lure

Cotten correu os olhos ao redor enquanto se afastava da cabine telefônica no parque. Terminara de contar a John os detalhes da morte de Vanessa.

— Quem quer que tenha explodido o meu carro deve acreditar que Thornton me contou o que descobriu. Eles devem pensar que eu sei tudo a respeito do que Thornton encontrou. O que devo fazer? Não posso ir para casa. Eles sabem onde moro.

— Você tem dinheiro?

— Uns quarenta ou cinqüenta dólares. Tenho o meu cartão de débito e alguns cartões de crédito. Posso tirar dinheiro.

— Você precisa sair do sul da Flórida. Sem ser vista.

— Não sei para onde ir, nem o que fazer.

— Ouça, Cotten, a minha família tem uma cabana nas montanhas próximas ao lago Lure, na Carolina do Norte. Ninguém a usa nesta época do ano. Você ficaria segura ali até podermos descobrir o que está acontecendo. Consiga um vôo para Asheville. É o aeroporto mais próximo.

— Certo, certo — concordou Cotten. — Asheville.

— Isso. Então alugue um carro. Ligue-me quando chegar a Asheville e eu lhe darei as instruções exatas.

Cotten girou o corpo para examinar o parque outra vez, enrolando-se no fio do telefone.

— Tudo bem — respondeu.

— Temos um velho amigo da família que mora próximo a Chimney Rock. Ele toma conta da nossa casa durante o inverno... ele tem as chaves. Vou informar a ele que você está indo pra lá.

Ela engoliu em seco, a garganta apertada.

— Estou com medo.

— Eu sei, Cotten. Só me ligue quando chegar lá. Vamos conseguir um lugar seguro para você e depois tentaremos descobrir tudo.

— John...

— Sim?

— Você vai... ficar lá comigo?

Houve uma longa pausa.

— Vou — confirmou ele antes de desligar.

* * *

— Preciso de uma passagem no próximo vôo para Asheville, na Carolina do Norte. A mais barata. Só de ida. — Cotten estava no balcão de uma companhia aérea no Aeroporto Internacional de Miami.

A atendente olhou para a tela do computador.

— O nosso vôo parte às 12h55.

— Está ótimo — agradeceu Cotten, olhando ao redor mas tentando não parecer ansiosa.

— Há uma conexão em Atlanta. A chegada a Asheville é às 16h45. Gostaria de...?

— Sim. — Ela olhou para o relógio na parede. Eram 11h05.

— O custo total com impostos e taxas é de cinqüenta e seis dólares e quinze centavos — informou a atendente.

Cotten procurou dentro da bolsa e pegou a carteira. Tirou o cartão de crédito e estendeu-o à atendente.

— Poderia se apressar, por favor?

— Preciso de uma identidade com foto.

Tirando a carteira de motorista da aba da carteira, ela apresentou.

— Este é o seu endereço atual em Nova York?

— É.

Depois de digitar as informações da identidade, a atendente passou o cartão de crédito e aguardou a confirmação.

Cotten observou a mulher passar o cartão uma segunda vez.

— Sinto muito, senhorita Stone, mas este cartão foi recusado.

— Isso é impossível! — exclamou Cotten. Sentiu um surto de calor percorrer-lhe o corpo. — Poderia, por favor, tentar outra vez?

— Já tentei duas. Tem outro cartão?

Cotten tirou o cartão de débito sabendo que tinha o bastante na conta bancária para pagar a passagem.

— Tenho certeza de que deve haver algum tipo de erro.

— O sistema do banco pode ter caído. — A atendente passou o segundo cartão e olhou para a autorização digital. — Sinto muito.

Cotten sentiu-se inundada por um suor nervoso enquanto guardava os cartões. Sabia que não importava quantas vezes tentasse, eles seriam recusados. Quem quer que havia tentado matá-la tinha congelado as suas contas. Meu Deus, pensou. Quem tem esse poder?

— E quanto a pagar em dinheiro? — sugeriu a atendente.

— Não tenho...

Cotten virou-se e afastou-se, sentindo o olhar da atendente nas suas costas. *Oh, Deus, o que está acontecendo? Como eles puderam fazer isso comigo tão depressa?* Ela tinha cerca de cinqüenta dólares na bolsa e isso era tudo. Mesmo um caixa eletrônico não serviria para nada.

Encontrou um telefone público e ligou para John de novo. Não houve resposta quando a secretaria da escola discou para o número dele.

— Droga. O celular dele. Qual era o número do celular dele?

Cotten vasculhou a bolsa e tirou a carteira. Manuseou desajeitadamente o envelope de cartões de visita que havia tirado de lá.

— Vamos, vamos.

Finalmente, encontrou-o. Guardara o cartão dele depois do primeiro contato. As mãos dela tremiam tanto que teve dificuldade de ler enquanto discava.

— Não consegui encontrar você — ela gritou quando ele aceitou a ligação a cobrar.

— Calma — pediu ele. — Acalme-se e converse comigo.

Cotten explicou o que havia acontecido.

— Me dê meia hora e depois volte ao balcão da companhia. Vou reservar uma passagem pré-paga. E vou deixar um carro alugado em seu nome no aeroporto de Asheville.

— Sinto muito precisar... Não sei como lhe agradecer.

— Vamos superar isso, Cotten. Apenas cuide da sua segurança. Ligue-me quando sair do avião. Pegarei um avião para lá assim que puder.

— Quando?

— Hoje à noite... amanhã, no máximo. Tudo bem?

— Tudo.

Trinta minutos depois, Cotten voltou ao balcão da companhia aérea, escolhendo uma outra atendente dessa vez.

— Em que posso ajudá-la? — ofereceu-se a atendente.

— Deve haver uma passagem reservada para mim. O meu nome é Cotten Stone.

A mulher digitou a informação.

— Posso ver a sua identidade?

Cotten pôs a carteira de motorista sobre o balcão.

A atendente verificou-a e devolveu a carteira.

— O embarque para o seu vôo começa em cerca de vinte e cinco minutos, ala D, portão 23. Tem alguma bagagem para embarcar?

— Não — disse Cotten. — Estou viajando sem bagagem.

* * *

— Jesus Cristo, Cotten, pensei que estivesse morta! — disse Ted Casselman. — Que diabos está acontecendo?

— Não era eu no carro. Era a minha amiga. — Cotten sufocava entre as lágrimas enquanto sussurrava ao telefone do avião. Ela fungou e limpou o nariz com o punho da manga. — Ted, eles assassinaram Vanessa.

— Quem? Do que você está falando?

— E eles mataram Thornton também.

— Cotten, você não está falando coisa com coisa.

— Ted, eles até cancelaram os meus cartões de crédito. Estão atrás de mim... querem me matar porque acham que sei de alguma coisa... algo que Thornton me contou. Ele não me contou nada. Não sei quem são essas pessoas. Estou morrendo de medo.

— Onde você está?

Cotten não respondeu e ficou olhando pela janela do avião para o espesso tapete de nuvens.

— Como posso ajudá-la se não sei onde você está?

Silêncio.

— Cotten, por favor.

— Descubra do que Thornton estava com medo, em que ele estava trabalhando, o que ele descobriu.

— Tentarei, Cotten. Vou tentar, mas como posso ajudar você agora?

— Eu não sei — concluiu ela.

* * *

A neve caía enquanto Cotten dirigia o carro desde o Aeroporto Regional de Asheville pela rodovia federal 64 pela cidade de Bat Cave em direção a Chimney Rock. Ela se lembrava de quando tinha assistido ao filme *O Último dos Moicanos* e quisera conhecer a região onde ele foi rodado. Agora vou ter a oportunidade, pensou.

John havia lhe dado as informações sobre como chegar à cabana quando ela ligou do aeroporto, dizendo-lhe que, embora a cabana não ficasse muito longe da cidade, seria uma viagem difícil pelas estradas estreitas e sinuosas da montanha. Depois que ela deixou a 64, percebeu que John não havia exagerado. Não estava acostumada a estradas de montanha, especialmente com o tempo anunciando tempestade. A neve rala se transformara em saraivadas de gelo e granizo — uma obscuridade cinzenta metálica encobria as montanhas escuras.

Cotten seguia pela estrada, vendo de tempos em tempos as luzinhas de casas de fazenda mal perceptíveis em meio ao granizo. Com os limpadores de pára-brisa acompanhando o ritmo frenético da música no rádio, ela forçou a vista até encontrar uma caixa de correspondência do seu lado da estrada contendo a inscrição com o nome Jones de um lado. Tomando a estradinha de terra, dirigiu até a velha casa de fazenda de dois andares.

A luz do pórtico tremia quando ela bateu na porta de tela da frente.

— Você deve ser a senhorita Stone — disse o homem, abrindo a porta. — Sou Clarence Jones. Entre aqui antes que morra de frio aí fora.

Cotten imaginou que ele devia ter quase 80 anos. Tinha o cabelo basto e grisalho, a pele do rosto lembrava couro e usava um sobretudo. O corpo era recurvado e as mãos ossudas de um homem que passara a vida trabalhando duro.

— Sente-se bem aqui enquanto vou buscar as chaves da casa — falou Jones, batendo no encosto do sofá.

— Obrigada — respondeu Cotten. A mobília era antiga e gasta, mas parecia confortável, pensou ela enquanto se sentava no sofá. As paredes eram forradas de quadros, muito provavelmente da família dele. Jones fora bonitão na juventude.

— Esta é a sua esposa? — indagou quando ele retornou. Ela indicou um retrato emoldurado de dourado.

— Esta é a minha Lilly. Ela se foi há cerca de cinco anos. Costumava me perturbar de manhã até a noite. Agora está muito solitário por aqui. Sinto a falta dela. — Ele colocou as chaves sobre a mesinha de centro em frente a Cotten. — Estas são as chaves da casa dos Tyler. Já subi lá e liguei o gás. Você vai querer acender a lareira, mas já estará mais quente quando chegar lá.

— Foi muita gentileza da sua parte — agradeceu Cotten.

— O menino do Owen Tyler disse que você precisava se ausentar por uns tempos. Bem, tenho certeza de que escolheu o lugar certo.

— Espero que sim.

— Vai ficar lá em cima sozinha?

— Não, o John vem vindo para cá.

— Então não terei de verificar se precisa de alguma coisa.

— Estou certa de que ficarei bem.

— Não tem telefone, portanto se precisar de alguma coisa, deve descer aqui. Há um bom mercadinho em Chimney Rock e também um posto de gasolina.

— Vou me lembrar disso. — Ela olhou para o relógio.— Eu realmente preciso ir andando. Estou completamente exausta. — Levantou-se e encaminhou-se para a porta.

— Eu sei. Viajar muito dá nisso. Suba até lá e tire os seus sapatos. Cuidado com a estrada, é meio traiçoeira, vá devagar. — Jones acompanhou-a ao pórtico. — Quando sair daqui, volte pelo caminho por que veio até ver uma placa branca com letras vermelhas indicando Riverstone. Esse é o nome da propriedade dos Tyler. Entre na estrada de terra. A direção é para o norte. É bem íngreme, mas continue subindo a montanha. É a única cabana lá. A lâmpada da frente deve estar acesa. Acenda a lareira assim que entrar e assim que a acender ficará bem aquecida e confortável.

— Obrigada, senhor Jones — disse Cotten, apertando a mão dele.

Cotten ligou o aquecedor do carro no máximo e manobrou-o de volta, retornando à estrada principal. O granizo voltara à condição de neve rala. Logo, a placa branca apareceu.

Tomando a estradinha de terra, ela ouviu o barulho de cascalho sob os pneus enquanto subia pelo aclive.

Grandes árvores ladeavam a estrada, algumas secas e algumas verdejantes. Ocasionalmente, lajes de rocha nua se expunham enquanto a estrada seguia ora para um lado, ora para o outro, cortando a montanha até o alto. Próximo ao pico, o vento atirava lençóis de neve sobre o caminho. Jones estava certo: era íngreme. Ela precisou mudar de marcha várias vezes. Os pneus rangiam na terra e derrapavam nas placas de gelo.

A cabana apareceu finalmente, iluminada pelos faróis. Uma luzinha amarela piscava no alto do pórtico, assim como um farol de barco em meio à neve que caía incessante.

Dentro, havia uma luz acesa acima da pia da pequena cozinha à direita. Um cheiro de umidade e de casa fechada atingiu o nariz de Cotten quando ela andou pela cabana acendendo lampiões e lâmpadas. Encontrou algumas garrafinhas de cerveja e umas latas de refrigerante na geladeira, mas não muito mais que isso. Os armários guardavam diversos vidros de conservas caseiras de legumes e geléias ao lado de algumas latas de feijão com carne de porco, salada de frutas e alguns temperos.

Depois de inspecionar todos os aposentos, Cotten acendeu a lareira, usando os gravetos que encontrou em um cesto ao lado da lareira — *madeira leve*, o pai dela costumava dizer. Não demorou muito tempo para que pudesse lançar uma acha de lenha e o fogo cresceu, aquecendo toda a sala.

Para o jantar, Cotten abriu uma lata de salada de frutas e uma cerveja. Abandonou o corpo sobre o banco junto à mesa de cavaletes. "Grande refeição", pensou, sorvendo alguns goles de cerveja.

Mais tarde, o vento aumentou e ela reforçou o fogo na lareira — o granizo batia contra as janelas como pregos. Ela pensou em Thornton e em Vanessa — o ex-amante e a melhor amiga.

Assassinados.

A vida dela estava implodindo. John era o único que restava dentre as pessoas em que podia confiar. E talvez estivesse colocando a vida dele em perigo também.

A velha cabana gemia sob o peso do vento e as árvores lá fora rangiam como navios de madeira em um vendaval. Deitada no sofá, ela ficou olhando para o fogo até adormecer.

Cotten sonhou que ouvia música — o ritmo soando mais alto que o vento. Também havia risadas. Gritos e cantoria. Ela se sentia empurrada e puxada, presa em uma maré de corpos.

De repente, sentiu o cheiro de velas e incenso queimando. Vozes em oração zumbiam como abelhas. Ela sentiu uma respiração quente no rosto; lábios sussurravam no seu ouvido.

Geh el crip ds adgt quasb. Você é a única pessoa que pode deter...

Cotten moveu-se rapidamente. Tentando afastar o sonho, correu nervosamente os dedos pelos cabelos e olhou para o fogo, agora reduzido a brasas. Mas alguma coisa além das palavras da velha sacerdotisa a havia despertado. Uma pancada no pórtico.

Pela janela, avistou a luz alaranjada da cabana iluminando os flocos brancos da neve. À distância, a neve se acumulava de encontro ao carro dela.

Cotten escancarou a porta e uma rajada de vento ártico entrou. No espaço iluminado pela porta aberta, ela viu pegadas fracas sobre o pórtico. Seriam dela de horas atrás ou pegadas frescas? Será que já a haviam encontrado?

Cotten bateu a porta com violência, fechando o ferrolho e a trava de segurança. Caminhou de janela em janela, verificando as trancas. Certa de que todas as entradas estavam trancadas, aumentou o fogo da lareira até que começasse a estalar e estourar — superando o lamento da tempestade.

Uma por uma, ela apagou todas as luzes, depois começou a andar de um lado para o outro, olhando por entre as cortinas e frestas em busca de sinais de um intruso. Mas havia apenas a neve que caía e os galhos agitados das árvores na escuridão.

Cotten olhou para o relógio — três horas. Não amanheceria tão cedo.

Encontrou uma pistola antiga e uma caixa de munição em cima do armário do banheiro do quarto. Depois de carregar a arma, voltou ao sofá e sentou-se com a arma ao seu lado, vigiando a porta. Esperando. Pronta.

Magnólia

Sinclair estava sentado na sala de videoconferência da sua chácara particular, em frente às telas escuras dos monitores, depois que as faces dos guardiães se apagaram. Recostou na cadeira a cabeça cansada das exigências intermináveis que lhe faziam. Agora que a fase final havia começado, devia atualizar os guardiães praticamente todos os dias. O velho precisava ser agradado e contentado — acompanhando a programação o tempo todo. Além do mais, Sinclair era responsável por tarefas complexas — envolvendo todos os procedimentos, desde obter o Cálice até realizar as atividades científicas. Às vezes, ele pensava que a sua dedicação ao projeto não era valorizada ou respeitada o bastante.

Então, havia aquele maldito desentendimento entre Wingate e Cotten Stone. Que diabos Wingate pensou ao contratar alguém para assassinar a mulher? Wingate não se saía bem sob pressão — isso estava se tornando claro. E ele realmente tinha um problema quanto a obedecer ordens.

Com o canto do olho, Sinclair avistou Ben Gearhart.

— Entre.

— Como foi? — quis saber o advogado.

— Ótimo — respondeu Sinclair, guardando as impressões relativas à conferência para si mesmo. Girou a cadeira e olhou para o timbre na parede atrás da escrivaninha: o timbre com a Cruz de Cristo e o arbusto de rosa-canina. — Estamos muito perto, Ben. Todo o planejamento... todo o nosso trabalho está prestes a dar resultado.

Gearhart concordou, mas Sinclair percebeu que ele tinha alguma coisa em mente.

— O que aconteceu? — quis saber.

— Charles... ele está aqui. Eu o vi do lado de fora, no gramado.

— Merda! — Sinclair fechou os olhos e pressionou dois dedos com força na junção da ponte do nariz com a testa. Era tudo de que ele não precisava num momento como aquele.

* * *

O velho cavalheiro, os modos sempre controlados e relaxados, estava sentado em uma cadeira de palhinha de espaldar alto no terraço com vista ampla.

— Boa tarde — cumprimentou Sinclair entrando no terraço. — O senhor me pegou de surpresa. Não sabia que viria. — Parou no meio do terraço. — Estava terminando mais uma videoconferência para atualizar as informações dos guardiães.

— A tecnologia é mesmo incrível, Charles. Fico impressionado.

Sinclair aproximou-se de um sofá e sentou-se. Pensou que sabia sobre o que o velho queria conversar.

— O projeto está caminhando bem e de acordo com o programado — informou sem que perguntasse.

— Isso é um grande alívio. Veja, Charles, estou com a impressão de que as pendências ainda não foram resolvidas. Essas coisas inacabadas podem se tornar complicadas. Complicadas talvez não seja a palavra certa. Traiçoeiras seria melhor.

Sinclair afrouxou o nó da gravata. De repente, sentia como se houvesse uma pressão na laringe — uma sensação não diferente da das mãos de alguém no pescoço, apertando, ainda que suavemente.

— O bom cardeal entregou o Cálice conforme planejado — lembrou Sinclair. — Ianucci agiu corretamente, como previmos.

A face do velho parecia de granito.

— O Vaticano sabe que ele fez a troca.

O estômago de Sinclair se contraiu.

— Sabíamos que eles descobririam isso. Mas não saiu nada no noticiário.

— E não sairá. Seria embaraçoso demais para a Igreja admitir ter sido traída por um dos seus. Vão manter o sigilo, ficará tudo entre eles mesmos, e nos próximos dias espero que anunciem a aposentadoria de Ianucci. E isso é muito favorável para nós.

Sinclair sabia que o velho chegaria ao ponto em que pretendia chegar pelo tom de voz, deliberadamente baixo, pela expressão do rosto, pela pausa de suspense antes de voltar a falar.

— A atenção aos detalhes é importante — observou o velho. — Você sabe disso. — As rugas ao redor dos olhos dele se acentuaram. — Não perca o cardeal de vista, nem por um instante sequer. E deve manter a Stone fora de cena. Não deve deixar passar nada. Assim que Ianucci finalizar o seu ato, livre-se dele.

Sinclair concordou olhando para o rio. O caudal perene sobrepujava o que se interpusesse no caminho.

— Começamos os trabalhos no laboratório — informou, mudando de assunto. — Talvez mesmo um dia antes do programado. Essa é uma etapa delicada e não vamos nos precipitar, com o risco de cometer um erro.

— Ah, estou certo de que a ciência procede como deveria, Charles. Você é o melhor do mundo... o homem certo para produzir o nosso milagre, não é? — Fez uma breve pausa. — A perfeição é tudo, Charles. Nada menos deve satisfazer.

Os olhos do velho descansaram nos do geneticista. Sinclair reconheceu a fúria — vislumbrou as chamas do inferno ardendo por trás deles.

O aperto na garganta de Sinclair acentuou-se.

— Agora, conte-me sobre o fiasco em Miami.

Sinclair remexeu-se na cadeira e retesou a coluna contra o encosto do sofá.

— Wingate — observou Sinclair. — Ele decidiu resolver as coisas por conta própria. Ele não compreende. Ele atua só na base do "você vai ver". Mas eu bem que disse a ele para não fazer nada à Stone, apenas para lhe conceder a entrevista, encantá-la, negar o problema da chantagem.

Sinclair sentiu o estômago ferver, como se tivesse engolido ácido, quando o velho o encarou. Continuou:

— Uma hora depois do atentado contra a vida dela, conseguimos imobilizá-la. Congelamos a conta bancária e o cartão de crédito. Stone foi isolada, aprisionada. Mas o amigo padre dela apareceu para socorrê-la. Quando ela tentou comprar uma passagem aérea para Asheville, fizemos uma investigação e descobrimos que a família dele tem uma propriedade na região. Ela está lá no momento. Chegou na noite passada. Acreditamos que o padre esteja se dirigindo para lá.

— E daí?

— Agora, ela e o padre são fugitivos. Vamos manter a pressão sobre eles. É só uma questão de tempo.

O cavalheiro idoso cruzou as pernas e voltou-se para admirar um imenso pé de magnólia nas imediações.

— Estou ansioso para ver a árvore florida outra vez, Charles. As flores alvas e cremosas. A fragrância penetrante. Uma das criações mais perfeitas, não acha? — Voltou a atenção para Sinclair. — Você abre as suas janelas para que o perfume das flores entre com a brisa, não abre? Seria uma pena deixar de fazê-lo.

— Quando ela está florida, sim — lembrou Sinclair, imaginando se esse não seria mais um dos subterfúgios do velho ou...

— Uma flor perfeita não tem defeitos. As flores imperfeitas são um insulto aos olhos. As flores imperfeitas não têm serventia para o floricultor. Ele as descarta sem a menor hesitação. Wingate é um defeito. Estou certo de que você me entende.

Os Apontamentos de Thornton

O ruído de uma pancada despertou Cotten do sono leve.

— Merda — sussurrou ela, pegando a pistola e esgueirando-se pelo quarto até uma janela lateral.

Tinha passado a noite inteira observando e escutando, algumas vezes com a arma na mão. Quando percebeu que começava a amanhecer, relaxou o bastante para adormecer.

Agora, a luz pálida da manhã encoberta filtrava-se pelo quarto. Cotten entreabriu a cortina o suficiente para observar o que se passava lá fora.

Um jipe Cherokee esportivo vermelho estava estacionado ao lado do carro dela.

Cotten afastou-se imediatamente da janela e se encostou na parede. Não pensava que fosse Jones. Um jipe novo e luxuoso daqueles não correspondia à imagem dele, e ela não o vira antes no sítio lá embaixo.

Novamente, o ruído. Dessa vez, estava desperta o bastante para reconhecê-lo. Uma batida na porta.

Ela segurou a pistola com ambas as mãos e olhou pelo olho-mágico. Um homem se achava no pórtico, de costas para ela, a cabeça oculta pelo pesado capuz do casaco.

— Quem é? Quem está aí?

Ele se virou e sorriu enquanto puxava o capuz.

— John! — Ela escancarou a porta e atirou os braços ao redor do pescoço dele. — Graças a Deus você está aqui.

— Você não pretendia atirar em mim, pretendia?

— Quase morri de medo durante a noite.

— Vamos para dentro, antes que você congele — sugeriu ele, virando-a pelos ombros e empurrando-a para a frente. — Cotten, sinto muito sobre a sua amiga Vanessa. — Fechou a porta e tirou o casaco.

Cotten sentiu um nó na garganta.

— Nessi não era perfeita, mas era bondosa, gentil, uma boa amiga. Não merecia morrer daquele jeito.

— Ninguém merece. — Ele pendurou o casaco e esfregou as mãos. — Na sua opinião, quem você acha que poderia querer lhe fazer mal a esse ponto?

Cotten balançou a cabeça.

— Não sei. Quero dizer, já aborreci uma porção de gente, mas não a ponto de quererem me mandar pelos ares. — *Primeiro Thornton, depois Vanessa.* — John, se alguém quis matar Thornton e fazer parecer acidente, não seria muito difícil? Ainda mais com o histórico médico dele. Quero dizer, se eles têm tanto poder assim para me atingir como fizeram, então seriam capazes de descobrir o que quisessem para saber sobre Thornton. Fizeram parecer que foi por causas naturais.

— Bem, o carro-bomba não foi para parecer uma causa natural. Nem mesmo um acidente.

Cotten afundou no sofá e cruzou as pernas sobre o assento.

— É por isso que estou confusa. Foram tão meticulosos em providenciar a morte de Thornton, mas tão brutais ao tentar me matar. Não consigo entender. Um foi um ato muito inteligente, e o outro um patente assassinato. E não há um padrão. Nada, a não ser o Graal. É o único elo de ligação unindo Archer, Thornton e eu. Vanessa estava no lugar errado, na hora errada.

— Alguém sabe que você está aqui? Você falou com mais alguém?

— Não, só com você e com o Jones. — Cotten pressionou a base das mãos contra os olhos, pensando se isso abrandaria a dor de cabeça. — Procurei tomar esse cuidado. Liguei para Ted Casselman do avião, mas não lhe disse aonde ia.

— Você conseguiu dormir?

— Não muito. Acho que alguém veio aqui no meio da noite, mas pode ter sido apenas minha imaginação. Não sei dizer nada. Estava tão tensa que saltava a qualquer ruído. Ainda bem que você chegou. Assim, quem sabe, consigo relaxar um pouco.

— Vamos procurar alguma coisa para nos aquecer, então você me conta sobre o que aconteceu.

Ela o seguiu pela sala.

— Não consegui encontrar nem café nem chá ontem à noite.

— Temos um esconderijo secreto — informou ele.

Cotten observou enquanto John abria a porta de um quartinho de despejo. Depois, puxou para fora um aspirador de pó e uma vassoura, revelando uma escada estreita no fundo.

— O porão permanece frio o ano inteiro e não preciso me preocupar com as minhas provisões, mesmo que alguém esvazie a geladeira ou os armários. Dessa maneira, sempre sei que vou ter um bom café para preparar.

Embora a passagem fosse estreita e a abertura pequena, ela pôde ver que lá dentro estava a maior bagunça.

— Espere um pouco — disse John antes de se esgueirar através do armário e desaparecer depois de descer uns degraus. Instantes depois, retornou com uma lata velha na mão.

— *Voilà*.

De volta à cozinha, pegou uma cafeteira na despensa e acendeu o fogo de um queimador do fogão.

— Você acha que poderia ter sido o Jones quem esteve aqui durante a noite? — cogitou ele enquanto preparava o café.

— Eu não sei. Adormeci no sofá e acordei com um ruído como se alguém estivesse caminhando no pórtico. Mas ninguém bateu na porta nem tentou entrar. Se fosse Jones, ele teria dado a entender que estava aqui, acho. — Cotten sentou-se no banco e colocou a pistola sobre a mesa de cavaletes. — Havia pegadas na neve, mas não sei dizer com certeza se eram as minhas ou não.

— Mas você não viu mesmo ninguém?

Ela balançou a cabeça.

— Não, eu não vi ninguém mesmo. Não ouvi mais nada durante o resto da noite. Mas realmente acredito que havia alguém lá fora.

— Vi uns rastros de um animal ao redor do pórtico quando cheguei — informou John. — Uma raposa, talvez. Poderia estar procurando alimento.

Você não está acostumada com os ruídos das montanhas e pode muito bem ter sido um animal que tenha assustado você.

O vapor subiu pela biqueira da cafeteira, a água escurecida ferveu e o café surgiu no compartimento superior de vidro.

— É, acho que pode ter sido isso. Passei a noite no sofá com esta maldita arma do lado. A cada ruído ou rangido...

— Espero que não tenha passado frio. — John encontrou duas canecas. — Esta cabana é velha... o vento atravessa as paredes e o assoalho. Não há isolamento entre o porão e nós. Ela é confortável no verão, mas não nesta época do ano. — Ele vasculhou o armário. — Deve ter um pouco de açúcar em algum lugar.

— Você sabe o quanto gosto de açúcar — lembrou ela.

John abriu um pacote de açúcar em cima da mesa.

— Na verdade, a lareira me manteve aquecida. — Cotten observou-o encher as duas canecas, pensando que adoraria se aconchegar no corpo dele na frente daquela lareira. Sentia falta de ser abraçada por um homem. O pensamento a fez lembrar-se de Thornton. Ele estava morto. Vanessa estava morta.

John colocou uma caneca à frente dela sobre a mesa e sentou-se no lado oposto.

Cotten envolveu a caneca com as mãos.

— Ainda vamos descobrir o que está acontecendo — refletiu ele. — Eu prometo. Primeiro, precisamos descobrir quem são *eles*.

A cabeça dela latejava. Sem dormir, sem comer, os nervos cobravam o seu preço.

John relanceou o olhar pela cozinha.

— Eu devia ter parado para comprar alguma coisa no supermercado antes de subir a montanha, mas estava ansioso para saber se você estava segura.

— Jones disse que tem um armazém na cidade.

— Seria melhor irmos a Asheville. Podemos lhe comprar algumas roupas quentes e algo mais de que precise.

— Acho que deveria ligar para o Ted, para informar que estou bem.

— O meu celular fica fora de serviço aqui. Se precisar ligar, então temos de ir à cidade.

— Eu estou pronta. — Cotten levantou-se e estendeu a mão para a pistola.

— Está pensando em abrir caminho a bala?

* * *

— Alô?

— Cheryl, é Cotten Stone. — Ela se achava à porta de um supermercado. O centro de compras do interior ficava a poucos quilômetros de Asheville. John apoiava-se contra a parede, observando os clientes que entravam e saíam.

— Da SNN — completou Cotten, depois de alguns instantes de silêncio.

— Sei quem você é — respondeu a esposa de Thornton.

Mesmo com o barulho todo do estacionamento e das pessoas passando, Cotten percebeu a frieza na voz de Cheryl.

— Espero não estar ligando em hora errada — comentou.

— Eu sabia sobre você e Thornton... sabia o tempo todo.

— Cheryl, eu... sinto muito. Sei que não há nada que possa dizer para amenizar a sua dor. — Cotten fechou os olhos com força. Ela realmente estava sendo sincera. Nunca quis causar nenhum mal à outra. Apenas se deixou levar rápido demais por Thornton. Não teve tempo para refletir.

— Você está certa, não há nada que possa dizer — respondeu Cheryl.

Cotten sabia o quanto essa situação devia ser difícil para Cheryl. Era difícil para ela também.

— Se não fosse tão importante, eu juro, não estaria ligando.

— O que você quer?

— Cheryl, é fundamental que eu saiba se os apontamentos de Thornton voltaram com os pertences dele.

— Por quê?

— Eu... eu acredito que possa haver dicas sobre quem o matou.

— Do que você está falando?

— Cheryl, não posso entrar em detalhes no momento, mas tenho as minhas razões...

— Razões? Estou certa de que tem. Como pedir para que ele se divorciasse de mim? Como querer meter a mão no dinheiro dele? Você sabe quanto Thornton valia? Posso imaginar as suas razões.

Houve uma pausa e Cotten ouviu soluços abafados.

— Thornton morreu de hemorragia cerebral, senhorita Stone. — Cheryl sublinhou o "senhorita" com desdém na voz. — Portanto vamos deixar as coisas como estão. — A voz dela falhou. — Ao menos não precisei encarar o embaraço de ele morrer enquanto estava transando com você.

Cotten pôs a mão sobre o telefone para ocultar o suspiro. A mulher tinha todo o direito de atacá-la. Os comentários agressivos de Cheryl eram para magoá-la, para fazer Cotten sentir-se vulgar e culpada. E funcionaram, ela sabia que merecia. Mas ela não exigiu nada de Thornton quando ele morreu. Rompeu com ele. Ela engoliu a saliva amarga e respirou fundo.

— Cheryl, por favor. Thornton me ligou de Roma e disse que estava trabalhando em algo grande, e que temia pela vida dele. Foi muita coincidência ele ter aparecido morto. Você sabe tão bem quanto eu que para Thornton sentir medo... — Cotten não sabia mais o que dizer. Não tinha prova de nada.

Mais uma pausa incômoda.

— Eu também conversei com o meu marido no dia anterior... — a voz dela fraquejou. — Ele se desculpou por todas as vezes que me magoou, pelas vezes que me fez chorar. Ele me disse que eu era uma boa esposa e que não merecia alguém como ele. Isso foi estranho para Thornton. Não entendi por que ele estava me dizendo aquilo tudo. — Ela limpou a garganta como que para recuperar a compostura. — Ele era como uma droga para as mulheres. Sei que você não foi a primeira a ficar viciada. Mas você foi a primeira com quem eu acho que ele realmente se importou.

Cotten ouviu Cheryl assoar o nariz. Ficou esperando.

— Portanto, o que você quer? — A voz da viúva soava mais controlada.

— O computador portátil dele. Preciso saber o que existe na última série de apontamentos dele. — Ouviu um ruído surdo e presumiu que Cheryl deixara o telefone sobre a mesa. Um instante depois ouviu o som de passos e um ruído de papéis.

— Eles não mandaram — disse Cheryl.

— Mas ele sempre fazia apontamentos.

— A única coisa que tenho são duas folhas de papel que parecem ter saído do computador dele. Elas chegaram outro dia... Thornton mandou-as para si mesmo de Roma pelo correio.

— Há alguma referência à história do Graal?

— Não, apenas uma lista.

— Do tipo de coisas a fazer? — perguntou Cotten.

— Nomes.

— Poderia ler os nomes para mim?

Cotten ouviu durante trinta segundos antes de dizer.

— Espere. Pare. Deixe-me pegar uma caneta e papel.

Acenou para John, que procurou nos bolsos do casaco e conseguiu uma caneta. Depois, pegou uma folha de anúncio de uma oficina mecânica de um balcão e estendeu-a a Cotten. Ela dobrou a folha para escrever no verso.

— De novo, Cheryl. Por favor, leia os nomes bem devagar mais uma vez. — Um instante depois, ela parou de escrever e disse. — Obrigada. Muito obrigada mesmo.

Desligando, voltou-se para John e sussurrou:

— Puta merda!

Santo Supermercado

O jipe vermelho entrou no estacionamento da Biblioteca Pública de Asheville, na Fairview Road, a quase um quilômetro a oeste pela rodovia interestadual 240. Manchas de neve cobriam parcialmente o gramado amarelado do inverno e o solo poeirento e ferruginoso que se espalhava por baixo.

— Se você entrar na página da SNN e usar o banco de dados dela, não podem descobrir onde você está? — indagou John depois que ele e Cotten saíram do carro e subiram os degraus da biblioteca. — Não poderíamos conseguir informações de base sobre a lista de Thornton simplesmente pesquisando na Internet?

— Sim, mas os arquivos da SNN são muito mais articulados para a pesquisa — retrucou Cotten. — Vou entrar na SNN usando uma conta que me deixa anônima. É um serviço de navegação que oculta completamente a minha identidade e o endereço de IP do computador que estou usando. — Cotten esperou enquanto John mantinha a porta aberta. — Eu a uso o tempo todo, assim ninguém pode me localizar. Se eu estiver fazendo uma pesquisa, às vezes não quero que alguém saiba que uma repórter está farejando. As pessoas ficariam chocadas em saber quantos rastros elas deixam para trás ao usar a Internet.

Eles se inscreveram na recepção e o funcionário indicou-lhes os computadores.

Havia cinco PCs alinhados na parede dos fundos — um sendo usado por um casal de jovens, os outros desocupados. Cotten escolheu o mais distante do casal. Conectando-se à página da Anonimizer.com, acessou as informações da conta e depois digitou o número da URL do portal de pesquisas da SNN. Ao ser solicitada, digitou o seu nome de usuária, "*newsbabe*", e a senha, "*kentuckywoman*". Navegando para o setor de biografias da SNN, ela digitou "Hans Fritche", o primeiro nome rabiscado no verso do anúncio da oficina mecânica. Quase instantaneamente, uma lista de *links* apareceu. Ela verificou a lista de *links*, então escolheu um e clicou. Uma fotografia do chanceler de Liechtenstein apareceu com um histórico resumido. Cotten clicou no ícone para imprimir.

Ruedi Baumann era o próximo da lista. O primeiro *link* o identificava como o CEO do Banco Internacional de Zurique. Ela continuou até ter impressas as biografias de cada nome — todos líderes mundiais de destaque, que detinham um enorme poder político, militar e econômico.

— Alguma idéia do que esses nomes têm em comum? — indagou John.

— Um *iceberg* bem grande — comentou Cotten enquanto caminhavam para o jipe.

* * *

— Pode ser que quem tenha roubado o Cálice o esteja guardando para exigir um resgate — disse John para Cotten ao entrarem no estacionamento de um supermercado a alguns quilômetros da biblioteca.

— Ou estejam tentando vendê-lo no mercado negro de antiguidades. — Cotten consultava as folhas impressas, parando no presidente da Corte Suprema francesa. — Ele poderia ser um potencial comprador. Qualquer um deles poderia ser. — Ela olhou para a biografia do general russo. — Chantagem? Resgate? Mercado negro de colecionadores? Conhecer os nomes deles era tão ameaçador para esses homens que Thornton precisou morrer?

John olhou para os papéis e deu de ombros.

— É uma lista impressionante, mas também poderia ser apenas uma lista de coisas a fazer, de contatos para reportagens futuras.

— Você está certo. Poderíamos estar nos empolgando a troco de nada. Mas Thornton achou que precisava mandar a lista para si mesmo pelo correio. Por quê? Ele não teria chegado a esse nível de preocupação por causa de uma simples lista de entrevistas para reportagens futuras. Será que ele não queria se assegurar de que a lista não fosse vista por mais alguém se acontecesse alguma coisa com ele?

Ela observou uma mãe empurrando um carrinho de bebê no estacionamento.

— E onde estão os apontamentos dele? Ele tinha obsessão por manter registros detalhados. Costumava me censurar, dizendo que eu não era detalhista o suficiente. Muitas vezes, argumentava que o simples fato de rever os apontamentos, vê-los no papel, aumentava a clareza dos fatos.

John se recostou no assento.

— Bem, pense da seguinte maneira: os apontamentos que faltam poderiam ser uma confirmação de que ele foi assassinado por causa da reportagem, por causa do furto do Graal. O assassino deve ter ficado com o computador de Thornton.

— Então estamos de volta à lista.

— O que você quer fazer agora?

— Vou ligar para o meu tio Gus. Pedir para ele ver se consegue encontrar uma ligação entre esses nomes. Se alguém pode fazer isso, esse alguém é ele. De qualquer modo, preciso verificar com ele como anda o assunto Wingate.

— Enquanto você faz isso, vou ao supermercado fazer algumas compras. — John olhou para a lista manuscrita na mão de Cotten. — Há mais uma coisa que você escreveu aí que não mencionou. — Ele apontou para as anotações dela. — "S-T, S-I-N".

— É, não faço a menor idéia do que se trata. Cheryl disse que Thornton havia circulado alguma coisa na base da página. Ela disse que ele circulou aquilo tantas vezes e que as linhas da caneta passaram tantas vezes que tornaram impossível ler tudo o que estava escrito. O que ela pôde entender foi o começo: "S-T ponto". Como na abreviação para "santo", em inglês. Santo Antônio. Santo André. Bem poderia ser Santo Supermercado. — Ela olhou para o supermercado e deu de ombros. — Então, embaixo disso, ele escreveu de novo S-T, mas seguido de um traço e da palavra SIN e alguma coisa mais. Cheryl tentou explicar como estava e disse que não conseguia mesmo entender.

John olhou para o texto.

— Não faço idéia. — Balançou a cabeça e olhou para ela. — Vá dar o seu telefonema e me encontre aqui em vinte minutos.

— Certo. — Ele começou a sair do carro, mas ela tocou-lhe a manga do casaco. — Há uma outra coisa que Cheryl disse, mas que não escrevi.

— O quê?

— A princípio pensei que ela tivesse dito "grande mãe", mas pedi para ela repetir. Ela disse que Thornton escrevera "grão-mestre".

John olhou para ela boquiaberto.

— Cotten, os Cavaleiros Templários se chamavam uns aos outros de guardiães do Graal. O líder deles era sempre chamado de grão-mestre.

13 gotas

— Você acha que os Cavaleiros Templários ainda existem hoje em dia? — indagou Cotten da cozinha enquanto preparava o molho para o macarrão no velho fogão a gás.

— Existem inúmeras organizações que têm as suas origens nos Templários. Os franco-maçons são um bom exemplo disso.

— Ah, sei, assim como o clube dos garotos de DeMolay. Fiquei sabendo disso outro dia.

John alimentava a lareira. Nuvens pesadas de neve haviam retornado durante a tarde e a temperatura entrara em declínio.

— Muitos historiadores associam o início da maçonaria aos Templários. Pensando nisso agora, o dignitário de cada loja maçônica é chamado de grão-mestre. — Ele observou enquanto o fogo ganhava vida e o calor inundava o aposento. — A propósito, isso aí está cheirando bem.

— Obrigada. Era um dos favoritos do meu pai.

— Espero que o gosto seja tão bom quanto o aroma. — John entrou na cozinha e olhou por cima do ombro dela para o molho vermelho e espesso.

Cotten pegou um pouquinho na ponta da colher de pau e ofereceu a ele.

— Excelente — elogiou John.

— Que tal nos servir uma taça de vinho *chianti* enquanto esperamos o molho apurar mais um pouco?

John encontrou o saca-rolhas e abriu a garrafa de vinho italiano. Tirou duas canecas do armário.

— Sinto muito, mas não temos taças para vinho. A vida aqui é meio rude.

— Não vai ser a primeira vez que bebo vinho em uma xícara de café. — Ela colocou a tampa na panela do molho. — O que os maçons poderiam querer com o Graal?

— Não acho que se interessariam. Muito embora sejam uma organização até certo ponto secreta, ajudam organizações de caridade, não se ocupam de assassinar repórteres da televisão. Milhares de pessoas notáveis foram maçons: George Washington e Winston Churchill, por exemplo, além de celebridades, como Clark Gable e Red Skelton. A lista é enorme. — John ofereceu a Cotten uma caneca de vinho. — Saúde — disse, erguendo a dele.

As canecas se encontraram. Cotten tomou um gole.

— Vamos para a varanda.

— E morrer congelados?

— Só por um minuto. — Ela tomou um longo gole de vinho, então deu um sorriso largo e acenou para a caneca de vinho. — Isso vai aquecer você.

— É por isso que alguns bêbados morrem congelados na rua. Eles pensam que estão aquecidos.

— Volto em um instante — disse Cotten, encaminhando-se para o corredor. Um minuto depois, voltou com um pesado cobertor de lã. — Vamos. — Quando ela abriu a porta de trás, uma rajada de vento gelado atingiu-lhe o rosto em cheio.

John acompanhou-a à varanda e fechou a porta ao passar.

— Isto aqui é lindo — admirou-se ela, olhando para as montanhas. — Esta luminosidade difusa do pôr-do-sol é mágica, você não acha?

Ele concordou, esfregando vivamente os antebraços.

— Venha cá — chamou ela, envolvendo-se no cobertor e abrindo um lado de maneira convidativa.

Ele se acomodou ao lado dela e puxou o cobertor ao redor dos ombros.

— Melhor agora? — indagou ela.

— Muito.

Engolindo outro grande gole de vinho, ela enroscou o braço no dele. A terra atrás da cabana despencava abruptamente, a rocha se sobressaindo em saliências e arestas, o terreno árido no inverno expondo a terra nua.

— Lá embaixo corre um riacho — explicou John. — Não é muito grande, mas quando se é garoto, é um lugar com inúmeras opções de diversão durante o verão. Desde o nascer até o pôr-do-sol, eu passava o tempo todo subindo e descendo essas montanhas. Conhecia cada rocha, cada caverna e cada árvore oca num raio de cinco quilômetros. Pedia para o meu pai me levar de carro até lá embaixo. Quando ele e a minha mãe voltavam para a cabana, eu já os esperava no pórtico de braços cruzados e com um sorriso de vitória no rosto. Não havia lugar melhor para um menino... um milhão de aventuras.

Cotten admirou-o, observando a inocência da criança e a sensatez do homem. Achou essa disparidade encantadora.

— Como você viveu as suas aventuras de menina? — quis saber ele.

Cotten deu uma risada.

— Alimentando galinhas.

— Ora, vamos. Toda criança tem aventuras. Você não teve uma cabana ou um lugar secreto para se esconder?

Cotten pensou por um instante.

— Uma árvore. Um carvalho enorme no meio do pasto. Preguei tábuas pequenas nele para formar uma escada e estendi umas tábuas entre os galhos para formar uma plataforma. Sempre dava um jeito de fugir para a minha casa na árvore. Dei o meu primeiro beijo naquela árvore. Devia ter uns 12 anos na época. Robbie White. Estávamos sentados lá, nos escondendo de Tommy Hipperling, quando de repente Robbie simplesmente se inclinou e me deu o maior beijo, bem aqui. — Ela indicou os lábios. — Depois de feito, nenhum de nós disse nada por um bom tempo. Acho que foi o primeiro beijo dele também. Nunca conversamos sobre o que aconteceu, mas nos encontramos mais algumas vezes no alto da árvore naquela primavera... e praticávamos. Então ele se mudou e eu nunca mais o vi. Acho que não ganhei mais nenhum beijo até completar 16 anos, e esse nem se comparava com o que eu me lembrava de Robbie White.

— Então, enquanto eu escalava estas montanhas e caçava girinos no riacho, você era beijada por Robbie White.

— Eu era uma menina igual aos meninos, a não ser no que se referia a beijar. Então eu me sentia bem feminina. Adorava beijar tanto quanto adorava subir em árvores com os meninos.

John inspirou fundo e abriu a boca como se fosse falar, mas aparentemente se arrependeu.

De repente, eles saíram correndo para a porta com o vento já bem mais forte os empurrando para dentro.

— Isto está delicioso — elogiou John, depois da primeira garfada de espaguete.

— Obrigada. — Os pensamentos de Cotten não se encontravam no jantar, mas de volta ao Cálice. — Se os Templários se consideravam os guardiães do Graal, então talvez quisessem roubá-lo para protegê-lo, não para vendê-lo.

— Pode ser.

— A esta altura, o Cálice já pode estar guardado em algum cofre ou fazendo parte de uma coleção particular e nunca mais o veremos de novo.

John apontou o garfo para ela.

— Isso não explica a morte de Thornton e a tentativa de matá-la. Alguém está com muito medo de você... com medo de que descubra o seu segredo.

Com um sorriso incerto, ela disse:

— Mais vinho?

— Claro. — Ele estendeu a caneca e ela despejou ou resto do *chianti*.

— Sabe o que eu li certa vez? — disse Cotten. — Foi em um livro sobre manter um caderno de apontamentos de escritor. O autor, o nome dele era Fletcher, dizia que tinha ouvido uma garçonete contar uma história sobre quanto vinho sobrava em uma garrafa vazia. A garçonete dizia que sempre restavam treze gotas. Fletcher anotou no seu caderno de apontamentos porque pensou que era uma metáfora maravilhosa para quando uma pessoa sente que não sobrou mais nada... como quando se sente totalmente vazio e esgotado, mas sempre há treze gotas de reserva. — Ela deixou a garrafa sobre mesa e olhou para John. — Espero que, se precisar, tenha as minhas treze gotas sobrando.

Ambos relancearam o olhar para a janela escura quando uma rajada de vento fez a cabana estremecer.

— Não posso acreditar como a noite cai tão rapidamente aqui — observou Cotten.

— Exatamente o oposto do que acontece no verão. Em uma noite fresca de verão, o entardecer parece durar para sempre. O meu avô e eu nos sentávamos na varanda da frente por horas, contando vaga-lumes até que eles ficavam difíceis de ver, confundindo-se com as estrelas.

— Quando você cresceu, alguma vez se apaixonou?

— Na verdade, sim. Jones tinha uma neta que vinha aqui nos visitar. Passei todo um mês de julho loucamente apaixonado por ela.

— O que aconteceu?

— Não muita coisa. Éramos apenas crianças.

Cotten arqueou as duas sobrancelhas em uma expressão divertida.

— Você a beijou?

— Robbie White gostava de se sentar em árvores?

Eles riram, então Cotten indagou:

— Voltou a ter notícias dela?

— Não. Ela se transformou num vaga-lume e desapareceu.

— E depois que você cresceu… quero dizer, quanto a se apaixonar?

John recostou-se na cadeira, bebeu um gole de vinho e olhou para ela por sobre a mesa.

— O quê? — insistiu ela.

Ele balançou a cabeça, então, depois de um instante, se levantou.

— Digo para a gente abrir outra garrafa e arrumar a cozinha.

* * *

O vento rugia montanha acima e parecia querer arrancar a cabana do chão. Mesmo sendo sólida, ela gemia sob o ataque, mas resistia.

Depois de lavar a louça, Cotten e John tornaram a encher as canecas e foram para o sofá em frente à lareira. Por um bom tempo, permaneceram sentados em silêncio, olhando para as chamas que se erguiam no ar, enviando fagulhas em direção à chaminé.

— Gostaria que pudéssemos nos esquecer do mundo, agora mesmo, e ficar assim, do jeito que estamos. — Ela estava sentada em cima de uma perna, meio voltada para encará-lo.

— Você sabe que não podemos.

— Bem, e por que não? Odeio essa coisa de estar sempre com medo… pensando na morte de Vanessa, na morte de Thornton… nesse turbilhão emocional.

— Não se deixe engolir por ele. Você não está nisso sozinha. Estou aqui com você.

Cotten pôs a caneca no chão. Como poderia explicar o que lhe consumia por dentro?

— Olhe para mim, John. Olhe bem. Alguém matou a minha melhor amiga mas queria matar a mim. Eles assassinaram Thornton. Não sei nem ao menos por quê. E todo mundo fica me dizendo que *eu sou a única pessoa*. A única pessoa pra fazer o quê? Não tenho a menor idéia do que isso significa. Esperam que eu impeça o sol de se levantar? — Ela relanceou o olhar para o fogo. — Que tipo de vida louca arrumei para mim? Observe o padrão. Eu só quero o que não posso ter, e o que quer que eu toque dá errado... ou morre.

— A morte deles não foi culpa sua. Sei que é um momento difícil — disse ele. — Não exija tanto de si mesma.

Ela fitou os olhos dele, escuros como safira.

— Acabei arrastando você para este pesadelo e estou com medo de que também acabe morto.

John segurou-lhe as mãos.

Cotten riu através das lágrimas.

— E, acima de tudo, estou tentando não me apaixonar por você. — Ela imediatamente se arrependeu daquelas palavras. — Droga, sinto muito, John. Não devia ter dito isso.

Sentiu as mãos quentes dele acariciarem as suas.

— Cotten... Você está confundindo os seus sentimentos. Você está em perigo, está com medo, e tudo isso a torna vulnerável. Passamos por momentos incomuns juntos... criamos um vínculo entre nós, um tipo de amor, mas não do tipo que você imagina.

Ela abaixou a cabeça.

— Sinto muito. Eu o coloquei numa posição desconfortável. — Ficou em silêncio por um instante. — Sinto-me uma idiota. Acho que bebi vinho demais. Foi errado da minha parte dizer aquilo. Sou tão desastrada! Deus, me desculpe, John.

— Não há nada pelo que se desculpar e você não é desastrada, apenas está confundindo os seus sentimentos. Você é uma pessoa incrível, é decente e sincera. Alguma vez pensou que, quando acredita que está apaixonada por um homem que acha que não pode ter, isso a protege de fazer uma escolha entre o casamento e a sua carreira?

Cotten suspirou. As imagens da mãe tomaram de assalto os seus pensamentos. Ainda a via parada junto à pia da cozinha, sem expressão, sem paixão, olhando longamente para a janela. O rosto da mãe era sulcado por rugas profundas, a pele maltratada, não pelo sol, mas pela ausência de sentido e de alegria. E os olhos... sem brilho, desprovidos da capacidade de sonhar e se maravilhar. Às vezes, essa mesma visão lhe ocorria nos sonhos, e assim como uma aquarela exposta à chuva, a imagem se deformava e mudava, e ela via a si mesma, envelhecida, indo pelo mesmo caminho. Era quando acordava e se prometia esforçar-se ao máximo no trabalho para que nunca se visse igual à mãe.

Sem as treze gotas sobrando.

John ergueu-lhe o queixo com um dedo dobrado.

— Se eu não fosse padre... você seria a mulher por quem me apaixonaria. Você é aquela ao lado de quem eu passaria a minha vida.

Cotten não conseguia desviar os olhos dele.

— Você não precisa dizer isso para fazer eu me sentir melhor. Sei que estava vivendo uma fantasia.

— Eu disse isso porque é o que penso. Estou falando a verdade, dizendo o que sinto.

— Você é sempre tão... estável, tão seguro de si. Você vê as coisas como elas realmente são. Gostaria de ser assim.

— Lembra-se de que lhe disse que estou de licença porque não sei o que devo fazer? A minha vida não está clara. Você sabe o que quer, Cotten. Você sabe o quanto é abençoada?

John estava certo em um sentido — ela queria desesperadamente uma carreira de sucesso, uma vida diferente da que a mãe tivera. Mas sempre dava um jeito de querer o que não poderia ter — ao menos quando se tratava de homens.

— Quando o homem certo aparecer, você não vai precisar fazer escolhas ou sacrificar uma coisa por outra. Você vai encontrar o equilíbrio. — Ele afastou-lhe o cabelo do rosto. — E ele será o homem mais sortudo do mundo.

Cotten passou os braços ao redor do pescoço de John.

— Ainda gostaria que você não fosse padre — sussurrou.

O Porão

A escuridão encobria as montanhas em um abraço apertado e uma poeira de neve descia do céu.

Cotten saiu do banheiro envolvida em um longo robe de veludo frisado branco que haviam comprado na cidade. O cabelo espalhava-se sobre as costas, ainda úmido.

— Oi — ela disse, ao ver John acender uma vela sobre o aparador da cozinha. Percebera o aroma de amoras penetrar no banheiro e notou que havia uma série de velas acesas espalhadas pelo quarto. — O que você...?

— Usamos estas velas quando abrimos a cabana pela primeira vez no verão — explicou John. — A madeira fica embolorada depois de permanecer fechada durante todo o inverno.

— O aroma destas velas é delicioso, dá vontade de comer o ar.

— Também achei que o perfume ajudasse você a relaxar. Um pouco dos meus conhecimentos da aromaterapia "nova era".

Ela cruzou os braços em volta do corpo.

— Obrigada, por tudo.

— Estarei no quarto ao lado. Se precisar de alguma coisa...

Cotten ergueu o crucifixo de ouro que pendia de uma corrente em volta do pescoço dele. Tomando-lhe a mão na sua, ela pressionou a cruz contra a palma da mão dele.

— Você também vai encontrar um equilíbrio. Nós dois encontraremos.

Depois que as luzes se apagaram e tudo o que se ouvia era o assobio do vento, Cotten ficou deitada acordada pensando. John provavelmente estava certo quanto a ela ter os sentimentos confusos, mas ainda havia uma angústia, uma dor que não cessava no seu íntimo. Com John, não havia fingimento, nem hipocrisia. Com ele, podia ser totalmente ela mesma, uma liberdade que não experimentava havia muito, muito tempo. John abrira uma porta no coração dela que permanecera trancada desde a morte do pai.

* * *

O sonho foi tumultuado. Cotten via Vanessa, depois Thornton, então Gabriel Archer — todos através de uma névoa, mais grossa que uma neblina, como vidro congelado. Então via o pai ajoelhado sobre um joelho, a mão estendida, acenando para que se aproximasse. Ele falava, mas as palavras soavam como o rumor de um trovão distante. Ela se aproximava dele, deslizando no ar em vez de andar. Quanto mais se aproximava, mais ele mergulhava na névoa.

De repente, uma voz rompeu de dentro do nevoeiro. Ela abriu os olhos arregalados, mas a nuvem do sonho ainda pairava.

— Cotten! — Era John quem a chamava. — Levante-se depressa. — Ele a sacudia e puxava pelo braço.

— O que foi? — surpreendeu-se ela, pestanejando acordada. O quarto estava às escuras, a não ser por uma única vela ainda acesa. John enfiara um braço na camisa de flanela e agitava-se apressado para enfiar o outro braço na manga oposta.

— Rápido — apressou-a ele, puxando-a para cima e para fora da cama. — A cabana está pegando fogo!

Cotten equilibrou-se sobre os pés. Nesse momento sentiu o cheiro, o fedor acre da fumaça provocada pela queima de tudo: madeira, tecido, plástico.

John agarrou-a pela cintura.

— Venha — disse, puxando-a atrás de si pelo corredor.

O torpor remanescente se desfez enquanto Cotten o seguia, apertando o robe contra o peito. A fumaça se tornava mais densa e ela sentiu o calor que se irradiava do vestíbulo. Uma sinistra e bruxuleante labareda de cor laranja vinha vindo da sala — na direção para a qual eles estavam se encaminhando. Cotten empacou.

— Não, você está nos levando direto para o fogo. — Ela recuou, resistindo.

Ele arrastou-a pelo braço.

— Fique perto de mim — ordenou em voz áspera.

A fumaça os sufocaria antes mesmo de serem queimados pelas chamas, pensou Cotten. Quase perdeu John de vista na escuridão enquanto tossia, a fumaça ardida impregnando-lhe a boca e o nariz.

Quase no fim do vestíbulo, ele parou e abriu a porta do quartinho de despejo. Afastou os utensílios do caminho e levou-a para baixo pela escada estreita que levava ao porão.

Cotten apalpou a parede, desejando ter um corrimão em que se apoiar. O frio a envolveu num instante, mas ela estava grata por haver menos fumaça no porão escuro.

Eles se esquivavam dos utensílios armazenados ali — tropeçando em arcas, chocando-se com grandes recipientes de lixo de borracha e sacos plásticos cheios do que Cotten imaginou serem roupas ou toalhas ou cortinas.

Ela tropeçou em um pilha de pesados canos de ferro, fazendo-os rolar e se chocar sobre o piso cimentado. Então perdeu o equilíbrio e procurou apoiar-se nas mãos e nos joelhos.

— Merda! — A dor explodiu no peito do pé, onde se chocara com os canos.

John amparou-a pelo antebraço e ajudou-a a se levantar.

— Tem uma janela — informou. — Logo ali.

Cotten não via a janela, não conseguia ver nada, cambaleando logo atrás dele.

— Aqui — apontou John, subindo em uma velha bancada de carpinteiro apoiada contra a parede. Levantou o trinco e tentou abrir a janela, mas a madeira não cedeu.

O porão iluminou-se ligeiramente e Cotten olhou por cima do ombro para a fonte de luz. A abertura no alto da escada brilhava com a claridade do fogo e um rio de calor mergulhou pelos degraus da escada. Ela ouviu os rangidos e estalos seguidos pelo baque das vigas desmoronando. O fogo bramia e logo abriria caminho pela escadinha de madeira, invadiria o porão e consumiria tudo o que ele continha.

— Nós vamos morrer! — gritou.

John empurrou a janela outra vez.

Cotten apalpou a bancada, encontrando finalmente uma grande chave de boca.

— Use isto — gritou, entregando-lhe a ferramenta.

John pegou a chave e quebrou o vidro. Depois que voaram os primeiros estilhaços, ele correu a chave por todo o perímetro da vidraça, eliminando os cacos remanescentes.

— Me dê a sua mão — pediu ele.

Cotten estendeu-a e ele a ajudou a subir ao lado dele. A bancada oscilou e ela ouviu a madeira estalar. Não agüentaria o peso dos dois por muito tempo.

— Eu lhe dou impulso — avisou John, entrecruzando os dedos das mãos. — Apóie o pé em minhas mãos.

Cotten colocou o pé direito no centro das mãos dele e John a ergueu para a janela. Ela conseguiu atravessar meio corpo, depois agarrou a terra com as mãos e os antebraços, puxando o corpo para fora, o robe rasgando-se na moldura da janela. Ela se arrastou para uma laje de rocha logo abaixo da varanda, atrás da cabana.

O golpe do ar gelado instantaneamente secou-lhe os olhos e salpicou-lhe a pele como agulhadas.

Num instante, Cotten viu as mãos de John do lado de fora da moldura. Agarrando um dos pulsos dele, ajudou-o a subir o bastante para passar os ombros.

Rapidamente, ele atravessou o resto do corpo e chegou à laje de pedra.

— Você está bem? — indagou ele.

— Estou.

— Vamos ter de subir a encosta. Acha que é capaz de fazer isso?

Cotten olhou para a montanha escarpada, que parecia subir quase verticalmente.

— Eu preciso — admitiu ela.

Cotten tentou segui-lo pela encosta íngreme que os levaria ao terreno plano ao lado da cabana. Agarrou-se em um punhado de arbustos secos, alguns dos quais foram arrancados. Perdendo o apoio dos pés, escorregou de volta, o terreno árido arranhando-lhe a pele. De novo, ela tentou subir pela encosta, enterrando o pé no chão congelado, procurando enfiar os dedos na terra, lutando para manter o robe junto ao corpo. A cada metro de progresso, parecia perder dois.

— Não consigo — gemeu depois de algum tempo. — É muito íngreme.

— Suba — insistiu John. — Você consegue. Falta menos que um metro. — Ele retornou para ficar o lado de Cotten, então se colocou embaixo dela e empurrou-a para cima. — Continue subindo.

Cotten olhou para cima. O fogo iluminava o céu à direita. Com a mão, tateou até encontrar uma saliência de rocha e tomou impulso em um tronco de árvore da montanha.

Quando chegaram ao terreno plano, Cotten fitou a cabana. Os flocos de neve faiscavam, refletindo o fogo. As chamas irrompiam do teto e jorravam das janelas; o pórtico cedera e desmoronara. A cabana ardia como se fosse feita de gravetos — nada mais do que pedaços de madeira rapidamente consumidos pelo fogo. Centelhas do teto salpicavam os ramos de uma nogueira desfolhada que se erguia ao lado da casa.

John empurrou-a para o chão e tapou-lhe a boca com a mão.

— Psiu! — sussurrou, apontando. — Olhe.

Os reflexos do fogo revelavam as sombras de dois homens, duas silhuetas indistintas, em pé, a certa distância entre a fileira de árvores, observando a cabana incendiada. Cerca de trinta metros adiante achavam-se estacionados os carros de John e Cotten. Para chegar até lá, precisariam passar pela frente dos homens.

— Não podemos ir até os carros — ela sussurrou.

— Não precisamos — John respondeu.

As Roupas de Lilly

— Jones! — John batia com força na porta da casa velha enquanto apoiava Cotten com o outro braço. — Abra a porta, Jones!

Cotten não conseguia fazer seus dentes pararem de bater, e apertava desesperadamente o robe rasgado em torno do corpo. As extremidades dos seus dedos a princípio latejaram, mas agora eles estavam adormecidos. E não sentira os dedos dos pés durante os últimos cinco minutos.

John batia na porta com veemência quando a luz do pórtico se acendeu.

— Quem está aí? O que está acontecendo? — A voz era insegura e trêmula.

— Jones, sou eu, John Tyler. Precisamos de ajuda.

— John? — A porta se escancarou e Clarence Jones apareceu. — Que diabos... — O velho ficou boquiaberto ao ver o estado em que se encontravam. — Cobertores. Vou buscar alguns cobertores.

John carregou Cotten até o sofá e começou a esfregar vigorosamente as mãos e os pés dela.

— Aqui estão — disse Jones, largando os cobertores ao lado deles. — Vou preparar um chocolate quente. — Ele correu para a cozinha.

— Nunca mais vou me esquentar — gemeu Cotten, a voz trêmula, o corpo arrepiado.

John atirou os dois cobertores sobre Cotten, então sentou-se ao lado dela. Acomodou-lhe os pés no colo, assoprou as mãos e envolveu com elas o pé direito dela.

— Começou a sentir estes dedos?

— Um pouco — ela encolheu o corpo e repousou a cabeça no braço do sofá.

Não conseguia deixar de pensar na terrível fuga do porão, depois a subida pela encosta da montanha. Como estava descalça, John a carregara sempre que podia — correndo, parando para descansar, erguendo-a, saltando sobre as bordas das pedras que desciam dos fundos da cabana para o riacho lá no fundo, através da escuridão, subindo em pedras e tropeçando em saliências rochosas, escorregando nas superfícies cobertas de gelo e passando sobre árvores caídas. Toda vez que eles paravam e ela tentava permanecer em pé sobre a terra coberta de neve, os pés ardiam como se estivessem sobre brasas.

Em fuga montanha abaixo, John seguira o caminho memorizado em centenas de jornadas da infância. Ele dizia para ela não se preocupar que conhecia a encosta da montanha bem o bastante para descê-la de olhos vendados.

Enquanto tentava recompor os pensamentos, Cotten esboçou um sorriso fraco, observando John envolvê-la como uma múmia entre os grossos cobertores, apertando as cobertas especialmente em volta dos pés.

Depois de entregar aos visitantes canecas fumegantes de chocolate, Jones serviu-se também de uma caneca e sentou-se na sua cadeira de balanço ao lado lareira.

— Agora que vocês já estão aquecidos, podem me contar que diabos aconteceu?

Cotten olhou para John.

— A cabana pegou fogo — declarou John. — Não fazemos idéia de como aconteceu. Talvez tenha sido um defeito na instalação elétrica, acho eu.

Jones balançou-se, bebericando o chocolate quente.

— Meu Deus! — Passou a mão enrugada pelo rosto mal barbeado. — E você e a senhora aqui desceram toda a montanha até a minha casa? — Bebericou de novo, olhando para o fogo, então virou-se para eles. — Hum. Parece que seria mais fácil ter vindo de carro. — Cobriu a boca e tossiu. — Não quero parecer indiscreto. Vejam, não acontece muita coisa interessante por aqui, portanto...

John deu um longo suspiro e tirou os pés de Cotten de cima do colo. Inclinou-se para a frente, abraçando os joelhos.

— Não posso explicar tudo pra você, Clarence. Explicaria, se pudesse. Digamos apenas que Cotten está correndo sério perigo. Pensei que ela ficaria segura na cabana, mas me enganei. O fogo foi uma tentativa deliberada contra a vida dela.

— O quê? — Jones arregalou os olhos.

— Incêndio premeditado — declarou Cotten. — Dois homens puseram fogo. Então ficaram lá olhando a cabana queimar. Não pudemos pegar os carros sem ser vistos por eles. Tomara que pensem que estamos mortos.

Jones esfregou o rosto de cima a baixo, obviamente chocado.

— Vamos ligar para o xerife. — O velho inclinou a cadeira fazendo menção de se levantar. — A polícia deve chegar imediatamente se não...

— Não! — bradou Cotten. — Ninguém pode saber onde estamos. Precisamos sair daqui primeiro. — Ela explicou como os seus cartões de crédito tinham sido cancelados e como John conseguira-lhe uma passagem para Asheville. — Pensamos que seria seguro. Mas eles ainda me seguiram. Não podemos confiar em ninguém. Nem mesmo na polícia. Pelo menos por enquanto. Depois que as autoridades localizarem os nossos carros, logo saberão que estávamos lá.

Jones arriou na cadeira.

— E o que pretendem fazer? Como posso ajudá-los?

— Precisamos da sua caminhonete emprestada — disse John. — E vamos precisar também de algumas roupas para Cotten. Depois, seguiremos para Greenville, onde você não terá problemas para encontrar a caminhonete. Vou deixá-la na Bob Jones University, no estacionamento do museu. Odeio causar-lhe esse aborrecimento, Clarence, mas você terá de ir buscá-la.

— Posso fazer isso. — O velho riu. — Mas poderia ir eu mesmo dirigindo.

— Não queremos que arrisque a vida — observou John. — Se eles nos pegarem, não queremos você no meio. Será muito problema emprestar-nos a caminhonete?

— Não, rapaz, nenhum problema. Guardo a velha Buick lá atrás para isso mesmo, para alguma emergência. Bob *Jones*, hein? Não é uma coincidência... ou *coinkeedink*, como a minha Lilly costumava dizer? — Ele assoprou a superfície do chocolate antes de tomar outro gole.

— O que o fez pensar no museu da universidade? — Cotten indagou.

— Conheço o museu. Estive lá. Guarda uma das coleções de arte religiosa de maior prestígio nos Estados Unidos. Dolci, Rubens, Rembrandt, Ticiano, VanDyck. E parece um lugar fácil para Clarence ir.

— Quem imaginaria... Rembrandt em Greenville, Carolina do Sul? — considerou Cotten.

John sorriu.

— Podemos conseguir um vôo de lá.

— Como? Os meus cartões estão bloqueados. Os seus provavelmente também.

— Vou tentar fazer um saque em um caixa eletrônico. Se houver problema com o meu cartão, saberemos que eles estão me seguindo também. E se for esse o caso, entrarei em contato com um amigo em White Plans. Ele nos consegue dinheiro suficiente para voarmos para fora do país, talvez México ou América do Sul.

Jones balançou-se para trás.

— Vou ligar para os bombeiros. Não há ninguém perto da sua cabana para dar queixa. Mesmo que houvesse, estariam dormindo. Toda a montanha pode se incendiar se o caso for tão grave como estão dizendo. A não ser pela neve recente, está tudo seco.

— Mas você precisa esperar até termos ido embora — observou John.

— Eles vão lhe perguntar sobre como soube do fogo, senhor Jones — lembrou Cotten. — São três e meia da madrugada... não seria o caso de o senhor ter saído para uma caminhada.

Jones pensou por um minuto.

— E se eu disser que recebi um telefonema anônimo? Eles perguntariam por que esse sujeito anônimo não ligou direto para eles e direi que pensei a mesma coisa. Embora seja estranho até para mim, é o que direi. Isso vai deixá-los pensando que é suspeito também. Vão começar a pensar em quem fez isso e talvez tirem os bandidos de trás de vocês.

— Mas eles poderiam pensar que o senhor provocou o incêndio — contrapôs Cotten. — Não queremos lhe causar nenhum problema. Só Deus sabe que eu já...

— Pare, pare aí. Todos aqui nos conhecemos. Não estamos na cidade grande. A maioria de nós cresceu junto. Todo mundo conhece todo mundo e o que cada um faz. Às vezes isso é ruim. Mas na maior parte do tempo é bom. — Jones tomou impulso na cadeira para se levantar. — Me dê um minuto e trarei algumas roupas para você, mocinha. — Ele estudou Cotten por um segundo. — Você é mais magrinha. Lilly era um bocado mais robusta. Ela não gostava dessa palavra. Não, ela preferia fofa. — Ele deu dois passos e se deteve. — Não é uma palavra idiota? Mas ela gostava. — Saiu inclinando a cabeça algumas vezes. — Vou lhe arranjar um dos cintos dela para apertar a cintura. A altura é a mesma. Mas não sei se os sapatos vão servir. — Ele continuou falando mais consigo mesmo enquanto saía da sala.

— Eles vão nos achar, você sabe — disse Cotten. — Vamos precisar usar os nossos nomes verdadeiros e o número das identidades para comprar as passagens aéreas. Não importa aonde formos. Eles vão nos seguir. E eles vão nos matar, John. Nós dois.

Quando Novembro chegar

Charles Sinclair foi paciente, deixando Robert Wingate esbravejar. Observava Wingate, sabendo que o homem estava prestes a ser derrotado e sem esperanças para o futuro. Como grão-mestre, Sinclair dava a palavra final. Não importava o que Wingate dissesse no momento.

A câmera acompanhava Wingate enquanto ele andava de um lado para outro na sala de videoconferência da chácara de Sinclair, balançando a cabeça, agitando as mãos — agindo como se estivesse em pânico. Pelos monitores, todos os guardiães acompanhavam o seu candidato presidencial.

— Mas eu expliquei para vocês que não há motivo para a acusação — protestava Wingate. — Sim, o garoto foi para um dos meus acampamentos, mas eu nunca toquei nele, nem em nenhuma outra criança, a propósito. Nem mesmo estive pessoalmente com ele. O pai é um farsante e só quer uma oportunidade de ganhar algum dinheiro. Qualquer um que esteja exposto à atenção pública está sujeito a esse tipo de coisa com o submundo que existe por aí. O mundo está cheio de gentalha desse tipo... abutres. Acontece o tempo todo. — Ele correu os olhos por toda a sala, olhando primeiro para Sinclair e depois para os monitores. — Ora, vamos. Isso não é novidade para homens da sua envergadura. Basta pegar um tablóide sensacionalista e olhar para a capa. — A não ser pelo ruído dos seus sapatos sobre o piso de mármore enquanto ele andava de um lado para o outro e a sua respiração pesada, a única resposta era o silêncio. Obviamente decepcionado, Wingate levantou os braços. — O que mais querem de mim?

Sinclair respondeu calmamente em voz baixa.

— Você vai declarar que decidiu desistir da candidatura por razões de saúde. Você acabou de descobrir que tem uma doença grave nos rins, com uma conseqüente anemia debilitante, agravada por pressão alta. Vamos providenciar uma confirmação médica. Você e a sua família tomaram a decisão juntos de que você não deverá continuar se candidatando à presidência. Você ama a sua esposa e a sua família, e quer passar mais tempo com elas. Você agradece todo o apoio que recebeu. A simpatia do público vai aumentar. As pessoas vão abraçá-lo e depois, com lágrimas nos olhos, observá-lo partir para uma vida livre de tensões em algum lugar longe das atenções. Sem perguntas. A imprensa também vai tratá-lo com piedade. Acima de tudo, você é muito jovem para estar tão doente. E no modo de pensar americano, todos irão esquecê-lo dentro de dois meses e passarão a se preocupar com a próxima eleição.

Wingate parou com uma expressão desorientada.

— Charles, você não pode me pedir para abandonar tudo. Vim muito bem até aqui. Tudo está funcionando e...

— Não, a questão é essa, Robert... não está funcionando. O problema da chantagem será sempre um obstáculo, um problema que se tornará cada vez maior.

— Mas eu não...

— Eu lhe disse, ao tratar de uma acusação de abuso infantil, não importa se a acusação tem fundamento ou não... depois que se torna pública, ela entra no inconsciente... uma mancha que não pode ser removida.

— Ninguém sabe sobre a chantagem a não ser a tal Stone. Você disse que sabe onde ela se escondeu e que vai cuidar dela. Isso significa que ela não será nenhum...

— Ela não é mais da sua conta. Você foi orientado a não fazer nada... nada que fosse agressivo. Mas você fez. E isso produziu uma enorme sujeira que precisamos limpar. Não podemos nos arriscar a que vinculem a bomba a você.

— Mas eu me certifiquei de que não poderia ser vinculada...

— Você é um amador, Robert. Deveria ter deixado essas questões para nós. Tem nos custado recursos valiosos encobrir o seu rastro sujo. Além do mais, há coisas sobre a tal Stone que você desconhece. — Sinclair ia começar a explicar, mas percebeu que não faria diferença. — Quero você fora da atenção pública, onde não haja a menor chance de que alguém vasculhe o bastante para descobrir os seus laços com esse... fiasco. A partir de agora, a sua carreira política está oficialmente encerrada. Você se tornou um risco.

— Mas vocês precisam de mim — insistiu Wingate. — Viram as últimas pesquisas? Estou a caminho da liderança. E não foram só as suas maquinações políticas que fizeram isso. Tenho sido incrivelmente encantador e sedutor aos olhos do público americano. Até mesmo da imprensa.

Sinclair pestanejou de uma maneira ostensivamente demorada.

— Carisma, como se diz, é barato. Você sabe quantos homens carismáticos existem por aí que adorariam ter a oportunidade de concorrer à presidência dos Estados Unidos com o apoio ilimitado que lhes daríamos? E, é claro, de acordo com a sua própria experiência pessoal, você sabe agora como é fácil lançar uma carreira política a partir do nada... com o apoio adequado.

— Por favor, Charles. Eu sou um de vocês. A minha família tem uma longa história.

— Então você sabe que nos sacrificamos pela Ordem.

— Mas não há necessidade de sacrifício. Por favor, Charles.

Agora, o homem estava implorando, e isso fez o estômago de Sinclair embrulhar.

— Não seja inconveniente, Robert. Sente-se e se recomponha.

Wingate estava de pé atrás de uma cadeira de espaldar alto, as mãos apertadas sobre a moldura de aço inoxidável do encosto.

— Relaxe, Robert. O seu futuro não será assim tão sombrio.

Wingate permanecia atrás da cadeira.

— Você tem sido leal e nós valorizamos essa qualidade. Diga-me para onde quer ir. Belize? Barbados? Fiji? Vamos cuidar para que se sinta à vontade.

Wingate afrouxou o colarinho e endireitou o corpo, como numa última tentativa de um homem com uma doença terminal.

— Eu posso resolver isso... mesmo sem vocês.

— Mas você não vai.

— Não preciso de mais dinheiro para a campanha. A imprensa me adora, portanto terei a cobertura que quiser. Os americanos acreditam em mim, eles confiam em mim e é com esse pensamento que seguirão para as cabines de votação, no ano que vem, em novembro.

Sinclair forçou um sorriso.

— Está certo de que não quer se sentar? — Os músculos da mandíbula se contraíram e ele rangeu os dentes.

— Que droga há com você, Charles? Você sabe que posso ir até o fim da corrida e vencer. Quando novembro chegar você vai ver. Eu serei o presidente eleito Robert Wingate. Não há nada que você possa fazer para me deter.

Sinclair cruzou as mãos, a paciência esgotada.

— E que tal o aroma de rosas?

Wingate olhou para Sinclair.

— Rosas? Que rosas?

— As rosas que murcharem sobre o seu túmulo, quando novembro chegar.

Horário da Ligação

O Sol ainda não se erguera acima da linha do horizonte enquanto a caminhonete Chevy ano 1966 corria pela rodovia federal US-25 distanciando-se das montanhas e seguindo em direção a Greenville, Carolina do Sul. Cotten observava a paisagem desolada que ficava para trás. O brilho dos faróis sobre as manchas de neve se refletia formando ilhas brancas nos campos escuros da terra deserta entremeada por esqueletos de florestas. Os galhos secos das árvores espetavam o ar como se quisessem arranhar o céu denso.

Cotten sentia a carícia do ar quente nas pernas, mas não tão quente assim que lhe permitisse abrir o casaco. Usava um dos vestidos compridos de Lilly Jones e o seu casaco de lã tecido em espinha de peixe. Os sapatos serviram melhor do que as roupas, pensou, baixando os olhos para os sapatos simples de cadarços marrons. Até mesmo à luz difusa da madrugada era impossível deixar de notar que eram sapatos de trabalho gastos, mas certamente mais confortáveis e práticos do que os de salto alto que ela usava diariamente na SNN.

Uma carreta passou por eles, levantando uma chuva de água suja da pista. Os limpadores de pára-brisa da caminhonete mal conseguiram vencer os detritos dos vidros.

— Já sei — observou John, relanceando o olhar na direção de Cotten. — Ele precisa de novos limpadores.

— Não era nisso que eu estava pensando.

— Então no quê?

— Estava pensando em como tenho sorte.

— Por estar viajando nessa caminhonete obsoleta ou por usar essas roupas antiquadas?

— Sorte por ter você. Apesar de tudo o que aconteceu, você ainda está aqui comigo.

Outro caminhão passou por eles, espalhando mais sujeira da pista. John inclinou-se para a frente como se alguns centímetros a mais melhorassem a visibilidade.

— Ninguém poderá dizer que você não vê o lado bom das coisas. Já lhe contei que sou fanático por aventuras?

— Deve ser mesmo. — Ele tentava amenizar a situação e ela era grata pelo esforço. — Como estamos de combustível?

John verificou o medidor.

— Vamos encher o tanque em Hendersonville. Tem um posto de gasolina lá.

— Ótimo. Então poderei verificar a minha secretária eletrônica e ligar para o tio Gus.

— Hoje é sábado. — John olhou para o relógio, aproveitando os faróis de um caminhão que passava em sentido contrário. — E são cinco e meia da manhã.

— Gus é viciado em trabalho. Levanta-se e já começa a trabalhar ao amanhecer... inclusive aos sábados. Se não estiver no escritório, a ligação será transferida automaticamente para a casa dele. Precisamos saber se ele encontrou alguma conexão entre aqueles nomes da lista de Thornton.

— Cotten, o que acha de eu tirá-la do país? Quem sabe se fôssemos para um lugar como a Costa Rica?

— O problema não é mais só comigo. Agora eles também querem você — lembrou Cotten. — O que quer que eles pensem que eu sei, devem acreditar que contei a você. Nunca estaremos em segurança, nunca teremos paz enquanto não desvendarmos toda essa confusão.

Viajaram em silêncio por mais algum tempo antes de John falar.

— Aí está o posto.

Em meio a uma fila interminável de carretas de mais de dezoito rodas, John manobrou a caminhonete para o estacionamento de caminhões e parou ao lado da primeira bomba de combustível disponível.

— Vou reabastecer enquanto você dá os seus telefonemas. — Ele tirou a carteira e estendeu a ela uma nota de dez dólares.

Cotten desceu da caminhonete e, depois de conseguir trocar o dinheiro, abriu caminho entre balcões de comida rápida e caixas de refrigerantes, em direção a uma série de telefones públicos. Telefonou para Gus.

Esperando que ele atendesse, Cotten guardou o resto do dinheiro no bolso e olhou na direção da caixa. Dava para ver John através da janela da frente, sob a luz da estação de atendimento da bomba de gasolina.

Uma voz sonolenta entrou na linha — um homem, mas não o tio dela.

— Alô.

— Oi, aqui é Cotten Stone. Posso falar com Gus, por favor?

A linha ficou em silêncio por um instante. Ela já sabia que algo estava errado.

— Senhorita Stone, o meu nome é Michael Billings. Sou o gerente de operações da Ruby Investigações. As ligações estão sendo transferidas para a minha casa.

— Nunca ouvi o meu tio mencionar o seu nome.

— Acabei de entrar para a agência.

— Preciso falar com Gus imediatamente. — Ela esperava que Gus estivesse fora da cidade a negócios ou em alguns dias de folga.

Billings fungou, obviamente ainda tentando acordar.

— Senhorita Stone, odeio ser a pessoa a lhe dar as más notícias, mas infelizmente o seu tio sofreu um acidente ontem à noite.

Cotten sentiu o arrepio já conhecido atravessar o corpo todo.

— Acidente?

— Na volta para casa, o carro dele saiu da pista.

— Ele está... está bem?

O longo suspiro de Billings soou como o ar escapando de um pneu furado.

— Está muito mal. O que sabemos até o momento é que Gus sofreu uma grave lesão na cabeça, o fígado foi lacerado e há hemorragia interna. Teve alguns ossos quebrados, mas isso é o menos grave. Os médicos não acreditam que possa se recuperar ou, se vier a se recuperar, que tipo de lesão cerebral poderá haver.

Cotten sentiu vontade de gritar. Todo mundo em quem tocava... Sim, o seu toque funcionava. Mas não como o toque de Midas, mas um toque mortífero. Todo mundo que ela amava acabava morto. Deus, por favor, não o deixe morrer também, pensou. Uma raiva subiu pelo seu íntimo.

— Como foi que aconteceu?

— A pista estava congelada. Aparentemente, ele perdeu o controle e saiu da avenida para dentro do rio. Por causa do mau tempo, não havia muita gente na avenida, assim o acidente não foi informado de imediato. Ele tem sorte de ainda continuar vivo.

— Ele simplesmente saiu da pista.

— É o que parece.

Cotten olhou ao redor e para o balcão de atendimento. O dia ainda não tinha amanhecido e apenas um punhado de motoristas de caminhão perambulavam por ali, a maioria enchendo as grandes xícaras no balcão de autoatendimento ou pedindo um sanduíche de ovos e presunto feito no forno de microondas. Os pensamentos dela vinham como estilhaços que traziam agulhadas de dor. A vida dela estava desmoronando e todas as coisas boas eram arrancadas e pessoas morriam. Como era possível que aquelas pessoas no posto simplesmente continuassem com a sua vida, bebendo café e comendo ovos com presunto, enquanto a vida dela desmoronava? A vida deles continuava como rios fluindo sem cessar, ao passo que a dela era acidentada por recifes... fora de controle.

— Senhorita Stone? Ainda está aí? Se houver alguma coisa...

— Não. — Cotten desligou. — Gus não sofreu nenhum maldito acidente — murmurou, cerrando os dentes.

Apoiou as mãos na parede, a cabeça descansando sobre o telefone, o corpo trêmulo. Logo não sobraria mais ninguém. Eles procuravam cada pessoa ao redor dela e iam eliminando todas, uma a uma.

Tornou a olhar para a caixa e viu John limpando o pára-brisa da caminhonete. Ele era tudo o que lhe restava. Quanto tempo levaria até perdê-lo também?

Procurando no bolso, tirou algumas moedas e pegou o telefone outra vez, discando para o seu apartamento. Em resposta ao sistema automático de resposta, colocou mais uma moeda no telefone, mas a segunda moeda caiu na canaleta de devolução. Ela introduziu mais uma moeda e bateu no telefone com a palma da mão. O telefone aceitou o resto do dinheiro e em um instante ela ouviu a secretária eletrônica atender.

"Oi, aqui é Cotten..."

Depois de digitar o código de acesso, ouviu uma voz sintética anunciar: "Você tem dois recados".

Bipe.

"Cotten, sou eu, Ted. É imprescindível que você me ligue imediatamente. Dia ou noite. As autoridades querem falar com você."

A voz sintética anunciou o horário da ligação: "quinta-feira, 9h10 da manhã". Dois dias antes.

Bipe.

"Senhorita Stone?"

A voz era estranha e abafada, disfarçada como se falasse através de um aparelho de distorção de voz. Cotten esforçou-se para ouvir, para entender.

"Por favor, me escute. Posso salvar a sua vida, a sua e a do padre, se fizer exatamente o que lhe digo. Estou disposto a contar-lhe toda a história do furto do Graal e mais... muito mais. Isso é muito maior do que possa imaginar. Siga as minhas instruções e me encontre onde eu disser. Eis o que deve fazer..."

Cotten pressionou o telefone com mais força contra a orelha e escutou o resto do recado. Então ouviu o horário da ligação, "sábado, 2h20 da manhã". Hoje.

Bipe.

"Fim dos recados. Aperte um para gravar ou dois para apagar."

Cotten apertou o botão de número dois no telefone e desligou. Olhou ao redor desconfiada enquanto se apressou para a frente da lanchonete. Será que estava sendo vigiada por alguém? Escancarou as portas e correu através do estacionamento.

John tinha acabado de se sentar ao volante da caminhonete quando Cotten abriu com força a porta do passageiro.

— Qual é o problema? — indagou ele. — Está tudo bem?

— Eles pegaram Gus. Vamos sair daqui!

— Para onde vamos?

— Nova Orleans.

Apocalipse

— Isso confirma tudo — disse John, retirando o cartão do caixa eletrônico. Já estava na metade da manhã quando John e Cotten chegaram ao Aeroporto Internacional de Greenville-Spartanburg.

— Bloquearam as suas contas também — observou Cotten, abanando a cabeça. — Isso significa que você é um alvo tanto quanto eu. — A voz dela falhou. — John, eu nunca pretendi...

John pressionou as pontas dos dedos sobre os lábios dela.

— Estou aqui porque quero.

— Eles estão nos derrotando.

— Não completamente. Ainda tenho um truque ou dois. — Ele indicou a série de telefones públicos ao longo de uma parede. — Tenho um velho amigo que pode ajudar.

— O arcebispo Montiagro?

— Não, alguém mais difícil de relacionar a mim. O meu amigo rabino de que lhe falei: Syd Bernstein. Ele pode comprar as passagens e nos mandar algum dinheiro. Ainda tenho algum, mas não o suficiente para nos levar muito longe. E, sem cartões de crédito, precisamos pagar em dinheiro. Portanto, não espere se hospedar em um hotel de luxo quando chegarmos a Nova Orleans. Ficaremos em um hotelzinho barato e olhe lá... pago por hora e adiantado.

Isso despertou um sorriso no rosto de Cotten.

— E como é que você sabe sobre essas coisas?

John girou os olhos para o alto.

— Sou padre. O confessionário... lembra-se? As pessoas me contam tudo.

Cotten sorriu, mas depois ficou séria.

— Você pode confiar no seu amigo?

— Totalmente.

— Era assim que Vanessa era para mim.

Fez-se um silêncio incômodo enquanto John procurava moedas nos bolsos. Inseriu algumas no aparelho e discou.

Que maravilha devia ser ter uma vida assim tão fértil, pensou Cotten. A dela parecia tão superficial e estéril em comparação com a dele. Ele era a única pessoa, além de Vanessa, a acrescentar algo de valor à sua vida mesquinha. Nem mesmo Thornton conseguira isso.

Recordava-se de uma amiga íntima do colegial e de como mantiveram contato por uns dois anos, depois que Cotten saiu de casa. Mas as vidas de ambas adquiriram dimensões muito deferentes — Cotten na faculdade estudando jornalismo e a amiga em casa, criando três filhos — que elas logo tinham pouca coisa em comum. Gradualmente, a amizade reduziu-se a alguns recados em cartões de Natal. John e o amigo conseguiram manter uma ligação forte mesmo vivendo em mundos diferentes. Cotten não pensara nisso antes, mas se arrependia por deixar de lado tanta coisa de valor da própria vida. Dificilmente podia se queixar de levar uma vida tão isolada, quando fora ela mesma que fizera isso acontecer. Os ferimentos infligidos a si mesmo são os mais dolorosos.

— Certo — John dizia ao telefone. — Tente conseguir o primeiro vôo para nós. Se os bilhetes não estiverem no balcão em uma hora, ligo de volta. E... Syd, obrigado. *Shalom*.

* * *

O avião deles pousou em Nova Orleans às 4h51 da tarde. Cotten e John tomaram um ônibus para o Bairro Francês, depois um táxi para a agência bancária na Canal Street, onde retiraram o dinheiro que Syd tinha enviado. Uma hora depois, davam entrada em um hotelzinho barato a poucos quarteirões dali. Pagaram em dinheiro e adiantado por dois dias.

— Pensei que tivéssemos escolha entre fumantes ou não fumantes — observou Cotten, esfregando o nariz diante do forte cheiro de fumaça de cigarro que impregnava tudo no quarto.

John deixou a porta de entrada aberta, para que um pouco de ar fresco entrasse.

— Não diga que não avisei.

Cotten correu os olhos pelo quarto insípido e gasto. O maior destaque era a cama de casal forrada por uma colcha amarelo-dourado desbotada — acima da cabeceira, um pôster emoldurado de cães sentados ao redor de uma mesa, jogando cartas; ao lado da cama, um criado-mudo de madeira, pintado de cor escura, e um abajur barato de néon. A lâmpada não devia ter mais do que 40 watts. Uma modesta escrivaninha com uma cadeira gasta localiza-se embaixo de uma janela coberta por uma cortina grossa, que impedia a entrada de luz. O armário era apenas um vão de parede, com um único cabide de arame pendurado em um bastão.

— Acho que a única coisa que melhoraria este lugar seria um incêndio — comentou ela.

— Já passamos por isso — lembrou John.

Cotten riu.

— Ou descer uma montanha. Imagino o que tenha me trazido isso à lembrança. — Era o mesmo tipo de humor que geralmente acontecia em funerais, pensou ela. Mesmo nas situações mais graves, o espírito humano tenta se animar.

John ligou a televisão e sentou-se ao pé da cama. Tentou ajustar o volume com o controle remoto mas nada aconteceu.

— Está sem pilhas — observou, segurando-o para mostrar a Cotten o compartimento de pilhas vazio. Ele estendeu a mão e aumentou o volume no aparelho enquanto começava a previsão do tempo no noticiário local. A jovem e atraente garota com um ligeiro sotaque *cajun* acenava com a mão sobre o mapa do país, enquanto a tela por trás dela focalizava Crescente City. A moça explicou que a pressão alta trazia tempo bom apenas até a Terça-feira Gorda, mas advertia que ainda era inverno e os espectadores do desfile deveriam levar um agasalho.

O âncora do noticiário apareceu — uma imagem da praça de São Pedro no Vaticano atrás dele. Ela se dissolvia em uma processão de homens com túnicas vermelhas em duas fileiras passando diante da câmera.

"A seguir, o antigo ritual conhecido como conclave aconteceu em Roma enquanto o Colégio dos Cardeais reunia-se com integrantes de todo o mundo para eleger o próximo papa. Continue ligado para saber de mais detalhes."

A emissora apresentou os comerciais.

— Então está começando — disse John.

— Talvez o meu amigo Mikey da Rathskeller esteja concorrendo — brincou Cotten.

— Você é incorrigível.

— Estive pensando sobre o recado na minha secretária eletrônica. A voz. Estava disfarçada, mas havia algo vagamente familiar. Só não consigo identificá-la. E por que o sujeito não me diria tudo por telefone em vez de toda essa intriga idiota? — Ela olhava para as inúmeras manchas de goteira no teto.

— Você não faz idéia de quem ele seja?

— Não. Mas parecia nervoso. Eu diria que bastante. E se for uma armação?

— Eu ficaria surpreso se não fosse. Mas não nos resta muita escolha. É a única coisa que temos para continuar.

O noticiário retornou e o âncora informou:

"Recapitulando a nossa matéria principal, o candidato independente na liderança pela disputa à presidência, Robert Wingate, encerrou os rumores sobre o seu estado de saúde, segundo os quais abandonaria a disputa. O recente susto por que passou revelou-se como sendo apenas isto: um susto. Em uma entrevista coletiva inesperada concedida durante a viagem a Crescent City, Wingate anunciou que recebeu um laudo perfeitamente positivo."

Cotten inclinou-se para a tela da televisão, assistindo ao clipe sobre Wingate. Ele se posicionava em frente a uma barreira de microfones — com o hospital da Tulane University ao fundo.

"Não tenho intenção de abandonar todos aqueles que me apoiaram e definitivamente pretendo continuar na disputa", afirmou Wingate.

O clipe terminou e a emissora encerrou o segmento.

"Continuem ligados na nossa emissora para uma cobertura completa."

Cotten levantou-se de um salto.

— Você ouviu isso? Problema de saúde uma ova! Ele deve ter pago o chantagista. — Ela leu a programação do desfile que aparecia na tela da televisão. — O que vem a ser o desfile do Krewe of Orpheus, afinal? — perguntou Cotten. — Pensei que tudo se resumia à Terça-feira Gorda, mas esse aí deve acontecer amanhã, segunda-feira.

John folheou um catálogo que havia pegado no aeroporto.

— Desfile de Lundi Gras. Um dos três na segunda-feira. Os carros alegóricos transportarão mais de mil e duzentos foliões. Diz aqui que eles passarão diante de quase um milhão de espectadores durante o roteiro preestabelecido para o desfile. E o nosso homem misterioso acha que podemos encontrá-lo entre um milhão de pessoas?

Cotten fechou a porta do quarto. Preferia o cheiro rançoso a sentir frio.

— Ele disse que estaria vestido de pirata e indicou explicitamente a esquina ao norte de St. Charles e Jackson. Isso deve reduzir um pouco as nossas escolhas. Não acho que precisemos procurar por ele. Ele vai me encontrar.

John abriu um mapa de ruas da cidade e aproximou-o do rosto por causa da luz insuficiente.

— Eles bem que deveriam colocar uma lâmpada mais forte neste abajur.

— Não se precisa de muita luz para fazer o que a maioria das pessoas que aluga este quarto faz. — Ela sentou-se ao lado dele na borda da cama.

— É, acho que você está certa. Esta, provavelmente, é a lâmpada certa. — Ele deixou de lado o mapa e pegou uma lista telefônica, passando à lista de classificados. — Lojas de fantasias — disse, folheando. — Ao menos o seu amigo do telefone não nos determinou que tipo de fantasia usar. Sabemos como ele estará vestido, mas ele não vai saber nos reconhecer entre milhões de pessoas.

— Mas ele disse que, quando chegasse à esquina, eu deveria tirar a máscara — lembrou Cotten. — É assim que ele vai saber que sou eu. E, John, não nós... apenas eu. Ele disse para eu ir sozinha.

— Não gosto disso. Isso não vai acontecer. Se estivermos os dois fantasiados, ele pensará que eu sou apenas outro folião. Não posso deixar você ir sozinha, Cotten. É correr muito risco.

— Não — insistiu ela. — Se for uma armadilha...

— Não adianta discutir comigo. Nada que diga vai me fazer mudar de idéia. Ficarei por perto, não se preocupe.

Ela passou os braços ao redor do pescoço dele e o abraçou fortemente.

— John, eu não faria nada disso sem você.

Ele retribuiu o abraço, então acrescentou:

— Por que não tenta tirar um cochilo?

Cotten soltou-o relutantemente e acabou se estirando num lado da cama.

— Estou cansada — confessou. Assim que tocou a cabeça no travesseiro, adormeceu.

Quando Cotten acordou, já havia escurecido. John estava sentado à escrivaninha ao lado da janela — uma segunda lâmpada fraca mal iluminava o tampo do móvel. Ele estudava um livro aberto enquanto fazia anotações em uma pequena folha de papel.

Por um bom tempo, Cotten permaneceu deitada, observando-o. Era difícil lembrar de alguma coisa de sua vida antes de John. Ela imaginou qual seria o destino dele, e o dela.

— Está com fome? — perguntou John, levantando os olhos das anotações.

— Morrendo — respondeu Cotten. — Devoraria uma pizza. Coberta com queijo e pepperoni.

— Está feito. — Ele indicou o criado-mudo. — Guardei a lista na gaveta. Deve haver alguma pizzaria aqui perto que faça entregas.

Cotten sentou-se na borda da cama e pegou a lista, correu o dedo pelos nomes e encontrou uma pizzaria próxima dali. Depois de fazer o pedido, foi para trás de John e olhou por cima dos ombros dele.

— O que está fazendo?

— Pesquisando sobre essa confusão em que nos metemos e que vem me incomodando.

Cotten percebeu que o livro sobre a escrivaninha era uma versão da Bíblia. Ao lado do livro, ele preenchera umas páginas do bloco, com anotações e desenhos.

— Você acha que as respostas estão aí?

— Acho que a Bíblia contém as respostas para os problemas de todo mundo, Cotten.

— Você acredita que é assim tão simples? Quer compartilhar essa iluminação comigo?

John voltou-se para ela. Ficou sentado em silêncio por algum tempo, só olhando para ela. Finalmente, disse:

— Ainda não. Daqui a pouco.

Cotten pensou que ele não quisesse conversar. Ao menos, não parecera ofendido com o comentário petulante. Se ele se sentia melhor lendo a Bíblia, ela não deveria privá-lo disso.

— Acho que vou tomar um banho antes da pizza chegar — comentou ela.

John concordou sem se voltar.

Tudo em relação ao chuveiro, ao banheiro como um todo, ela considerou em péssimo estado de conservação. O assento do vaso sanitário escorregou para o lado quando ela se sentou, o espelho precisava ser reprateado e os azulejos eram mantidos juntos mais pelo mofo do que pela argamassa. Até o papel higiênico era fino e transparente como papel de seda.

Sob a água do chuveiro, Cotten finalmente se soltou e chorou. Parecia injusto que estivesse viva enquanto Vanessa e Thornton tinham desaparecido. E o tio Gus, lutando pela vida... tudo por causa dela. John, no quarto ao lado, buscava as respostas na Bíblia. Ele disse que a Bíblia lhe dava compreensão e força. Estariam ali as respostas de que ela precisava? Elas a ajudariam a entender? Lhe dariam força? *Não fique ansiosa, Cotten, a solução pode demorar ou nem mesmo aparecer...*

A vida dela resumira-se a esse momento, em um motel úmido e mofado — o seu único amigo, um homem à procura do próprio destino, tentando encontrar respostas em um livro escrito milhares de anos antes.

Cotten ergueu o rosto para os pingos de água.

— Se estiver mesmo aqui, Deus, então como pode...

John bateu na porta.

— A pizza chegou.

Cotten fechou o registro e saiu do chuveiro. O cabelo ficaria mesmo pingando. Num estabelecimento como aquele, não havia comodidades, como um secador de cabelos embutido na parede do banheiro. Ela se enxugou, então enrolou a toalha fina como um turbante na cabeça e imaginou quanto do seu cabelo aquele pano seria capaz de secar.

Vestiu uma calça *jeans* e uma camiseta que haviam comprado a caminho do motel.

— Chegou bem depressa — comentou, saindo do banheiro.

— Parece que a pizzaria é quase na esquina — observou John. — O rapaz me disse que veio a pé.

— Pronto para comer?

— Bom apetite!

Ele parecia preocupado e ela perguntou:

— Está tudo bem com você, John?

— Acho que sim. Quero dizer, estou começando a compreender as coisas. E isso me fez perder o apetite.

— Como o quê?

Ele hesitou, obviamente coordenando os pensamentos.

— Para começar, digamos que acredito que Deus fala conosco por meio das escrituras. Sempre que preciso de respostas, consulto a Bíblia. De uma maneira ou de outra, ela sempre me apresenta o que estou procurando. — Fez uma pausa e olhou para ela. — Depois que você dormiu, decidi pegar a Bíblia na gaveta do criado-mudo e ler um pouco. Ao abrir o livro, este foi o primeiro trecho com que me deparei. — Ele ergueu a Bíblia. — É do livro do Apocalipse. "*Vi uma mulher montada numa besta cor de escarlate, que estava cheia de nomes de blasfêmia, e que tinha sete cabeças e dez chifres. A mulher estava vestida de púrpura e de escarlate, e adornada de ouro, pedras preciosas e pérolas; e tinha na mão um cálice de ouro, cheio das abominações.*"

— Não entendi.

— Eu também não, a princípio. Mas então comecei a pensar sobre a lista que Cheryl leu para você. Thornton reuniu aquela lista porque acreditava que aquelas pessoas estavam ligadas ao furto do Graal. Thornton acabou morto. Então você passou a lista ao seu tio; ele de alguma forma estabelece uma conexão e acaba quase morto em um desastre de automóvel. E então há a morte de Archer no início. — Ele respirou fundo e continuou: — Há sete nomes na lista, todos de poderosos líderes mundiais. Eles abrangem todas as áreas de influência na política, na economia, nas comunicações e nas forças armadas. Lembre-se da menção da Bíblia: as sete cabeças... os sete líderes mundiais. O cálice, cheio de abominações. O Graal. Alguém, algum grupo, com recursos imensos, conseguiu trocar o verdadeiro Cálice por uma réplica quase perfeita de dentro dos Arquivos Secretos do Vaticano. Acho que os Templários ainda existem e estão atuantes, e eles se compõem de sete cabeças. Os dez chifres me confundiram por algum tempo, mas então compreendi que a lista provavelmente não incluía todos, apenas os líderes mundiais. Deve haver um centro, aqueles que regem o coro. O meu palpite é que existem mais três, um dos quais é o grão-mestre. Acho que Thornton descobriu, disparou alguns alarmes e precisou ser contido.

— Mas, se os Templários são os guardiães do Graal, por que eles seriam os bandidos na Bíblia? — Cotten esfregava o cabelo com a toalha. — E por que as abominações? Se o Graal contém o sangue de Cristo, de que maneira isso poderia ser considerado uma abominação?

— Essa é a parte que realmente me fez hesitar. Não se trata do sangue, mas do que alguém poderia *fazer* com o sangue... essa é a abominação.

— Continuo não entendendo.

John folheou as páginas da Bíblia até chegar à que procurava.

— Talvez seja melhor você se sentar para ouvir isso.

Cotten sentou-se na borda da cama e John se acomodou ao lado dela. Ele não disse nada por alguns instantes.

— Ora, vamos, conte pra mim.

Ele soltou um suspiro.

— Acho que tenho uma idéia do que Deus planejou para você... para nós: por que fomos trazidos para este lugar, neste momento. Acredito que você *seja* uma pessoa extraordinária.

Cotten sentiu o estômago se contrair. Ele enveredava por um caminho que mais do que nunca aumentaria ainda mais os seus medos.

— Então diga logo — pediu, fechando os olhos.

— Você é muito especial — declarou John. — Acredito que você seja mais do que especial. Escolhida. Gabriel Archer também pensou o mesmo. Ele disse que você era a única pessoa. A velha sacerdotisa disse-lhe a mesma coisa. E se eles fossem mensageiros? Entregando uma mensagem de Deus? E fizeram isso comunicando-se com você em uma língua que apenas você poderia entender... a língua do céu, a língua dos anjos. Você pensou que eles lhe disseram para deter o sol, o amanhecer. Mas não os entendeu bem. Cotten, não tem nada a ver com impedir o sol de aparecer. Na verdade, isso seria fácil, comparado ao que vem pela frente.

Cotten prendeu a respiração ao vê-lo abrir a Bíblia de novo na página marcada.

— Não se trata de *alguma coisa* que você precise deter, trata-se de *alguém*. — Ele correu o dedo por Isaías 14:12 e levantou o livro para que ela pudesse ler.

Cotten correu os olhos pela única sentença. Depois, volveu o olhar para John — boquiaberta, a respiração presa na garganta, as palmas das mãos úmidas.

O quarto gelou.

Olhando de novo para o livro, Cotten releu o texto, dessa vez em voz alta:

— *Como caíste dos céus, ó Lúcifer, Filho do Amanhecer.*

Porque surgirão falsos Cristos e falsos profetas operando grandes sinais e prodígios para enganar, se possível, os próprios eleitos (Mateus 24:24).

O Falso Profeta

— Lúcifer? Igual ao diabo, Lúcifer? — surpreendeu-se Cotten. — Não entendo. O que eu estou pensando não pode estar certo. Não pode estar...

John esperou pacientemente enquanto ela tentava controlar o turbilhão de pensamentos que lhe passavam pela mente como bolas de gude saltando sobre o assoalho.

— Filho — repetiu Cotten. — Então não se trata do *sol* no céu, como um filho do céu, mas do *Filho* do Amanhecer... Lúcifer... Satã? Esperam que eu detenha Satã. — Ela levantou a cabeça de um ímpeto. — Jesus Cristo, você ficou maluco?

Visões de Archer e da sacerdotisa da *Santeria* passaram pelos olhos dela como uma revoada de pássaros-pretos. A caixa. O Cálice. A Cruz dos Cruzados. John bebericando café e falando sobre os Cavaleiros Templários. Thornton. A lista dele. Vanessa dando adeus. O sapato dela. Os guardiães do Graal.

O Filho do Amanhecer!

Cotten esfregou os dedos nas têmporas e balançou a cabeça.

— Não, isso é loucura. Não faz sentido. Sinto como se estivesse assistindo a um filme de terror, como *O Exorcista*, ou algo semelhante.

— Cotten — interveio John, segurando-lhe os pulsos e baixando-lhe as mãos. — Faz sentido. Tudo faz sentido agora. Não está vendo? Gabriel Archer estava lá na cripta, não para ficar com o Cálice, mas para entregá-lo a você. Ele estava lá para passar a tarefa a você, uma tarefa que Deus lhe deu.

— Bobagem — protestou ela, desvencilhando-se e pondo-se de pé. — Ele era apenas um velho, não um mensageiro de Deus. E agora está morto! Eu ouvi quando ele deu o último suspiro.

— Sim, mas não antes de cumprir a tarefa... entregar a mensagem de que você é a única pessoa.

— Isso é um monte de bobagens católicas. Não acredito que exista um Deus. — Ela se virou, dando-lhe as costas. — E, se houver, deve ser maluco para me escolher. Nem mesmo vou à igreja. Não sou ninguém. — Ela correu os dedos pelos cabelos. — Ninguém!

John levantou-se e pousou a mão sobre o ombro dela.

— Vamos rememorar — pediu. — Passo por passo.

Cotten voltou-se para ele e fez um esforço para escutar. Sentia como se os seus ossos estivessem se desmanchando e o esqueleto que a mantinha ereta, desmoronando.

— Lúcifer era o anjo mais bonito do paraíso... tão bonito que o nome dele significa Filho do Amanhecer. Mas ele foi expulso do Céu por liderar uma rebelião contra Deus porque pensou que era igual a Deus. Depois de ser derrotado, o nome dele sobre a Terra passou a ser Satã. Ao longo das eras, ele esperou para se voltar contra Deus por expulsá-lo. Acredito que o momento seja este. Você me acompanhou até aqui?

— Acho que sim — ela sussurrou.

— Bom — continuou John. — O Cálice que continha o sangue de Cristo foi preservado e dentro daquele bojo, embaixo da camada de cera de abelha, está o DNA de Jesus.

Cotten recuou um passo e parou, as mãos para cima como se pretendesse escutar mas sem querer ouvir o que ele tinha a dizer.

— Sei que esta parte vai ser um choque. Foi para mim. Mas este é o ponto crucial de toda a história, o elo que une todo o resto. Alguém, orientado por Lúcifer, roubou o Graal e quer usar o DNA para recriar o corpo de Cristo. Essa pessoa, que está sob a influência de Satã, é chamada de Falso Profeta. Acredito que essa pessoa seja o atual grão-mestre dos Templários. Ele prepara o caminho para o Anticristo. É ele quem está organizando tudo: o líder das sete cabeças. Será a suprema vingança de Lúcifer contra Deus, usar o próprio corpo e o sangue de Deus para fazer a vontade do Diabo. Essa é a abominação.

John pegou a Bíblia.

— Reli o livro do Apocalipse enquanto você dormia. Todas as indicações, as respostas para tudo, estão aqui. — Localizando a passagem, ele disse: — Apocalipse 13:14... *Seduz os que habitam sobre a Terra por causa dos sinais que lhe foi dado executar diante da besta, dizendo aos que habitam sobre a Terra que façam uma imagem à besta, àquela que, ferida à espada, sobreviveu.* Não muitos anos atrás, ninguém nem ao menos ousaria pensar em criar uma imagem *verdadeira* da besta. Mas com a tecnologia atual, e considerando que temos o DNA de Cristo, será fácil para o Falso Profeta criar o Anticristo por meio do *milagre* de clonar o corpo de Cristo, um corpo que surge dos mortos depois de ser crucificado e ferido no lado por uma lança. E aqui... — Ele olhou para a Bíblia e continuou: — Apocalipse 13:15... *E lhe foi dado comunicar fôlego à imagem da besta.* Ao clonar o corpo de Cristo, o Falso Profeta é capaz de dar vida, de criar vida. Ao contrário do nascimento natural, de que outra maneira a não ser clonando um ser humano teria o poder de dar vida? — John respirou fundo. — E Cotten, você é a única pessoa que foi indicada por Deus para impedi-lo.

— Por que eu? Por que não alguma Madre Teresa, ou Billy Graham, ou o papa?

— Não posso fingir saber por que Deus faz algumas coisas, mas qualquer que seja a razão, Ele escolheu você. Você recebeu o conhecimento da língua do Céu... a língua dos anjos. Todas as coisas são conduzidas pela mão Divina. Pense nisso, Cotten. Você foi levada a mim, mas se fosse outra mulher, talvez eu não tivesse me interessado, e a caixa não teria sido entregue ao Vaticano. Uma outra mulher não teria me encontrado em meio a entrevistas antigas, não teria procurado por mim. Uma outra mulher não seria uma repórter. Não haveria notícia nem história para perseguir, nenhum Thornton nem Vanessa para guiar essa outra mulher a descobrir o mistério. O Cálice simplesmente poderia ter desaparecido, caído em mãos malignas e o plano de Satã teria se realizado sem obstáculos. — Ele recobrou o fôlego e concluiu: — Deus e Satã estão em guerra; eles lutam a todo instante e a toda hora. Não podemos entender tudo. Somos apenas os instrumentos Dele. Deus guiou você pela sua vida de modo que chegasse àquela cripta no Iraque naquele dia e naquela hora exata. Quando Gabriel Archer entregou-lhe a caixa, ele lhe passou a tarefa de derrotar Satã contra o Segundo...

— Pare! Não quero ouvir mais nada. Pare com isso! — Soluçando, Cotten desmoronou nos braços de John. — Não... — gemeu. — Não posso fazer isso. Não posso. Foi tudo um grande erro.

John segurou-a contra si.

— Deus não a teria escolhido se não acreditasse em você. E, se fosse um erro, por que eles fariam de tudo para detê-la?

Cotten respirava contra o peito dele.

— Mas por que não conseguiram me deter? Por que Vanessa e Thornton? Por que não eu?

John ergueu-lhe o rosto nas palmas das mãos.

— Porque Ele quer que você faça uma coisa. Você é a... escolhida Dele, Cotten.

— Nem sei o que fazer.

— Até aqui, parece que fez tudo o que Ele pediu. — John afastou os cabelos dos olhos dela. — Você me contou uma vez que o seu pai disse que a considerava destinada a ser grande. Acho que ele estava certo. Acredito que você é especial. Agora, você precisa começar a acreditar também.

A voz de Cotten fraquejou.

— Sou apenas Cotten Stone, uma simples garota do Kentucky, filha de Furmiel e Martha Stone... simples sitiantes. Definitivamente, não sou ninguém especial. Você seria uma escolha melhor. Isso faria sentido. Por que você não recebeu a tarefa de deter essa coisa... seja lá o que for?

— Talvez Ele saiba que não posso. Ele não me escolheu, mas me deixou a decisão de ajudar você. Talvez Ele saiba que nenhum de nós pode fazê-lo sozinho.

— Você é que tem toda essa fé. Droga, você fala com Ele o tempo todo. — Ela tocou o crucifixo com a ponta do dedo. — Nunca mais rezei desde que era criança.

— Rezar não é algo que se faça apenas ajoelhado na igreja. Rezar é simplesmente se comunicar com Deus. Eu diria que Ele encontrou um meio de abrir uma linha de comunicação muito boa, não acha? — John pronunciou essas palavras em voz baixa. — Ele conhece todas as falhas na minha fé. Nunca houve algo que eu mais quisesse fazer do que servir a Deus, mas hesitei, nunca entregando totalmente a minha vida a Ele. Não importa quão profundamente pensei que queria viver a minha vida para Deus, não consegui encontrar um meio, então vaguei de uma tentativa a outra. Cheguei a enterrar as dúvidas quando elas apareceram. Mas não escondemos nada de Deus.

— Pare com isso. John, eu vi o peso, a força da sua fé. Mas eu... nunca acreditei em nada, nem mesmo em mim mesma. Sempre quis as coisas que não podia ter. Olhe para você, olhe para todas as maneiras como tem provado a sua devoção para fazer a obra de Deus. Eu não fiz nada!

Cotten sentiu o estômago amargar. Teria destruído a fé dele? Não seria justo; ele era um bom homem. Se os dois nunca tivessem se conhecido, se ela não o tivesse arrastado para aquela vida desastrada... Tudo o que ela tocava...

— Preciso confiar Nele, confiar que Ele me conduziu a este momento, me conduziu a você. — John buscou os olhos dela como se esperasse que ela pudesse ler os seus pensamentos. — Cotten, tem mais uma coisa... — Ele se afastou.

O ar frio ocupou o calor da proximidade dele.

— John? O que é? Não me esconda nada agora. Não há nada que me diga que seja pior do que já falou.

* * *

No meio da noite, Charles Sinclair não conseguia conciliar o sono. Virou na cama durante vinte ou trinta minutos, então abriu os olhos, a mente clara e alerta. Aquele não era um momento para uma atitude passiva. O seu cérebro e o seu corpo continuamente se recarregavam de energia sabendo o que acontecia a apenas alguns passos de onde dormia.

Levantou-se da cama, recompôs as cobertas e ajeitou o travesseiro contra as costas da esposa, para que não notasse a sua ausência. Não havia necessidade de perturbá-la. Saiu dos aposentos familiares e desceu para o laboratório, para se tranqüilizar de que tudo corria bem... que o processo estava seguro e prosseguia de acordo com o programado.

Pressionou o dedo no analisador de DNA antes de digitar o código. Em um instante ouviu o familiar impacto metálico quando as travas magnéticas se desligaram e a porta do laboratório se abriu. Empurrou a porta de aço inoxidável e entrou.

O laboratório de biologia molecular estava às escuras — apenas algumas lâmpadas de segurança e a luminosidade de um punhado de monitores dos computadores iluminavam o aposento. Sinclair sorriu quando o seu olhar caiu sobre o seu bem mais valioso. Caminhando por entre uma centrífuga e algumas incubadoras, aproximou-se de um balcão comprido — ao lado dele, a maleta prateada de titânio.

Naquele ambiente de alta tecnologia em que brilhavam cromo, aço, latão e vidro, o Graal parecia deslocado — um anacronismo. A antiga cera de abelha, removida meticulosamente do Cálice, jazia em um compartimento selado à parte. No seu lugar, uma película de polímero criada especialmente, clara como celofane, aderia e conservava tanto o interior quanto o exterior do Cálice.

Sinclair passou a um segundo compartimento de policarbonato alguns centímetros além. Mas esse era extraordinário, desenvolvido e produzido apenas para essa finalidade específica. O compartimento era montado junto a um microscópio, de modo que o seu conteúdo precioso não fosse perturbado durante as observações — tubos e mangueiras ligados nas suas laterais ofereciam um ambiente de ar, umidade e temperatura controlados. Dentro, entre os vidros de pequenas placas de Petri, repousava o milagre. Mas, ao contrário de todas as outras clonagens de outros cientistas, não haveria uma mãe de aluguel. Em vez disso — e talvez essa fosse a mais notável invenção, pensou ele —, a virgem a carregar esse Cristo-criança seria um útero sintético. Durante anos, ele fez experimentos com mulheres que, por um preço estipulado, ofereciam-se para ser mães de aluguel. E então, posteriormente, fez experimentos com órgãos uterinos *doados*, mas o índice de fracassos com ambos era inaceitável. Em geral, os embriões dividiam-se adequadamente a princípio, mas na maioria das vezes deixavam de se implantar. E os que conseguiam, acabavam em abortos.

Foi durante esse período de frustrações constantes que o velho entrou na vida de Sinclair. Em alguns meses, ele guiou o geneticista na criação do que rivalizava com a natureza — um útero sintético perfeito. E também resolveu o mistério da clonagem de primatas — por que acontecia o caos cromossômico durante os estágios finais, e melhor ainda, como remediá-lo com uma sopa química com alto teor de proteínas essenciais. O pensamento produziu-lhe uma expressão de satisfação no rosto.

O zumbido das pás dos ventiladores e das minibombas controlados por computador enchia a sala enquanto Sinclair olhava pelo microscópio e ajustava o foco.

— O mundo está prestes a mudar de uma vez por todas — sussurrou ele. — O Filho de Deus pertence ao Filho do Amanhecer.

Porquanto, se não vigiares, virei como ladrão, e não conhecerás de modo algum em que hora virei contra ti. (Apocalipse 3:3)

A Novilha Vermelha

— O que está dizendo, tem mais? — espantou-se Cotten, as mãos tremendo de expectativa.

John voltou da janela.

— Conforme eu disse, enquanto você dormia, reli o livro do Apocalipse. Pareceu completamente evidente que estaríamos lidando com o Diabo na sua expressão mais pura. Mas então eu li mais passagens... as palavras de Ezequiel, de Mateus e de outros, todos eles comentando o Segundo Advento. — Ele continuou: — Você precisa entender que, quando aqueles homens comentaram esse acontecimento, pensavam que aconteceria em breve, talvez ainda durante a vida deles. Os textos deles referem-se a costumes, crenças, tradições e estilos de vida com que tinham familiaridade... eles usavam a terminologia daquele tempo. Não faziam idéia de que poderia acontecer centenas, até mesmo milhares de anos depois. Se você comentasse sobre o conceito da clonagem com algum deles, com certeza diriam que você estava louca... talvez até mesmo sendo um herege para pensar que teria o poder de Deus para criar um ser humano. Quando reli as palavras deles explicando como Cristo voltaria à Terra, vi claramente que talvez, apenas talvez, era assim que deveria acontecer.

— O que está querendo dizer? — sobressaltou-se Cotten.

— Esse poderia muito bem ser o Segundo Advento.

— Não entendo mais nada.

— O livro do Apocalipse está cheio de visões do apóstolo João, um homem que não sabia nada sobre ciência como entendemos hoje. Ele previu acontecimentos da melhor maneira que pôde, baseando-se nas informações da época. Hoje à noite, usei as palavras dele para convencer você de que tudo isso é uma tentativa de Lúcifer de se vingar de Deus... que estamos prestes a ver a criação de um Anticristo. Mas considere por um instante que a questão é mais complexa. E se o uso do DNA do Graal e a clonagem de Jesus Cristo *for* de fato o Segundo Advento? O tempo está certo. Os sinais estão presentes. E se continuarmos pensando assim e, no entanto, pensarmos que estamos impedindo algo maléfico e na verdade formos responsáveis por impedir o verdadeiro Segundo Advento?

John olhou para o teto, depois para ela.

— Muito bem, vou tentar me comunicar com a garota do interior que há em você. Vamos falar de gado.

Cotten esboçou um sorriso indeciso.

— Um dos últimos sinais da Bíblia de que o fim está próximo, ou seja, que está na hora de Jesus retornar, é a reconstrução do Templo de Jerusalém. Mas, primeiro, aqueles que iriam reconstruir o Templo deveriam passar pela purificação. De acordo com o livro dos Números, uma novilha vermelha perfeita... sem defeitos e que nunca se submeteu ao jugo... precisa ser sacrificada e queimada, as suas cinzas transformadas em pasta a ser usada na cerimônia de purificação.

— Isso seria bem fácil.

— A não ser pelo fato de que a novilha vermelha perfeita deveria ter nascido desde que o Templo de Herodes foi destruído, em 70 d.C.... cerca de dois mil anos atrás. Quer dizer, até o último mês de abril. Eles pensaram em uma nascida em 1997, mas pêlos brancos surgiram na ponta da cauda, então ela foi considerada inaceitável para o sacrifício. No entanto, a fêmea nascida em abril parece ser a escolhida. Portanto, veja só, se a purificação pode acontecer de acordo com as diretrizes dadas a Moisés, os judeus certamente vão tomar posse da Montanha do Templo e começar a reconstrução. A novilha vermelha significa o momento em curso.

Cotten franziu as sobrancelhas enquanto se esforçava para concatenar as idéias.

— O que você está dizendo é que poderia acontecer de qualquer maneira... a clonagem pode ser obra de Satã, ou pode ser o Segundo Advento que deveria estar ocorrendo neste exato momento, e pode estar acontecendo por meio de clonagem.

— E se a verdadeira missão de Satã for usar você e eu para impedir o plano de Deus?

Cotten sentou-se na cama.

— Estou tão confusa, não consigo pensar direito. Você acabou me convencendo de que alguém quer criar o Anticristo, e agora estamos sem nada para provar.

Ele a segurava pelos ombros.

— Estou confiando nos meus instintos, nesse caso. Posso estar errado. Mas acho que estamos prestes a ficar face a face com as pessoas que roubaram o Graal e tentam clonar Jesus. Será que vamos descobrir quem são e tentar impedi-las? Mas... e se entendi tudo errado?

Cotten pegou as mãos dele de cima dos seus ombros e as segurou, balançando a cabeça.

— Não. Deus não deixaria que isso acontecesse com você. Não deixaria. Você é bom demais. Não há a mínima célula no seu corpo que poderia fazer algo mau. — Ela olhou no fundo dos olhos de John... a intensidade, a turbulência, o azul-escuro do mar durante uma tempestade... e rezou para estar certa.

O Krewe of Orpheus

Depois de uma noite inquieta e apenas algumas horas de sono, na manhã seguinte Cotten e John tomaram um táxi para ir a uma loja de aluguel de fantasias. Telefonaram antes para algumas que vendiam as fantasias, mas acharam os preços muito altos. Alugar seria mais razoável.

John começou com um Henrique VIII bem realista, mas como era magro a fantasia ficava com folgas em lugares que precisariam ser recheados, pendendo solta onde deveria estar esticada. Ele não estava com uma aparência muito nobre, observou-lhe Cotten. Quando apareceu com a fantasia do rei egípcio Tut, Cotten dobrou-se de tanto rir, mandando-o de volta para o vestiário. Mas quando ela o viu reaparecer como Elvis, cantando *Blue Suede Shoes*, a risada ecoou por toda a loja.

Ela experimentou as fantasias de Maria Antonieta, Peter Pan... e de um anjo. Parando na frente de John como um anjo, as asas de penas brancas, a túnica igualmente branca bordada com fios prateados, ela o ouviu prender a respiração.

Cotten arqueou as sobrancelhas.

— Achei que deveria experimentar esta.

— Você está tão... linda! — exclamou ele.

Parecia mais que ele estava pensando em voz alta do que querendo se expressar, então ela não respondeu. Olhando para a própria imagem no espelho de corpo inteiro, ela pensou em Motnees e imaginou se os anjos teriam mesmo asas. A fantasia era adorável, mas precisava de algo mais confortável, considerando que poderia acabar tendo de sair às pressas, caso estivessem mesmo caindo numa armadilha.

Como uma bofetada, a realidade da situação em que se encontravam destruiu o espírito divertido do momento.

John finalmente escolheu a fantasia de Fantasma da Ópera, com a túnica preta e uma máscara feita de plástico translúcido, ao passo que Cotten acabou ficando com o vestido de Alice no País das Maravilhas e o mesmo tipo de máscara translúcida incolor, a não ser pelos lábios vermelho-escuros.

— Ótimas escolhas — observou a atendente. — Como podem imaginar, a nossa seleção é bem criteriosa, e acho que ambos ficaram ótimos. — Ela fez a nota à mão. — O preço total é de cento e quatro dólares.

John estendeu-lhe duas notas de cinqüenta e uma de cinco, e a atendente devolveu-lhe o troco.

— Preciso de um cartão de crédito para o depósito de garantia — observou ela.

— Mas pagamos em dinheiro — interveio Cotten.

— Eu sei. Mas, às vezes, os nossos clientes não devolvem as fantasias. Política da loja. Não debitamos no seu cartão, a menos que a fantasia seja devolvida em quarenta e oito horas.

John passou o braço ao redor da cintura de Cotten, puxou-a para junto de si e deu um sorriso largo.

— Jan e eu estamos recomeçando a vida — comentou.

Jan? Cotten repetiu o nome na cabeça, contendo a vontade de dar-lhe uma cotovelada.

John continuou.

— Logo que nos casamos, entramos em dificuldades financeiras. Quando finalmente pagamos todas as dívidas, picamos todos os nossos cartões. Se não pudermos pagar por algo em dinheiro, então não compramos. É a nossa regra de ouro. Certo, querida? — indagou, sorrindo para Cotten.

— Certo — respondeu ela.

— Que tal se deixássemos mais cem dólares pelo depósito? — Ele sacudiu a cintura de Cotten, balançando-a ao lado de si, fazendo-a inclinar-se para ele, então deu-lhe um piparote no queixo. — Fizemos uma promessa — disse ele. — Nunca mais vamos nos endividar de novo.

A atendente observou enquanto John colocava uma nota de cem dólares sobre o balcão.

— A gerente da loja não está aqui para decidir — ela disse, olhando ao redor. — Ah, não sei se...

— Somos pessoas honestas — advertiu John. — E este é o nosso primeiro Mardi Gras.* Economizamos o ano inteiro. Realmente, estamos forçando o nosso orçamento para vir aqui.

— Por favor — pediu Cotten. — Buddy e eu esperamos por isso há tanto tempo. — Tão logo acabou de falar, não pôde evitar de olhar de relance para John. *Jan e Buddy.*

A garota suspirou.

— Tudo bem, mas jurem que trarão as fantasias de volta amanhã.

— Com toda a certeza — afirmou John. — Obrigado.

— Querida? Jan? — disse Cotten quando chegaram à rua. — Você é um bom ator. Tem uma lábia do... — Ela se deteve.

— Diabo? — completou ele.

Cotten olhou para o chão, desejando ter pensado antes de falar.

— Eu devia passar pimenta na boca para não dizer bobagem.

— Isso me faz lembrar que também estou com fome — comentou John. — Mas acho que prefiro bolinhos ou confeitos de amêndoas.

Carregando as fantasias, eles caminharam por alguns quarteirões, parando em um restaurante para comer um sanduíche antes de tomar um táxi de volta ao hotel.

* * *

— O desfile do Krewe of Orpheus começa por volta das três da tarde — observou John depois de consultar o folheto do Mardi Gras no quarto do hotel. — Mas você não deve encontrar o sujeito lá pelas seis e meia?

— Acho que ele prefere que esteja escuro. O desfile demora cerca de cinco horas e meia.

— Cotten, estarei a alguns passos de você, portanto...

— Você sabe que não quero que vá. Se acontecer alguma coisa a você por minha causa...

Às cinco horas eles vestiram as fantasias, depois examinaram o mapa de ruas.

— Ele estará vestido de pirata. Isso é tudo o que sei — lembrou Cotten. — Provavelmente haverá dezenas de piratas na esquina da St. Charles com a Jackson às seis e meia.

---

* Nome pelo qual é conhecido o carnaval da cidade de Nova Orleans, na Louisiana. (N. T.)

— Vá na frente — disse John. — Darei tempo suficiente para você chegar ao final do primeiro quarteirão antes de aparecer. Esse sujeito pode já saber onde estamos e nos seguir desde o princípio. Na terceira rua, espere na esquina por tempo suficiente para eu alcançá-la. Mexa na fantasia ou faça alguma coisa para me dar uns cinco minutos. Não olhe para trás ou irá me entregar. Está pronta?

— Não — disse ela. — Mas vou de qualquer maneira.

John parou atrás da porta e Cotten saiu. Alguns instantes depois ele a seguiu.

Multidões enchiam as ruas quando eles se aproximaram do desfile.

Na terceira esquina, Cotten parou, ajustando o delicado avental de organdi branco sobreposto ao vestido azul de Alice. Ela refez o laço, usando a oportunidade para olhar disfarçadamente ao redor. A multidão era espessa demais para conseguir ver a que distância John estava.

De repente, ela foi arrastada pela correnteza de pessoas, levada como uma folha seca no rio. A proximidade, o movimento constante e os empurrões fizeram com que a sua pulsação fosse sentida até nas pontas dos dedos. Ela pensou no festival de rua de Miami e o estômago se contraiu. O homem na secretária eletrônica, que a tinha mandado vir a Nova Orleans, aquele com a voz disfarçada, que podia estar tentando matá-la, talvez estivesse por perto, quem sabe até mesmo se encostando nela.

Uma seqüência de fogos de artifício estourou ali perto. Cotten deu um pulo, e sua boca secou como se alguém tivesse espirrado alume dentro dela. Por baixo da máscara a pele estava úmida e um filete de suor escorria-lhe pela espinha.

Ela continuou seguindo, levada pela multidão. Um carro alegórico gigantesco, decorado com gárgulas, passou devagar — choveram cordas reluzentes de fios trançados, dobrões de ouro falsos e colares de festão. Centenas de foliões estenderam as mãos para agarrar as lembranças. Um borrifo de líquido frio espalhou-se pelas costas dela. Assustando-se, Cotten girou sobre si mesma.

— Desculpe — um homem sorridente atrás dela falou indistintamente, erguendo o copo plástico de cerveja acima da multidão.

Cotten desviou e andou mais alguns metros, abrindo caminho com dificuldade até o ponto de encontro. Queria olhar para trás, para ver se avistava John, mas resistiu. Rezou para que ele fosse capaz de mantê-la à vista.

Engraçado, pensou, vinha rezando de uma maneira ou de outra mais vezes nos últimos dias do que nos últimos dez anos.

Finalmente, ela chegou à esquina de St. Charles com Jackson. A multidão tornava-se opressiva — sufocante. Nem todo mundo usava fantasia — algumas pessoas usavam apenas máscara, outras iam de roupas de passeio, com colares festivos do Mardi Gras pendurados no pescoço. E havia os esquisitos — como o homem que havia passado tropeçando por ela, sem a parte de trás da calça *jeans*, exibindo o traseiro nu; ou as garotas que não usavam a parte de cima da roupa — a não ser pelos colares trançados. Todo mundo usava colares.

Cotten tirou a máscara e girou bem devagar, examinando os rostos ao redor, e permitindo que vissem sua face.

Primeiro, ela notou o tapa-olho, depois a calça vermelha, a camisa branca, a barba, o bigode, o chapéu de bucaneiro — e algo fora de lugar, um par de grossas luvas de trabalho. O coração disparou quando o pirata abriu caminho na direção dela e agarrou-a pelo braço.

Cotten resistiu, puxando o braço.

— Ande ao meu lado — advertiu ele. — Não tenha medo.

Cotten acompanhou-o, arriscando-se a olhar para trás em busca de John. Se ele estivesse lá, o enxame de pessoas o mantinha escondido. Mas alguém mais chamou a atenção dela, um homem alto usando uma fantasia de monge e máscara, que se moveu pesada e desajeitadamente ao atravessar a multidão, abrindo caminho aos empurrões.

O pirata empurrou-a para a frente.

— Vamos! — gritou, aparentemente notando a hesitação dela.

Cotten cravou os olhos no monge, cujo tamanho impedia qualquer agilidade, enquanto avançava na direção deles.

O pirata olhou para ela por cima do ombro e acompanhou a linha de visão dela. Então imobilizou-se.

Outro súbito estouro de fogos de artifício assustou Cotten e ela se encolheu, abraçando os ombros, protegendo o rosto com o braço. No mesmo instante, o monge puxou uma arma de uma fenda na túnica marrom, logo abaixo do cinto de corda. Ela viu o brilho da chama na boca do cano da pistola e sentiu o aperto no seu braço se afrouxar. O pirata desmoronou no chão.

Cotten gritou enquanto o medo se espalhava pela multidão. Quem tinha sido o alvo, ela ou o pirata?

Corpos caíram, derrubados pelos outros que tentavam fugir da arma de fogo.

Um dos foliões saltou para o homem armado, tentando arrancar-lhe a pistola. O monge bateu com o cotovelo no rosto do homem, depois acenou com a arma, afastando aqueles que entravam na luta.

De dentro da massa de pessoas, Cotten viu de relance enquanto John abria caminho até o atirador. Com um salto longo, ele mergulhou nas costas do monge, derrubando-o no chão. Outros foram pegos de encontrão, na clareira em meio à multidão, e caíram. As pessoas gritavam enquanto fugiam em todas as direções.

Cotten perdeu John e o monge de vista enquanto eles eram engolidos pela agitação. Abaixou-se ao lado do pirata. O sangue escorria pelo canto da boca dele e pelas fibras da barba artificial. A camisa branca estava se tornando rubra.

Finalmente, a multidão aterrorizada se dispersou, fugindo pela esquina de St. Charles com Jackson.

— O socorro está vindo — Cotten disse ao pirata. — Você vai ficar bem. — Fez um esforço para avistar John. — Oh, Deus, por favor, não permita que ele seja ferido. — Pegou-se balançando. — Por favor, por favor.

O pirata tossiu, mas o som pareceu mais o de um borbulhar de ar soprado por um canudo em um copo de água.

— St. Clair — murmurou ele. — Detenha Sinclair.

Cotten arrancou a barba e o bigode do rosto dele, e também o chapéu de bucaneiro.

— Oh, meu Deus! — exclamou, reconhecendo-o.

— Cotten! Você foi atingida? — chamou John, pondo-se ao lado dela, o lábio sangrando e sem fôlego.

Cotten levantou-se de um ímpeto e abraçou-o com força.

— Graças a Deus! — disse. — Não, estou bem. Você está bem. O que aconteceu ao monge?

— Ele conseguiu se safar e desapareceu na multidão. Tentei segui-lo, mas havia gente demais.

— Isso não importa agora — declarou, tocando o rosto dele com a mão. Baixou os olhos para o homem ferido aos seus pés. — John, esse é... — falou quase num sussurro.

John inclinou-se e olhou para o pirata.

— Santa Mãe de Deus!

Em 1442, na Escócia, Sir William St. Clair, um integrante da família St. Clair/Sinclair, que fazia parte dos Templários desde 1118, começou a construir uma igreja colegiada dedicada a São Mateus. A igreja foi projetada com o formato de uma cruz, mas apenas a capela foi concluída. A capela, um enigma até mesmo para os pesquisadores modernos, baseava-se na planta baixa do templo de Salomão. Entranhadas na alvenaria encontraram-se o milho e a babosa, que são plantas do Novo Mundo — mas a capela foi construída antes da viagem de Colombo. Em todos os lugares dentro da capela vêem-se quadros cristãos, islâmicos, celtas, pagãos e maçônicos, hieróglifos e símbolos. Cogitou-se que os Cavaleiros Templários teriam escondido tesouros e outras relíquias sagradas ali. O nome dessa construção gótica é capela Rosslyn.

Convite para o Baile

— Foi o senhor que me telefonou? Quem me disse para vir a Nova Orleans? — Cotten usou a parte de baixo do vestido para enxugar o sangue do rosto do homem que havia se disfarçado de pirata. — Por quê? O que o senhor sabe?

— Eu pequei contra o meu Deus. Um pecado mortal. Estou pronto para enfrentar o meu destino. — Deitado na calçada, o cardeal Antonio Ianucci olhava para o céu noturno. — Oh, Deus, perdoai-me. — As palavras saíam confusamente. — Você... você precisa deter Sinclair. O que ele está fazendo é uma abominação. — Ele balançava o braço de Cotten, tentando levantar a cabeça.

— Cotten! A lista de Thornton — interveio John. — Santo. Sin. St. Clair. St. Clair era o nome francês. Eles se tornaram Sinclairs. A famosa família templária dos primeiros tempos. É isso. Sinclair é o nome do grão-mestre. — John virou-se para o cardeal. — Onde ele está? Como vamos detê-lo?

De dentro da camisa, Ianucci tirou com grande dificuldade um envelope manchado de sangue.

— Pegue... — foi tudo o que conseguiu falar com uma tosse encharcada de sangue. Ele sufocava e tentava respirar.

Ajoelhando-se ao lado do cardeal, John leu o conteúdo do envelope antes de olhar para Cotten.

— É o convite para um baile de máscaras hoje à noite, na propriedade do doutor Charles Sinclair.

— Essa não — murmurou Cotten. — Charles Sinclair.

John inclinou-se bem próximo de Ianucci.

— Quer que vamos lá? Devemos usar o convite para ir lá?

O cardeal fez sinal com a cabeça e bateu no bolso da calça.

John estendeu a mão para o bolso e retirou uma pequena caixa plástica. Ele a abriu, então fechou-a na hora e olhou para o cardeal.

— Santo Jesus, o que o senhor fez?

O gemido das sirenes se fez ouvir, tornando-se mais próximo.

O cardeal abriu a boca para falar, mas fez uma careta.

— Ficaremos ao seu lado — prometeu Cotten.

As pálpebras de Ianucci tremeram e a mão que apertava a manga de Cotten relaxou. A mão dele caiu no chão; a respiração difícil se aquietou, depois parou.

Cotten correu a mão pelo rosto dele.

— Está morto.

John abençoou o cardeal, depois ergueu os olhos para Cotten.

— Precisamos sair daqui.

— Você não devia administrar-lhe a extrema-unção ou coisa parecida?

— Cotten, aquele sujeito poderia ter atirado em você, não em Ianucci. Precisamos ir, agora.

John obrigou Cotten a se levantar, puxando-a enquanto ela olhava por cima do ombro para o cardeal morto que jazia em uma poça de sangue.

Rapidamente, eles tomaram ruas laterais e vielas escuras até o som das sirenes desaparecer em ecos de *jazz* Dixieland e pregões de vendedores de rua.

Sem fôlego, e com a dor ao lado do corpo tornando-se intensa, Cotten precisou parar. Ela se atirou em um recesso que formava a entrada de uma lojinha de antiguidades fechada à noite. Puxando John consigo, apoiou-se de encontro à porta, ofegante.

— Não agüento mais.

John arrancou a máscara do Fantasma, respirando com força.

— Deveríamos voltar para o hotel e tirar essas fantasias? — indagou Cotten.

John balançou a cabeça enquanto se dobrava ao meio na proteção do recuo, com as mãos nos joelhos.

— Precisamos delas para ir ao baile de máscaras.

— Mas e quanto a isto? — Ela apontou para a mancha de sangue na barra do vestido.

— Acharemos um banheiro e lavaremos o melhor que pudermos. — Ainda respirando com dificuldade, ele olhou para Cotten. — Parece que você já ouviu falar de Sinclair.

— Sim — respondeu ela, fechando os olhos. — O que você disse sobre a clonagem... deve estar acontecendo mesmo. Charles Sinclair é um geneticista, ganhador do Prêmio Nobel. A pesquisa dele é sobre clonagem humana. A SNN cobriu os feitos dele várias vezes.

John endireitou-se e começou a andar de um lado para outro, ainda respirando com dificuldade.

— Por que não vi isso antes com o Saint e Sin na lista de Thornton? Teria dado uma pista.

— Mas você não sabia sobre Charles Sinclair, que ele é um geneticista.

— Não, mas sei sobre os St. Clairs, os Sinclairs. Era isso que eu devia ter percebido. Durante o século XV, William St. Clair construiu a capela Rosslyn, próximo a Edimburgo, na Escócia. Ela tinha fortes ligações com os Templários e os atuais maçons. Acredita-se que a capela tenha sido construída para esconder um tesouro sagrado. Rumores dizem que ela guardou a Arca da Aliança... até mesmo a cabeça mumificada do próprio Cristo, se você acreditar nisso. A família St. Clair tem uma linhagem antiga, de destaque. Aposto qualquer coisa com você que ela termina em Charles Sinclair como descendente direto de William St. Clair. O grão-mestre.

— O que devemos fazer em relação a esse baile? — quis saber Cotten.

John balançou a cabeça.

— Tomara que tudo se esclareça quando formos lá. Acredite em mim, Ianucci tinha algo específico em mente. — Ele pegou a caixinha plástica do bolso e abriu-a.

Assim que viu o seu conteúdo, Cotten sufocou.

* * *

— Afaste-se do carro, por favor — disse o guarda de segurança quando John abriu a porta do táxi.

John saiu, seguido de Cotten, os dois ainda vestidos com as fantasias.

— Convite, por favor — um segundo guarda pediu, estendendo a mão.

John entregou o cartão branco brilhante e o guarda direcionou a lanterna para o convite.

— Estenda os braços para os lados, senhor — pediu o primeiro guarda.

John obedeceu, e o homem passou por ele um detector de metais manual. Então ele passou para Cotten e executou a mesma rotina.

O guarda devolveu o convite.

— Aproveitem a festa — disse, afastando-se para o lado.

John pagou o motorista do táxi. Depois, ele e Cotten passaram pela guarita de segurança em direção ao portão de ferro da entrada da propriedade de Sinclair. Seguiram por uma alameda em meio a um gramado que se estendia suavemente até a margem do rio. Os hóspedes fantasiados bebiam champanhe em taças longas de cristal e caminhavam pelos passeios iluminados por tochas, entre fontes e jardins. Um quarteto de cordas tocava Mozart e o som adocicado vibrava em consonância com a brisa que soprava do rio Mississippi.

A julgar pelas filas de limusines e pelos automóveis de luxo pelos quais passaram, Cotten imaginou que a elite de Nova Orleans estaria presente.

John acariciou-lhe a mão, indicando com um movimento de cabeça o ornamento esculpido na entrada da casa — a Cruz Patée com rosas entrelaçadas num baixo-relevo embaixo do nome da propriedade.

— Rosslyn Manor — leu John. — Sinclair deu a este lugar o mesmo nome da capela.

Apesar da estrita segurança no portão, Cotten percebeu pouca coisa relativa a guardas ou uniformes de segurança enquanto ela e John passeavam pelos jardins.

— Estou surpresa por não pedirem as nossas identidades — observou.

— Identidades com fotografias seriam inúteis em um baile de máscaras — lembrou John, acenando para uma mulher que passou por eles com o rosto pintado com um arco-íris.

— Fique de olhos abertos para qualquer coisa estranha — disse ele. — Fora do comum.

— Você está brincando? A coisa toda é uma maluquice — reagiu Cotten. — Para começar, não se pode dizer quem é quem. — Eles passaram por uma fonte adornada com um garoto sobre um golfinho. — Isso me lembra um pouco o lugar de que lhe falei em Miami — completou ela.

— Vizcaya, onde você conheceu Wingate? — indagou John.

Cotten concordou e cingiu-o com o braço.

Logo, eles pararam em um píer de madeira à margem do Mississippi. O facho de luz do farol de um rebocador passou por eles enquanto o barco arrastava uma longa fileira de barcaças na escuridão. O quarteto de cordas parou de tocar e uma voz soou nos alto-falantes.

— Gostaria de dar as boas-vindas a todos à minha comemoração anual do Mardi Gras.

— Esse deve ser Sinclair — observou Cotten.

— Por favor, reúnam-se embaixo da varanda para que eu possa apreciar as suas fantasias espetaculares — instruiu a voz.

Cotten e John subiram pelo caminho de pedras, reunindo-se ao pessoal sob a varanda.

Um homem conservava-se em pé na varanda, vestido como um cruzado com a espada ao lado. No peito dele via-se a Cruz Patée.

— Bem-vindos a Rosslyn Manor.

Os aplausos soaram com entusiasmo.

— É ele, tenho certeza — disse Cotten. — Vi esse rosto nos nossos programas científicos.

O anfitrião continuou.

— Preparamos uma noite maravilhosa, com muita comida e diversão. Até o jantar ser servido, sintam-se à vontade para caminhar pelos jardins e apreciar as estrelas. Acredito que todos vocês irão concordar que a Luisiana é a Terra de Deus.

Outra série de aplausos soou enquanto Sinclair acenava e desaparecia no interior da casa.

— Ele não parece tão ameaçador assim — considerou Cotten.

— Lembre-se da história do lobo em pele de cordeiro.

Os dois observaram até que o grupo de pessoas se dispersou.

— E agora? — quis saber Cotten.

— Chegou o momento de investigar a mansão.

— Você ficou maluco? Como?

— Fazendo exatamente o que eles não esperam. Entraremos direto pela porta da frente.

"E darei poder às minhas duas testemunhas." (Apocalipse 11:3)

Bem à Vista

John bateu na tranca e Cotten apertou o botão da campainha.

— Pronta? — indagou John.

Ela balançou a cabeça.

Quando a porta se abriu, Cotten começou.

— Eu disse que precisaríamos de um celular agora que temos o bebê. Um bipe não...

Cotten virou-se e encarou o homem parado na entrada. Ele era alto, calvo e formal, vestido com casaca e gravata branca.

— Boa noite — cumprimentou.

O mordomo, presumiu ela, e mentalmente o chamou de Jeeves, uma vez que poderia ter posado para o personagem de cartum do popular mecanismo de busca da Internet.

— O jantar será servido às nove — informou Jeeves. — O doutor Sinclair não receberá os convidados até lá.

— Não, não — disse Cotten. — Precisamos usar o telefone. A babá acabou de nos bipar.

— O bebê está doente — observou John. — A minha esposa está um pouco nervosa. É o primeiro filho e a nossa primeira vez longe dele.

Cotten puxou o cabelo para trás e disse para John.

— Eu lhe disse que não deveríamos ter vindo. — Ela se voltou para o mordomo. — Podemos usar o telefone? Por favor?

Jeeves hesitou, depois deu um passo para o lado, concedendo a passagem. Fez ligeiro movimento com o braço, permitindo que entrassem.

— Obrigada — disse Cotten.

Eles seguiram o mordomo através do vestíbulo de mármore e passaram pela escadaria em espiral dupla.

— Por aqui — indicou Jeeves. Ele os levou a um escritório, com as paredes forradas de madeira, uma grande escrivaninha com pernas esculpidas à mão, uma cadeira de couro de espaldar alto, diversas cadeiras e mesas adicionais, e estantes do chão até o teto forradas de centenas de livros. Grossas cortinas pendiam nas janelas que tinham a altura do aposento.

Cotten observou o mordomo acender a luz do abajur ao lado do telefone sobre a escrivaninha.

— Agradecemos muito — disse John.

Jeeves voltou para a saída mas postou-se junto à porta.

Cotten pegou o telefone sem fio e discou, sem pressionar o botão *falar.* Ela manteve o fone junto ao ouvido e esperou, então rolou os olhos para o alto e abaixou o fone.

— Ocupado.

— A babá deve estar na Internet — disse John, olhando para o mordomo. — Somos os últimos conservadores a ter linha discada.

Ela fuzilou-o com o olhar.

— A culpa é toda sua... — Sua voz soava fria. Cotten inclinou-se para a escrivaninha. — O senhor se importa se esperarmos alguns minutos e tentarmos de novo?

John sentou-se em uma poltrona.

— Não se prenda por nossa causa — disse ao mordomo. — Saímos assim que falarmos com a babá.

Jeeves inclinou a cabeça, como se calculasse a responsabilidade.

— Muito bem — admitiu, com um pouco de hesitação. — Sabem encontrar a saída?

— Sem problema. E muito obrigada. — Cotten dirigiu-lhe o seu sorriso mais agradecido. Quando a porta se fechou, ela ofegou: — Droga. Achei que ele nunca nos deixaria sozinhos.

John encostou a porta.

— Vamos começar pelo segundo andar. Deve haver muita atividade aqui embaixo.

Eles se esgueiraram para fora do escritório e subiram a escada na ponta dos pés — Cotten encolhendo-se a cada ruído.

As três primeiras portas que experimentaram levavam a quartos de dormir, e a quarta a um grande escritório equipado com um centro de entretenimento — televisor de plasma, aparelho de DVD, coisas do gênero — cobrindo uma parede inteira.

— Impressionante — observou Cotten. Havia também uma escrivaninha com um computador que ela imaginou tratar-se de um conforto adicional oferecido aos visitantes hospedados na chácara. Os convidados podiam conectar-se à Internet e verificar as suas caixas de correspondência eletrônica.

Cotten foi até uma janela, afastou um pouco a longa cortina e espreitou a vista.

— Então são esses os benefícios quando se vende a alma. — Voltou-se para John. — Faz alguma idéia do que estamos procurando?

John balançou a cabeça.

— Tomara que venhamos a saber quando encontrarmos.

Eles exploraram diversos outros aposentos que se revelaram como sendo mais quartos — todos exuberantes, mas de nenhuma serventia. Cotten imaginou se o cardeal estivera sentado na borda de alguma daquelas camas e refletindo sobre os seus atos no meio da noite.

No fim do corredor havia uma porta menor do que as outras.

— Um quartinho de despejo? — sugeriu Cotten.

— Provavelmente.

A porta dava para uma pequena sala de projeção, equipada com um projetor de vídeo colocado numa base alta. As lentes apontavam para uma janela retangular envidraçada, que se abria embaixo para um amplo salão de conferências de pé-direito alto. Grandes estantes com equipamento eletrônico de áudio erguiam-se ao lado do projetor. Vozes abafadas vinham de baixo, entrando pela janela.

John e Cotten espremeram-se entre o projetor e a estante de equipamentos e espreitaram através da janela. Cotten viu que o salão embaixo tinha uma mesa de conferências de ébano polida à perfeição, no centro, e dez cadeiras de espaldar alto em toda a volta. Apenas dois homens estavam sentados. Um era Sinclair; o outro ela não reconheceu. Em uma parede distante, sete monitores de vídeo brilhavam — cada um tomado por um rosto diferente.

— Meu Deus! — exclamou Cotten em voz baixa. — Eu reconheço aqueles homens. São os sujeitos da lista de Thornton!

— Os guardiães... as sete cabeças — sussurrou John. Ele apontou para Sinclair e o outro homem sentado à mesa. — E mais dois dos dez chifres. A quadrilha está quase toda reunida.

— Quem está faltando? — indagou Cotten.

— Eu não sei.

Sinclair falou com Gearhart, mas o perfeito isolamento de som do salão não permitia ouvir a conversa.

— Aqui — disse John, girando um botão montado na parede e rotulado como *controle de auto-falantes.* Quando o girou devagar, as vozes de baixo tornaram-se audíveis.

Sinclair dizia:

— Cavalheiros, sejam bem-vindos. Todos vocês conhecem o meu associado, Ben Gearhart.

Cotten encolheu-se. *Gearhart... Gearhart.* Ela cutucou John.

— Ben Gearhart, era esse o nome do cartão... o cartão de visita entregue a Robert Wingate naquela noite em Vizcaya. Droga, ele é o braço-direito de Wingate. — As palavras escaparam dos lábios dela, mas não tão rápido quanto os seus pensamentos se formavam. — Wingate também está envolvido nisso. — Ela fechou os olhos. As teorias de John sobre Deus e o diabo eram bastante assustadoras, mas de uma maneira surreal distante. Ela não compreendia que Lúcifer e Deus podiam estar envolvidos em uma batalha real, a não ser em um lugar etéreo distante ou na tela de cinema em um filme com a cabeça de Linda Blair girando. Mas isso...

O envolvimento do candidato presidencial trazia para a palpável realidade visível o que pairava nas esferas enevoadas da fantasia. Tudo aquilo estava se tornando real demais.

— Você está bem? — sussurrou John.

Antes que pudesse responder, ela ouviu a voz de Sinclair e virou-se para a janela.

— Gostaria de aproveitar a oportunidade para comemorar o resultado do nosso árduo trabalho. Estamos na crista da onda que varrerá toda a humanidade. O nosso plano está sendo conduzido de maneira eficaz e eficiente até os mínimos detalhes. Até mesmo o bom cardeal representou o seu papel e comportou-se da maneira prevista. Ele deu o que tinha de dar e agora foi eliminado do rebanho.

Um murmúrio baixo correu entre os homens nas telas.

Sinclair continuou.

— Apenas os mais puros dentre nós se reúnem esta noite quando damos início à mais importante jornada da história... a jornada para promover o Segundo Advento de Jesus Cristo, o Cordeiro de Deus. A apenas alguns passos desta sala, o milagre está se produzindo neste exato momento.

— Milagre? — sussurrou Cotten. — Você acha que ele está criando o clone aqui em Rosslyn Manor?

John abaixou o botão de volume dos alto-falantes.

— O que seria mais adequado? Só pode ser isso — declarou. — Ele deve ter um laboratório em algum lugar da casa... foi por isso que Ianucci quis que viéssemos para cá... para impedir a clonagem, para destruí-la.

— Mas por que Sinclair traria todos esses convidados para cá, se fosse esse o caso?

— Talvez seja arrogante e não imagina que possa ser impedido. E se você pensar nisso, houve uma segurança minuciosa antes mesmo de entrarmos na propriedade. Sinclair provavelmente é um personagem importante dessa comunidade e, se promove esta festa todos os anos, não iria querer cancelá-la e despertar algum tipo de curiosidade quanto aos motivos. Encontrar o laboratório pode ser mais fácil do que pensamos. Você sabe, às vezes o melhor lugar para esconder alguma coisa é colocá-la bem à vista.

Cotten pensava rápido, e fez um gesto captando tudo.

— Tem alguma coisa errada.

— O que você quer dizer com isso? — indagou John.

— Você disse que seria fácil encontrar. Entrar aqui foi fácil... fácil demais. — Ela apertou os dedos nas têmporas. — Não fomos tão espertos vindo à festa de Sinclair. Fomos atraídos para cá. Fizemos exatamente o que eles queriam. Nós somos as mariposas e este lugar é a lâmpada.

A expressão de John tornou-se sombria.

— Você ouviu o que Sinclair disse? — continuou Cotten. — Ianucci cumpriu a sua missão. Não se tratava apenas de trocar a relíquia verdadeira pela falsa. Eles sabiam que ele nos traria para eles. Ele foi a isca. Ele nos deu o convite.

John enfiou a mão no bolso e tirou a caixa que o cardeal havia dado para eles.

— Você acha que eles sabem sobre isto?

Um estalido suave fez com que John guardasse a caixinha de volta no bolso. A porta da sala de projeção se abriu — a silhueta de um homem corpulento desenhou-se contra a claridade do corredor.

— *Solpeth*, Cotten.

Por um instante, como se um raio tivesse lhe atravessado o corpo, ela quis correr de encontro ao homem, atirar os braços em volta do pescoço dele e lhe dar um grande abraço. Mas o coração de Cotten Stone parou por um instante e ela fez um esforço para entender o que estava acontecendo. Ele havia dito *olá*... assim como Motnees, em enoquiano.

— Tio Gus?

O que ele estaria fazendo ali... com uma túnica de monge e uma arma apontada para ela? Cotten balançou a cabeça sem poder acreditar. Olhou intensamente para ele.

— Pensei que você estivesse...

— Em tratamento intensivo por causa de um terrível acidente de carro? Não, estou ótimo. Precisávamos dar-lhe alguma coisa que a assustasse e fizesse continuar em frente... para distraí-la até conseguirmos arrumar as coisas por aqui.

Cotten reconhecia-lhe o sorriso familiar... ele lhe falava com doçura e suavidade.

— Tentamos mantê-la em Nova York. Teria sido mais simples. Mas o padre Tyler estragou tudo, saindo em seu socorro. — Ele olhou para John. — Você não estava nos nossos planos. Portanto, precisamos acalmá-lo um pouco, assim como fizemos com Cotten. Cortar o seu dinheiro. Mas, ao mesmo tempo, mantê-lo em fuga. Quando se está desesperado perde-se a clareza.

— Thornton... Vanessa? — disse Cotten, dominada pela revelação.

— O seu namorado era um tremendo repórter. Ele chegou perto demais. Tínhamos certeza de que ele havia contado tudo a você. Mas a modelo... aquilo foi uma fatalidade. Wingate entrou em pânico. Ele saiu da linha. Podia ter matado você.

Cotten engoliu em seco... a garganta estava tão seca que sentiu dor.

— E o incêndio na cabana? Você fez aquilo?

— Cruzamos os dedos naquela noite. Por um momento, tememos que não conseguissem sair. Eu quase bati na porta para acordar vocês — respondeu Gus.

— Por quê? O que está acontecendo, tio Gus? — perguntou ela com a voz fraca.

— Sinto muito, querida, mas preciso garantir que você e o padre não vão além disto. Acaba aqui.

Cotten fuzilou-o com o olhar.

— Eu confiei em você. Sempre confiei, desde que era criança. — Fez uma pausa para controlar a respiração. — Você matou o cardeal?

Gus suspirou. — Ele cumpriu a sua missão.

— Não posso acreditar que o cardeal Ianucci tenha se envolvido de livre e espontânea vontade — interveio John. — Ele não devia saber o que estava se passando aqui... a clonagem.

— Ah, muito pelo contrário, padre Tyler. Ele sabia. Embora tenha se enganado um pouquinho, pensando que estava contribuindo para promover o Segundo Advento. Ironicamente, ele estava parcialmente certo. Realmente, será o Segundo Advento... afinal de contas, Cristo está prestes a nascer de novo... com uma mudança.

— Mas Ianucci se arrependeu — insistiu John. — Ele percebeu o que tinha feito e pediu a Deus que o perdoasse.

Gus olhou para o alto.

— Pode ser. Quem sabe o que realmente se passa no coração de um homem? Mas o cardeal era previsível. Ele sabia desde o princípio. É por isso que foi escolhido. Sinclair deixou Ianucci *descobrir* o nosso verdadeiro plano, depois *permitiu* que ele fugisse e encontrasse vocês... convidasse vocês para o baile. Ele foi só um joguete.

— Por que você não me matou quando o assassinou? — indagou Cotten.

— É muito mais limpo desta maneira. Sabíamos que você viria aqui... você e Tyler. Um *doble*, por assim dizer. — Gus Ruby fez uma pausa, como se hesitasse em continuar. — Precisamos cuidar do seu amigo padre, mas o fato em questão é que não posso matar você.

— Porque é o meu tio? — Ela se esforçava para admitir a explicação dele.

— Bem — disse Gus, dando à palavra uma extensão exagerada. — Como posso explicar? Sou o irmão do seu pai, não tão exatamente no mesmo sentido que você possa pensar normalmente. Mas parte de uma família, simplesmente assim.

Cotten piscou várias vezes rapidamente enquanto balançava a cabeça.

— Não estou entendendo.

— É claro que não. Exatamente como não entendeu quando Archer disse que você era a única pessoa. Bem, isso é uma atenuação da verdade, Cotten. Acho que este é um bom momento como qualquer outro — completou Gus.

Cotten estendeu o braço e apertou a mão de John.

Gus inclinou a cabeça para John.

— Talvez seja preciso fazer as apresentações... Padre Tyler, compreende na companhia de quem tem andado? Conheceu Cotten Stone, filha de Furmiel Stone. Estou certo de que sabe quem é Furmiel... o anjo da décima primeira hora? Furmiel... um daqueles que vocês chamam de Caídos, os Guardadores, meu irmão.

Cotten sentia-se como se estivesse no meio de uma alucinação.

— Pare, pare — sussurrou. — Do que está falando?

— O seu pai esteve conosco desde o começo. Ele participou da Grande Batalha. Quando fomos derrotados, fomos expulsos e condenados a vagar na Terra para sempre. Finalmente, o seu pai fraquejou e implorou o perdão de Deus. Ele abdicou de sua posição... um traidor. Ele se prostrou, envergonhando a todos nós. Deus apiedou-se dele e garantiu-lhe uma vida como homem mortal. Ele teve permissão para se casar e procriar. Você e a sua irmã gêmea são a descendência dele... quase da mesma espécie, Nefilins. Mas o seu pai precisava pagar pela compaixão de Deus. De maneira egoísta, Deus tomou a sua irmã e deixou você na Terra para travar as lutas Dele. É claro, o seu pai não resistiu às pressões da mortalidade e sempre se sentiu culpado pelo fardo colocado sobre os ombros dele. E para quê? Uma vida de tristezas, de sofrimento. Ele decidiu acabar com a própria vida, decepcionando Deus uma vez mais. Como eu disse, ele era fraco.

Gus tornou a fitar John.

— E, padre, o seu Deus não é o que você pensa. Ele não é todo-misericordioso, um deus sempre magnânimo a quem vocês dirigem as suas orações. Nem Furmiel nem qualquer um de nós podemos jamais retornar ao nosso lar no Paraíso. — Tornou a olhar para Cotten. — Felizmente para você, Cotten, todos nós, irmãos, juramos jamais fazer mal a nenhum da nossa espécie... da sua espécie... para não diminuir o nosso número nem reduzir a nossa legião. Para fazer o nosso trabalho, recrutamos mortais... homens egocêntricos e egoístas, sedentos de poder, do tipo de Charles Sinclair e dos Templários. Mas você, querida Cotten, é diferente... é uma da nossa espécie. Pois você não é só deste lugar, mas parte de você é de uma ordem superior. Você é uma de nós.

A expressão dele se abrandou e Cotten viu o mesmo sorriso familiar que tanto amava... agora, uma máscara demoníaca de traição. Sentiu-se enojada.

Baixando a pistola, Gus Ruby disse:

— Não estou aqui para matar você, Cotten. Estou aqui para levá-la de volta para casa.

O Laboratório

Quando Gus abaixou a arma, John atirou-se em cima dele, acertando o homenzarrão no peito e derrubando-o de costas no corredor. Jogando todo o peso sobre Gus, John agarrou-lhe o pulso e arrancou-lhe a arma da mão. Gus, recuperando o fôlego com dificuldade, tentou se levantar, mas parou quando viu que John lhe apontava a arma para o rosto.

— Não se mova — advertiu John. — Não faça barulho.

Sem ar nos pulmões, Gus tossiu e fez um esforço para falar.

— Você escutou bem, padre. — Ele repuxou os lábios em um sorriso arrogante. — Está desperdiçando o seu tempo. Não pode me matar.

Cotten aproximou-se dos dois homens.

— Você está certo, tio Gus — disse ela. *Geḫ el grip. Você é a única pessoa*. Tudo se esclarecia agora. — *Ele* não pode feri-lo — continuou, enquanto estendia o braço devagar para tirar a arma da mão de John. Apontou-a para Gus. — Mas eu posso. Não é verdade? Você disse que não pode me matar... que há um pacto de não ferir outro da sua espécie... da *sua* espécie. Isso deve significar que temos o poder de nos fazer mal uns aos outros... que eu tenho esse poder.

John saiu de cima de Gus e levantou-se.

Cotten indicou com a arma.

— Levante-se, tio Gus.

Com grande esforço, Gus Ruby conseguiu se pôr de pé. Ele olhou para Cotten, o peito forçando os botões da camisa enquanto respirava.

— Você não atiraria em mim.

— Mas você não tem certeza disso, não é? — disse ela. — Não sabe qual parte de mim controla a pressão no gatilho.

— Cotten, você já fez o bastante para pagar as dívidas do seu pai — argumentou Gus. — Está na hora de se libertar. Queremos trazê-la para o nosso lado.

— Não ouça o que ele diz — interveio John.

Gus riu.

— Você está fora da sua turma, padre. Não tem voz ativa neste assunto. — Gus fuzilou Cotten com o olhar. — Como tem sido a sua vida até aqui, querida? Deus derramou a Sua gloriosa graça sobre você? Hein?

— Deixe-a em paz — protestou John.

— Ao contrário do seu deus, padre Tyler, o Filho do Amanhecer é magnânimo. Cotten, o seu pai nunca teve permissão para retornar ao Paraíso, por mais que fizesse, por mais que implorasse. E o castigo dele nunca terminou, sabia? A batalha diária que ele travou para sobreviver, para sustentar a família, para viver como homem, acabou com ele. Deus nunca o acolheu. Lembra-se da seca? Dos tempos difíceis? O pobre Furmiel acabou cedendo. Por que alguém escolheria venerar tal tipo de deus? Mas nós abrimos os braços para receber você. Vai receber tudo o que quiser... riqueza, fama, satisfação... não há limite.

A voz dele se suavizou, macia, o velho tio Gus que ela tinha amado durante toda a vida.

— Volte para casa, Cotten.

As lágrimas corriam pelas faces de Cotten e o braço dela tremia sustentando a arma.

— Eu... estou em casa... e sou aquela que vai acabar com isso. — Apontou a arma para a cabeça de Gus.

— Não cometa o maior erro da sua vida, querida.

Cotten balançou a cabeça.

— Onde fica o laboratório?

— Isso é problema seu — retorquiu Gus.

— Vire-se — ordenou ela. Quando ele lhe deu as costas, Cotten espetou o cano da arma no ombro de Gus e indicou. — Para o corredor.

Eles conduziram o homenzarrão para o quarto de hóspedes em que haviam entrado. Cotten empurrou Gus para o armário.

John arrancou o lençol da cama, enrolou-o em volta de Gus e depois amarrou as pontas atrás dele.

Enquanto fazia isso, Gus lamentou-se.

— Quantas vezes preciso dizer que está desperdiçando o seu tempo?

— Precisamos fazê-lo calar a boca — observou Cotten. Ela tirou o avental e fez uma venda com o tecido delgado. — Tome, John, isto vai servir para tapar a boca dele e amarrar atrás da nuca.

Depois que John terminou, Cotten olhou para Gus por um instante, imaginando se todo o esforço deles teria sido em vão.

— Acha que isso vai detê-lo? — indagou. — Ou será que ele tem algum tipo de poder especial...?

— Isto vai prender o corpo — respondeu John. — É tudo o que posso imaginar.

— Muito bem, vamos fazer o que precisa ser feito — disse Cotten.

Eles desceram a escada, viraram na direção oposta ao escritório e entraram em um aposento com um salão tão sofisticado quanto um hotel de luxo de Manhattan. O salão dava para uma sala de jantar. Eles congelaram ao ver os empregados atarefados, acrescentando os últimos toques às mesas do banquete.

Cotten estancou de repente, ouvindo o barulho de panelas, o tilintar de cristais, a voz do que provavelmente era o chefe dos garçons orientando a todos.

— Por aqui não — disse ela. — Aqui deve ser a cozinha.

Cotten enveredou por um corredor com uma porta fechada no final. Virou a maçaneta e abriu a porta.

Essa parte da casa parecia deserta e estéril. Ela desviou o olhar para a câmera de segurança.

— Ande, ande — advertiu John, quase a empurrando para o corredor vazio. A iluminação ali não vinha de candelabros Strauss ou Waterford, mas de lâmpadas fluorescentes embutidas. As paredes eram nuas e as portas eram de aço inoxidável.

— Veja o que há aí dentro — disse Cotten, apontando para a primeira porta.

John abriu-a.

— Parecem suprimentos de laboratório — informou.

— Então devemos estar perto. Esta ala deve conter o conjunto de laboratórios de Sinclair.

As outras portas estavam abertas, revelando o que pareciam ser salas para procedimentos cirúrgicos, farmacêuticos, operações diversas de laboratório, mais equipamentos armazenados e até mesmo uma coleção de manuais de consulta de medicina e outras modalidades científicas. O corredor fazia uma curva para a direita, levando a uma imponente porta de aço.

Eles pararam diante dessa porta.

— Mais parece o cofre de um banco — observou Cotten. — Deve ser aqui.

John apontou para o teclado de combinação e um aparelho com a forma do bojo invertido de uma colher.

— Mas que droga — murmurou Cotten, percebendo do que se tratava.

John enfiou a mão no bolso.

Ela o observou abrir a caixa que o cardeal havia lhe dado. Dentro, repousava um dedo indicador humano decepado na segunda articulação.

John virou-se e olhou para a curva do corredor.

— Tenho a impressão de ter ouvido alguma coisa. Acho que eles vão chegar em um segundo.

Cotten indicou a caixa.

— Acabe logo com isso.

John tirou o dedo da caixa.

Ela conteve uma careta ao ver o tecido pendurado e o coágulo de sangue na extremidade decepada do dedo.

Ele posicionou a extremidade do dedo na *colher.* O aparelho emitiu um ligeiro zumbido, acendendo o teclado, cada tecla com um contorno azulado. O letreiro apresentou uma mensagem: *Cardeal Antonio Ianucci. Identidade confirmada.* A tela se escureceu e depois apresentou outra mensagem: *Digite o código.*

Cotten olhou para John.

— Que código?

— Não faço a menor idéia.

— Estamos mortos.

Ao sul da cidade de Edimburgo, a capital da Escócia, encontra-se o vilarejo de Roslin, que abriga a capela de Rosslyn e o castelo de Rosslyn, o lar dos St. Clairs (Sinclairs). Nesse pequeno vilarejo funciona um centro de pesquisas moderníssimo, o Roslin Institute. Foi ali que a ovelha Dolly foi clonada.

E o Deus de paz esmagará em breve Satanás debaixo dos vossos pés. (Romanos 16:20)

O Clone

— Um código, um código — Cotten sussurrava. — Por que o cardeal nos fez chegar até aqui e não nos deu o código? Se ele sabia sobre a segurança, deveria saber que precisaríamos do código.

De repente, Cotten ouviu mentalmente as palavras murmuradas por Archer. Um surto de calor atravessou-lhe o corpo. Como se estivesse em transe, ela exclamou:

— Oh, meu Deus! John, acho que sei qual é o código! Soube o tempo todo... Archer me contou. — Ela estendeu a mão para o teclado. — Por favor, que seja este. Por favor. — Ela olhou para John. — Mateus — sussurrou, então digitou 2-6-2-7-2-8.

O teclado passou de azul para verde e o letreiro exibiu: *Código aceito. Entrada autorizada.* Ouviu-se um baque metálico quando as travas magnéticas foram liberadas e a porta mecânica abriu-se devagar.

Na parede interna via-se um botão retangular vermelho do tamanho de um maço de cigarros com a inscrição *abrir/fechar.* John apertou-o com a palma da mão e o mecanismo se inverteu. Com um pesado estalido, a porta se fechou e travou.

Cotten girou ao redor de si mesma, captando uma visão panorâmica do laboratório.

— Onde estará?

Os seus olhos deram com a maleta prateada e, ao lado desta, um recipiente transparente. O Cálice. Ela se aproximou do recipiente de acrílico, assombrada com a beleza e a simplicidade da admirável relíquia ali dentro.

Dois mil anos antes, Jesus Cristo bebera naquele cálice e no dia seguinte o cálice guardava o sangue Dele quando morrera na Cruz. Com cuidado, ela retirou o Cálice. Correu o dedo pela borda, depois traçou uma longa linha pelo bojo até a base. Ele estava completamente encerrado dentro de uma espécie de capa finíssima e transparente, mas até mesmo com a camada protetora, tocá-lo lhe provocava arrepios. Cotten guardou-o na maleta prateada, fechou a tampa e apertou-a de encontro ao peito.

O Cálice de Cristo tinha voltado às suas mãos.

Ela se virou para observar John enquanto ele se aproximava de um carrinho de aço inoxidável próximo a um canto. Ele olhou para a incubadora com um microscópio agregado. Mostradores digitais luziam em cima da incubadora mostrando a temperatura, os níveis de saturação de oxigênio, a concentração de gás carbônico, a umidade e outros indicadores essenciais. Dentro, via-se o que parecia ser uma placa de Petri comum. Ele observou através das lentes do microscópio e tornou-se rígido como se estivesse encantado.

— John? — ela sussurrou.

Afastando a cabeça devagar, ele fez o sinal-da-cruz.

— Está aí? — indagou ela, pondo-se ao lado dele.

Ele a encarou, os olhos enevoados, a expressão profundamente abalada.

— Depressa, antes que chegue alguém — advertiu ela. — Destrua tudo.

John não se mexeu.

Cotten colocou a maleta prateada sobre o balcão e olhou pelo microscópio. Ali, na placa de vidro, ela viu quatro células agrupadas como minúsculas bolhas.

— Blástula — ela sussurrou. Parecia exatamente como todas as fotos que ela tinha visto de um ovo fertilizado se desenvolvendo e se dividindo: o começo da vida humana.

— Se isto for real... — John vacilou. As palavras saíam entrecortadas. — Poderíamos estar assassinando o Filho de Deus.

Cotten entreabriu os lábios para falar... *Geh el crip* ressoava na sua cabeça.

— Mas... e se estivermos errados? — Ele olhava para ela, os olhos repletos de dúvidas. A voz tremia. — Como poderei continuar vivendo, se pensar que não sou diferente daqueles que pregaram os pregos nas mãos dele?

Cotten estendeu o braço e acariciou-lhe a face. Ali, no momento final, John não parecia capaz de destruir o clone. Ele se queimava por dentro, percebeu ela. Todo o seu ser ardia de pavor. Todas as dúvidas e preocupações que ele havia expressado até então o destroçavam. Seria aquela coisa o Anticristo? Ou John estava prestes a impedir o Segundo Advento? A destruição do clone equivaleria a cometer um aborto? Um assassinato?

— Não posso — confessou John. — Não posso fazer o papel de Deus.

Um coro de vozes ecoava na cabeça de Cotten.

— *Geh el crip*. — Ela tomou-lhe a mão. — Não estamos fazendo o papel de Deus. Ele nos escolheu... nos uniu e enviou para este lugar. — Ela estremeceu. — Thornton. Vanessa. Não posso acreditar que eles se sacrificaram sem nenhuma razão. John, você me fez enxergar a realidade. Por que apareci naquela escavação no Iraque no momento exato? Por que a minha irmã gêmea morreu ao nascer só para falar comigo em uma língua que você disse ser a língua do Céu? Por que você tem refletido sobre a maneira como Deus quer que você sirva? John, aí está!

Os pensamentos dela se iluminaram. Ela era a única pessoa capaz de deter o Filho do Amanhecer. A própria fé de John o deixava em dúvida... e Deus sabia que aconteceria. Por isso ela fora escolhida. Ela fazia parte do contrato firmado entre o pai dela e Deus.

Geh el crip.

John agarrou o braço dela e deu um passo atrás, puxando-a consigo.

— Sinto muito, mas preciso fazer isso — disse ela, desvencilhando-se e empurrando-o para o lado. — Arrancou as mangueiras e fios da incubadora, depois pegou o aparelho todo e arremessou-o ao chão.

Como se acontecesse em câmera lenta, a caixa se quebrou com o impacto, espalhando estilhaços transparentes pelo piso. O microscópio se soltou e caiu aos pés dela. Mas a placa de Petri milagrosamente se conservou inteira no chão.

Cotten olhou intensamente para ela por um instante e depois pisoteou-a, amassando-a com o calcanhar.

A placa se despedaçou.

— Acabou — disse ela. — Está feito.

De repente, o laboratório encheu-se com o clamor de sirenes de alarme. Cotten tapou os ouvidos. Lâmpadas intermitentes azuis e vermelhas piscavam.

— Vamos embora! — gritou John, o alarido despertando-o para a vida.

— Espere — disse Cotten, avistando uma fileira de tubos de oxigênio ao longo da parede. Correu o olhar por todo o salão. Próximo à porta, via-se uma unidade operacional em que entravam diversos canos. — Encanamento de gás.

Ela reconheceu um bico de Bunsen sobre o balcão. Correu até os tubos de oxigênio, arrancou as mangueiras das embocaduras e abriu as válvulas. O oxigênio assobiou no espaço.

O bico de Bunsen tinha uma mangueira que partia da base até uma saída de um dos canos. Ela girou o controle manual, abrindo o fluxo de gás. Depois, rodou a alavanca na base do queimador, canalizando o gás pelo bocal.

— Fogo, fogo, fogo! — ela gritou, para se fazer ouvir acima do alarido dos alarmes. — Encontre um fósforo!

John encontrou um acendedor automático manual em uma prateleira vizinha.

Cotten pegou-o e acendeu o queimador. Ele tremeluziu pálido e fraco. Rapidamente, ela ajustou as entradas de ar do bico de Bunsen e por fim uma chama luminosa cresceu, tornando-se amarelo-alaranjada. Não lhe interessava o tipo de chama com que o queimador costumava ser usado... não a chama compacta e controlada, com um leve halo azulado escurecido no centro. Ela queria fogo... os fogos do inferno.

Rapidamente, recuperou a maleta prateada que continha o Graal.

— Vamos sair daqui! — gritou, agarrando o braço de John.

Eles se voltaram para a porta. Ela já estava se abrindo.

E a besta foi presa, e com ela o falso profeta, que diante dela fizera os sinais com que enganou os que receberam o sinal da besta, e adoraram a sua imagem. Estes dois foram lançados vivos no ardente lago de fogo e de enxofre.
(Apocalipse 19:20)

Cara a Cara

Cotten agarrou a maleta de titânio e estava pronta para correr, cada fibra do seu corpo, cada tendão e músculo em estado de alerta. Mas então avistou o homem em pé logo à frente da porta aberta.

Um fluxo de calor soprou para dentro e o ar assobiou. Cotten estremeceu.

Um senhor idoso fixava-a com o olhar, os olhos faiscantes.

John olhou para o homem na porta.

— O décimo chifre que faltava — observou.

Uma dor debilitante imediatamente acima das órbitas dos olhos a atingiu — semelhante à dor que se segue quando engolimos sorvete rápido demais. Mas essa era mais intensa, como ferroadas incandescentes penetrando-lhe no crânio, os músculos dos olhos — o próprio cérebro — contraindo-se, ardendo. Cotten pressionou a base da mão contra a testa e gritou.

— John, tire-nos daqui. Não consigo enxergar.

Ela ouviu um pequeno ruído e em seguida John tomou-lhe a mão e colocou um objeto entre o seu polegar e indicador. O crucifixo que ele sempre levava pendurado no pescoço.

Ele ergueu a mão dela pelo pulso.

— Precisamos fazer isso juntos — afirmou ele.

John ia falando enquanto a empurrava para a frente.

— Em nome do Pai, do Filho e do Espírito Santo. Amém. — E acrescentou em seguida: — Mais glorioso Príncipe dos Exércitos Celestiais, São Miguel Arcângelo, defendei-nos na nossa batalha contra os principados e poderes, contra os governantes do mundo das trevas, contra os espíritos do mal na mais alta conta.

A dor cedeu por um instante e Cotten desviou o olhar para ver John. O suor brotava acima do lábio superior e sobre as sobrancelhas dele. Mas ele expressava confiança no semblante e na voz. Trazia os olhos fixos no velho, que era agora mais uma miragem, uma imagem tremeluzente como um calor brotando do chão. A dor nos olhos obrigou Cotten a fechá-los.

— Cotten.

A voz despertou os impulsos nervosos por todo o corpo dela e o aposento foi inundado pelos aromas distintos de feno recém-cortado, milho debulhado, a terra do Kentucky.

— Você não se esqueceu de mim, esqueceu? — a voz disse.

— Papai? — chamou Cotten, dominada por uma onda de emoção.

— Não é o seu pai, Cotten — interveio John. — Ele é um impostor. — John inclinou-se para a frente e continuou a liturgia "...detenha o dragão, a velha serpente, que é o Diabo e Satã, prenda-o e atire-o nas profundezas de onde não possa mais seduzir as nações".

De novo a voz... dessa vez na língua que apenas ela entendia.

— *Cri sprok inhime. Sprak dien e vigo.* Escute-me. Você é a minha filhinha.

Ela sentiu John unir a mão com a dela para fazer o sinal-da-cruz.

Três passos para a frente.

— Em Nome de Jesus Cristo, Nosso Senhor.

— *Gril te.* — Era Vanessa. — Confie em mim, Cotten. Sou a sua melhor amiga. Morri por você. Afaste-se do padre. É ele quem está mentindo.

— Pare! — gritou Cotten, tampando o ouvido com a mão. — Nessi, perdoe-me.

— Não escute as vozes, Cotten! — gritou John. — É um truque. Ele está tentando enfraquecer você.

— Não! — Cotten gritou.

A voz do velho estrondeou. Os tubos e pipetas de vidro balançaram.

— *Tunka tee rosfal ee Nephilim.* Você pertence aos Caídos. Você é um de nós.

John apertou o punho de Cotten mais fortemente.

— Não escute!

Ouviu-se um assovio, como vapor escapando de uma caldeira, profundo, e a pele dela se arrepiou com o calor do sopro do velho.

— Contemplem a Cruz do Senhor, bandos de inimigos fugitivos — bradou John. — Que o Vosso perdão, Senhor, caia sobre nós.

Sinal-da-cruz.

O vento quente fustigou-a — um redemoinho vindo direto do inferno.

— Nós os repelimos — disse John —, quem quer que sejam, espíritos impuros, todos os poderes satânicos, todos invasores infernais, todas as legiões do mal.

A dor na cabeça dela aumentou terrivelmente. Cotten estacou e vacilou. Temia que fosse vomitar e desfalecer.

John empurrou-a para a frente.

— Deus-Pai lhe ordena.

Sinal-da-cruz.

O chão parecia vibrar. O vento quente, a palpitação, o corpo dela tremia inteiro... ela perdia os sentidos. De novo ela estacou, uma perna fraquejando.

— Deus-Filho lhe ordena.

Sinal-da-cruz.

— Deus-Espírito Santo lhe ordena.

Sinal-da-cruz.

John cingiu-lhe o corpo e amparou-a.

A pressão do ar no laboratório vibrava — latejando, esmagando.

— Isso não vai acabar assim. — A voz era áspera como pedras rangendo. — Você é fraca como o seu pai.

O calor ferveu dentro do corpo de Cotten. Outro surto de dor fez com que ela soltasse a mão de John.

— Pelo Deus que amou tanto o mundo que entregou o próprio Filho, que todas as almas que acreditem Nele possam não perecer, mas ter a vida eterna. — John agarrou de novo a mão dela.

O calor era tão intenso agora, que Cotten sentia a pele encher-se de bolhas.

A voz de John ecoava acima do vento que quase lhe rompia os tímpanos.

— Santo, Santo, Santo é o Senhor, o Deus das Hostes. Oh, Senhor, ouvi a minha prece. Deus do céu, Deus da Terra, Deus dos anjos, Deus dos arcanjos...

O vento aumentava.

A rajada de ar sibilava.

O ecoar da voz forte de John.

A dor excruciante.

Cotten ouviu sons de estilhaços como se as mesas fossem viradas, os vidros se rompiam, o aço retinia contra aço. Ela queria desistir, cair de joelhos, implorar perdão, mas John segurou-a contra si, mais arrastando-a agora do que guiando. Ela não tinha forças nem vontade para continuar por si mesma. Por um instante, tentou afastar-se dele e fugir, mas ele a segurou firmemente.

— Oh, Senhor, ouvi a minha prece. E deixai-me invocar a Vossa presença.

Cotten girou sobre si mesma.

— Eu não posso. Eu não posso.

John virou-a de costas e prendeu-a entre os braços.

— Nós Vos suplicamos em nome de Nosso Senhor Jesus Cristo. Amém. Dos laços do Diabo, livrai-nos ó Senhor.

Sinal-da-cruz.

— Em nome do Pai...

Sinal-da-cruz.

— E do Filho...

Sinal-da-cruz.

— E do Espírito Santo.

Sinal-da-cruz.

O vento parou de repente e o calor que ele trazia desvaneceu-se. A dor insuportável na cabeça desapareceu. Cotten abriu os olhos a tempo de ver um lampejo de luz e um redemoinho de poeira onde o velho se encontrava.

John e Cotten atravessaram a porta. Ela se apoiava nele, exausta, a garganta ardendo.

Ele a apoiou enquanto batia com força no botão, fazendo a porta se fechar.

Antes que a porta se encerrasse de vez, Cotten relanceou o olhar para dentro do laboratório — ainda viu um redemoinho de fumaça, papéis se espalhando, a chama tremeluzindo no bico de Bunsen.

John segurou-lhe o rosto entre as palmas das mãos.

— Vai explodir a qualquer instante. Precisamos sair daqui.

Eles correram, John puxou-a enquanto as forças aos poucos lhe voltavam. Atrás deles, a porta do laboratório selava-se na combinação mortal de oxigênio puro e a chama acesa.

Cotten tentou focalizar a vista, mas tudo continuava borrado — a sua visão — a sua consciência. Uma névoa densa perdurava dentro da sua cabeça, os pensamentos se embaralhavam, esmaecidos e desencontrados. John amparou-a enquanto eles andavam pelo corredor à frente do laboratório e ela podia ouvir os passos deles ecoarem nos seus ouvidos.

As sirenes de alarme soavam como criaturas pré-históricas em um combate mortal. A sensação de fogo sobre a pele diminuíra, mas ela temia que as bolhas permanecessem. O cheiro incomum de enxofre impregnava as suas narinas enquanto ela corria, abraçando a maleta.

Vozes em pânico ecoaram por toda a casa quando ela e John irromperam no saguão ao pé da escadaria. Empregados, garçons e convidados corriam ao lado deles em busca da entrada da frente.

— Vamos! — gritou John, guiando-a em meio ao aglomerado de pessoas.

De repente, Cotten sentiu o frescor e a umidade do ar noturno, desceu os degraus da entrada e passou pela alameda — os sapatos afundando na terra fofa. Ela controlou um grito. A brisa do rio foi como um banho de frescor e as lágrimas lavaram as suas faces.

No instante seguinte, a terra e o ar se convulsionaram — uma onda de choque. O impacto pegou-os por trás.

O laboratório tinha ido pelos ares.

A explosão jogou os dois a uns seis metros de distância, e eles se projetaram sobre um jardim florido. John caiu primeiro, com o rosto para baixo sobre a relva macia. Cotten, no entanto, bateu com a cabeça em uma das pedras decorativas. Então permaneceu imóvel por alguns instantes, atordoada.

Finalmente, ela ergueu a cabeça e olhou para trás, para a arquitetura colonial do casarão. A fumaça subia do teto da ala oriental — as chamas se projetando das janelas, as labaredas lambendo os beirais. O som de uma fonte vizinha fundiu-se com o crepitar do fogo.

A terra se abalou de novo com explosões menores.

O ruído na cabeça dela, como o zumbido do canto de cigarras, uma vibração violenta, tornou-se mais alto, ensurdecedor.

— John? — Cotten viu-lhe a face distorcida, com se olhasse através da água do fundo de uma piscina.

Sentiu-se desaparecer na escuridão. Os dedos afrouxaram o aperto na maleta prateada e um instante depois ela perdeu a consciência.

Mas quem perseverar até o fim, esse será salvo. (Mateus 24:13)

Convalescença

— Pensei que nunca mais a veria — Cotten disse enquanto olhava para o rosto da irmã, Motnees, que aparecia emoldurado por uma luminosidade brilhante.

— Estou sempre aqui.

— Acabou tudo mesmo? — indagou Cotten.

— Por ora — confirmou Motnees, acariciando a testa da irmã. — O nosso pai está orgulhoso de você.

— Então ele está em paz?

— Está — disse Motnees.

A imagem da irmã desvaneceu-se e a luz quase se apagou.

— Nunca se esqueça.

— O quê? — indagou Cotten, estendendo a mão.

— *Geh el grip*. — A radiança mal iluminava Motnees e ela sorriu. Então desapareceu.

A voz de Ted Casselman atravessou a névoa e despertou Cotten da inconsciência. De repente, ela se sentiu como um mergulhador retornando das profundezas.

— Acho que ela está acordando — atestou Casselman.

Cotten piscou.

John segurou-lhe a mão.

— Seja bem-vinda.

A sala era vazia, estéril e cheirava a desinfetante. Ela ergueu o braço e olhou para a sonda pendurada. A lembrança da sua fuga surgiu.

Quis falar, mas a língua parecia presa no céu da boca, e os lábios pareciam grudados um ao outro. Olhou para a bandeja plástica e a xícara ao lado da cama.

— Está com sede? — quis saber John.

Cotten balançou a cabeça.

Ele encheu um copo de água e segurou para ela.

A água resfriou-lhe a boca e liberou a língua e os lábios. A luz fluindo pela janela do hospital a fez estremecer.

— Que horas são?

— Quatro e meia — informou John. — Você esteve semiconsciente durante os últimos dois dias. Agora parece mais alerta, como se fosse permanecer conosco de vez. O médico disse que você vai ficar bem. Foi só uma concussão não muito grave.

Cotten olhou fixamente para John.

— Onde está ele? — sussurrou.

— No FBI — informou John.

Cotten fechou os olhos. Tudo parecia irreal, mais como um sonho do qual ela felizmente acordava, muito embora ainda perdurassem alguns efeitos do pesadelo. O corpo doía e a pele parecia queimada pelo sol. Não, tudo foi real — desde a cripta com Gabriel Archer até o laboratório de clonagem de Charles Sinclair... ela estremeceu, lembrando-se das revelações de Gus e depois do velho bloqueando a fuga deles do laboratório. Tentou se concentrar no chefe.

— O que está fazendo aqui, Ted?

— Vocês dois estão em todos os noticiários. Assim que as primeiras notícias chegaram, a equipe de produção e eu tomamos um avião para Nova Orleans. Você se lembra do velho ditado sobre ter um faro para as notícias? Bem, querida, você se superou.

Cotten quis rir, mas não tinha energia para tanto. Era mais como se a história a tivesse perseguido até finalmente passar.

— E quanto ao tio Gus?

— Nem sinal dele — informou John.

— É, não deveria haver mesmo.

— Acabou tudo, Cotten — concluiu ele.

— Graças a Deus.

— Sim, graças a você.

A enfermeira entrou, verificando os sinais vitais de Cotten, e o quarto permaneceu em silêncio por alguns instantes. Quando a enfermeira terminou o trabalho dela, Cotten tornou a fitar John.

— A propósito, foi bem um golpe de defesa do futebol americano que você aplicou no tio Gus — comentou ela.

— Eu o estava guardando para o próximo jogo entre professores e alunos, mas parece que foi o momento adequado para experimentar.

— Eu cheguei a lhe dizer que ele não deveria subestimar um padre? — comentou ela.

Casselman bateu na guarda da cama com as costas da mão.

— O que foi? Perdi alguma coisa em relação a vocês dois?

— Essa é uma moça especial — disse John, falando para Casselman, mas com os olhos em Cotten.

— Claro que é — concordou Casselman.

A expressão de Cotten tornou-se sombria.

— O que aconteceu com Sinclair? — quis saber ela.

Casselman puxou uma cadeira para perto da cama, mas não se sentou.

— Ele não conseguiu escapar. Houve cerca de uma dúzia de pessoas feridas e quatro mortos até agora. Sinclair estava entre estes. O negócio todo foi ultrajante... o que Sinclair pretendia, roubando o Graal, fazendo a clonagem. Então para completar, encontraram aquele cardeal que vocês entrevistaram no Vaticano... Ianucci... assassinado aqui mesmo, em Nova Orleans. Dizem que foi ele que trocou a relíquia. — O chefe de reportagem examinou a ambos. — Algum de vocês sabe alguma coisa sobre esse assunto? — Como não responderam, ele continuou. — Isso, mais a história de Sinclair, estão na primeira página de todas as publicações do país. E, cara senhorita Stone, você vai ser a queridinha de todos os noticiários e programas de entrevistas da televisão. O mundo ainda não se cansou do seu rostinho bonito. — Ele estendeu o braço e acariciou-lhe o queixo como um pai faz com uma filha bem jovem. — Farejo o Pulitzer no horizonte, Cotten, desde que você escreva a história inteira.

Ela ouvia Casselman apenas em parte.

— Está tudo bem com você? — perguntou ela a John.

— Só tive uns cortes e escoriações — disse ele, rindo. — Você foi quem sofreu as piores conseqüências.

— E quanto ao velho?

— Que velho? — quis saber Casselman.

John balançou a cabeça, prendendo os olhos ao chão.

— De quem vocês estão falando? — insistiu Casselman.

— Alguém com quem cruzamos enquanto fugíamos — disse John.

— Ah! Bem, estou certo de que ele deve constar da lista de feridos ou mortos. Qual é o nome dele?

— Filho do Amanhecer — sussurrou ela, virando de lado.

— O quê? — espantou-se Casselman.

— Não importa — respondeu Cotten e completou: — Aliás, Robert Wingate também está envolvido nisso.

Casselman pareceu entender tudo.

— Mas que droga! — exclamou ele. — Bem, então, escutem só. Esta foi uma semana do inferno. Segunda-feira de manhã, Wingate foi encontrado morto no carro dele na garagem. Envenenamento por monóxido de carbono. Tudo indica suicídio. Parece que o sujeito não conseguiu controlar o escândalo. No mesmo dia em que anunciou que estaria de volta à corrida presidencial, um garoto apareceu e acusou-o de abuso sexual. Depois dessa alegação inicial, quatro outros garotos se apresentaram com a mesma acusação. Parece que Wingate tinha fetiche por crianças e adolescentes. Isso explica a fazenda para rapazes. E sempre esse tipo de coisa está relacionada a treinadores, líderes ou padres... desculpe-me, John. Sem ofensas.

— Não se preocupe — replicou John.

Casselman sentou-se na cadeira.

— É impressionante até que ponto vai essa história do Graal... é como se alguém pulasse na piscina e as gotas se espalhassem para tudo que é lado. — Ele deu um tapinha na mão de Cotten. — Vamos enviar você a Roma para cobrir o retorno do Graal ao Vaticano. É claro, depois que se restabelecer. E há uma grande promoção esperando por você, Cotten. Thornton vai fazer falta, então o público adoraria ver você no lugar dele. Você é uma estrela em ascensão, Cotten, mas a história que tem para contar vai deixar todo mundo grudado na frente da televisão quando voltar.

Cotten não queria mais notoriedade. A busca de uma grande história não estava mais nos seus planos.

— Não eu — disse ela com voz sumida.

— Mas, Cotten — argumentou Casselman —, é claro que você vai cobrir o assunto. Pense na publicidade, tanto para você quanto para a SNN. Uma jovem repórter salva a mais importante relíquia religiosa de todos os tempos. — Casselman sorriu. — Duas vezes! — Ele coçou o queixo. — Nesse meio tempo, tenho um milhão de perguntas para você, a começar por esse assunto de clonagem.

— Mande outra pessoa a Roma, Ted — pediu Cotten.

Casselman riu.

— De maneira nenhuma. Você é a única pessoa capaz de fazê-lo... a única pessoa.

Cotten deu um sorriso cansado.

— É, já estou até meio farta disso.

Um movimento na porta fez com que os três se voltassem.

— Filipe — murmurou John, com surpresa na voz.

Um homem alto, de terno escuro e com o colarinho de padre entrou no quarto. A compleição bronzeada combinava com os olhos. Ele estendeu a mão.

— John, que bom ver você. — Um sotaque espanhol filtrava-se por entre as palavras.

— E é bom vê-lo novamente. — John tomou a mão do padre entre as suas e deu-lhe um forte abraço. — Gostaria que conhecesse alguém — declarou. — Vossa excelência, esta é Cotten Stone, correspondente jornalística da SNN. Cotten, este é o arcebispo Filipe Montiagro, o núncio apostólico do Vaticano nos Estados Unidos. — Ele fez um movimento com a cabeça para Casselman. — Arcebispo, este é Ted Casselman, o chefe de reportagem da Satellite News Network.

Casselman se levantou.

— É um prazer, excelência. — Ele se afastou da cadeira. — Sente-se, por favor.

Montiagro acenou com a mão.

— Não, não. — Aproximou-se da cama e examinou o rosto de Cotten por instantes. — Você é uma mulher de coragem. Espero que a sua recuperação esteja indo bem.

— Obrigada — disse ela. — Não sei se tenho tanta coragem assim. Foi John que nos tirou de lá.

Ele a abençoou e sussurrou uma prece rápida. Então voltou-se para John.

— Recebi um telefonema na noite passada. Você foi convocado a comparecer no Vaticano para documentar os acontecimentos extraordinários que ocorreram aqui.

— Mas que incrível — disse Casselman, erguendo ambas as mãos. — Uma audiência com o novo papa!

Montiagro sorriu para Casselman.

— Não há garantias quanto a isso. Como pode imaginar, todo mundo quer se encontrar com o novo Santo Padre.

— Quando devo ir? — quis saber John.

— Eles estão ansiosos.

— Me dê alguns dias.

— Vou transmitir o seu pedido — disse o arcebispo. — E, John, estou com a sensação de que o Santo Padre tem algo especial reservado para você.

O arcebispo voltou-se para Cotten.

— Senhorita Stone, as autoridades estão tomando as providências necessárias para devolver a relíquia abençoada para nós. Ficaríamos honrados se pudesse estar presente para participar da cerimônia.

— Ela aceita! — disse Ted Casselman.

Uma sutileza na expressão de Montiagro fez com que ela percebesse que a decisão final caberia a ela.

— Nos vemos em Roma, então — completou o arcebispo. — Que o Senhor apresse a sua recuperação.

— Arcebispo — disse John enquanto Montiagro encaminhava-se para a porta. — Obrigado por tudo.

Montiagro pousou a mão sobre o ombro de John.

— É a você que devemos agradecer... a vocês dois.

Quando o arcebispo se foi, Casselman apertou os dedos dos pés de Cotten por cima das cobertas.

— Isto está ficando cada vez melhor.

A Sala de Constantino

— Eles estão prontos, senhorita Stone — disse o padre. Acenou com o braço e Cotten ergueu-se da cadeira que ocupava na antecâmara do Museu do Vaticano. Ao lado dela, estava um agente do FBI, um grupo de clérigos e um punhado de agentes da segurança do Vaticano à paisana. Dois integrantes da Guarda Suíça posicionavam-se de cada lado da alta porta ornamentada — as suas armaduras coloridas e uniformes emplumados datando do tempo de Michelangelo. O agente do FBI segurava a maleta prateada.

Quando Cotten atravessou a porta para a Sala de Constantino, a primeira das Salas de Rafael do museu, ela ofegou diante do esplendor. A sala, escolhida para a cerimônia por causa do seu tema relativo aos triunfos do cristianismo, exibia cenas da vida e das batalhas do grande imperador romano.

A sala encontrava-se lotada por clérigos, dignitários e representantes da imprensa mundial — salpicados de vermelho e púrpura, designando muitos dos integrantes da Cúria Romana presentes, incluindo o Secretariado de Estado, ao lado de outras cabeças dos governos do Vaticano e da Itália. Cotten também reconheceu o embaixador americano junto ao Vaticano, além do presidente da SNN. Ao lado deles, estava Ted Casselman.

O padre a escoltou à ala central, onde ela se voltou e pegou a maleta das mãos do agente.

A sala encontrava-se tão silenciosa que Cotten ouvia o roçar do seu terninho cinzento contra as meias enquanto caminhava sozinha ao longo da ala. À frente, em uma plataforma superior, aguardava-a um homem solitário

— o bispo recém-consagrado e indicado pelo papa como prelado da Comissão Pontifícia para a Arqueologia Sagrada — John Tyler. Os olhos dela se voltaram para os dele — ainda mais azuis do que jamais tinha visto.

De repente, ela sentiu um nó no estômago — um ataque de medo de que um capítulo na sua vida estivesse se encerrando — uma porta se fechando para sempre. Ver John com a túnica púrpura do seu novo ofício o confirmava.

Mas tudo o que ela precisava saber estava lá nos olhos dele.

— Olá, Cotten Stone — disse ele, em voz baixa, estendendo a mão quando ela se aproximou.

— Olá, John Tyler — disse ela, de modo que apenas os dois pudessem escutar. Tomando a mão dele, permaneceram em silêncio por um instante.

A Sala de Constantino explodiu em aplausos, tomada por *flashes* e pelas luzes dos refletores das câmeras de vídeo.

Então Cotten se afastou de John pela última vez e ergueu a maleta prateada para que ele a recebesse.

— Excelência, tenho a honra de apresentar à Igreja Universal esta relíquia abençoada conhecida como o Cálice da Última Ceia, o Cálice da Crucificação, o Cálice de Cristo, o Santo Graal.